Norbert Sahrhage · Lehrermord

Durch einen tragischen Unfall kommt Gymnasiallehrer Johann Possma ums Leben. Die Bewohner der Kleinstadt Spenge sind erschüttert. Der Lehrer hatte viele Freunde und einen untadeligen Ruf. Bei der Untersuchung des Unfallwagens stellen die Techniker der Polizei fest, dass sich jemand an den Bremsschläuchen zu schaffen gemacht hat. Nun ist Hauptkommissar Korff von der Bielefelder Kripo gefragt, denn es geht um Mord. Die Ermittlungen laufen zunächst ins Leere. Possma war beliebt und niemand aus seinem Umfeld kann sich vorstellen, warum ihn jemand umbringen sollte. Ein zweiter Mord wirft allerdings einen dunklen Schatten auf die weiße Weste des Vorzeigepädagogen.

Norbert Sahrhage

Lehrermord

PENDRAGON

Die Hauptpersonen

Klaus Korff	Kriminalhauptkommissar
Rolf Grohner	Kriminalhauptkommissar
Jörg Zeinitz	Kriminalkommissar
Dr. Theodor Dröge	Schulleiter
Arnulf Lieber	Stellvertretender Schulleiter
Johann Possma	Lehrer
Jacob Richter	Lehrer
Herbert Szameit	Lehrer
Karin Herzog	Schulsekretärin
Gerold Falter	Schüler
Benno Burscheidt	Exkommilitone von Johann Possma
Rudi Haubrock	Exkommilitone von Johann Possma
Frederik Schmidt	Exkommilitone von Johann Possma
Dr. Volker Gessenberg	Rechtsanwalt
Dr. Klaus Janssen	Bankdirektor
Dr. Bernward Kentschke	Rechtsanwalt
Vera Reinsfeld	Scheidungsanwältin

1. Kapitel

Freitag, den 4. Mai 2012

Es klingelte zum Unterrichtsbeginn. Arnulf Lieber stand am Fenster seines Arbeitszimmers und blickte auf den Schulhof hinunter, wo ein paar verspätet eintreffende Unterstufenschüler ihre Schritte beschleunigten, um noch vor ihren Lehrern die Klassenräume zu erreichen. Fünf oder sechs Oberstufenschüler, die ebenfalls spät dran waren, ließen sich von dem Klingeln hingegen nicht beeindrucken und schlenderten, sich gestenreich unterhaltend, auf einen Nebeneingang der Schule zu, der zum naturwissenschaftlichen Trakt gehörte.

Der stellvertretende Schulleiter nahm die ankommenden Schüler nur am Rande wahr. Seine Aufmerksamkeit galt dem schwarzen Porsche, der gerade in sportlicher Manier auf den Lehrerparkplatz des Spenger Bussche-Münch-Gymnasiums fuhr. Ein hochgewachsener dunkelhaariger junger Mann entstieg dem Sportwagen und eilte raschen Schrittes auf die Eingangstür der Schule zu. Seine Tasche hatte er lässig über die rechte Schulter gehängt.

Lieber öffnete die Tür zum Nebenzimmer. Karin Herzog, die Schulsekretärin, die gerade mit einem korpulenten grauhaarigen Lehrer sprach, der sich mit beiden Ellenbogen auf dem Tresen im Eingangsbereich abstützte, blickte auf.

„Frau Herzog, sagen Sie doch bitte Herrn Possma, dass ich ihn in einer der großen Pausen sprechen möchte.“ Liebers Stimme klang verbindlich, wer ihn aber kannte, konnte aus dem Tonfall eine leichte Gereiztheit heraushören.

Die Schulsekretärin nickte und kritzelte eine kurze Notiz auf ihren Schreibblock.

Nachdem Lieber das Büro wieder verlassen hatte, wandte sich Karin Herzog mit leicht gedämpfter Stimme an ihren Gesprächspartner: „Na, ist unser guter Herr Possma wieder etwas spät zum Unterricht erschienen? Wäre ja nicht das erste Mal in dieser Woche. Herr Lieber scheint ja richtig angefressen zu sein.“

Norman Zacharias nickte bedächtig. Er blickte die Sekretärin lange über seine Lesebrille an und verzog das Gesicht zu einem schadenfrohen Grinsen. „Zu Recht. Diese jungen Kollegen heutzutage sind doch etwas anders gestrickt als wir damals.“

Er machte eine Pause. „Als ich 1972 als Studienrat z. A. an dieser Schule anfing, waren wir jüngeren Kollegen schon immer zehn Minuten vor Unterrichtsbeginn im Lehrerzimmer. Das wurde von uns erwartet. Selbst die älteren Kollegen hätten sich damals nicht getraut, zu spät zu erscheinen. Wenn ich an unseren damaligen Direktor Reitzmann denke ..."

Karin Herzog, die erst seit wenigen Monaten als Schulsekretärin am Bussche-Münch-Gymnasium arbeitete, konnte sich ein leichtes Lächeln nicht verkneifen. „Na, Herr Zacharias, zehn Minuten vor Schulbeginn, das war ja nun auch ein wenig übertrieben, oder?"

Der Mathematiklehrer ging auf den Einwurf nicht ein. Er war bei seinem Lieblingsthema angelangt. „Mitte der 1970er Jahre wurde es schlimm, da drängten die späten Achtundsechziger in die Schule, das war für das Klima im Kollegium nicht gut. Von Pünktlichkeit hatten die wenigsten etwas gehört. Es hat Jahre gedauert, bis die sich einigermaßen angepasst hatten; manchem ist das bis heute nicht gelungen. Ich will hier keine Namen nennen, aber das wird Ihnen sicherlich auch schon aufgefallen sein."

Karin Herzog hatte von anderen Lehrern erfahren, dass Zacharias an der Schule als Hort des Konservatismus galt. Der – vermutlich nicht ganz ernst gemeinte – Lieblingsausspruch des Mathematiklehrers: „Rechts von mir steht nur noch meine Frau" war im Kollegenkreis bekannt und wurde auch von den wenigen politisch interessierten Oberstufenschülern kolportiert.

Die Schulsekretärin suchte noch nach einer

ausweichenden Antwort, als Schulleiter Dr. Theodor Dröge das Schulbüro betrat. „Guten Morgen Frau Herzog, guten Morgen Herr Zacharias." An Zacharias gewandt fuhr Dröge fort: „Schön, dass Sie schon da sind."

Er sah auf die Uhr, die an der Wand hinter dem Arbeitsplatz der Sekretärin angebracht war. Der Minutenzeiger hatte fast die Zwölf erreicht. Der Schulleiter deutete auf die Uhr und sagte: „Wir hatten uns für 8:00 Uhr verabredet, oder?"

Zacharias nickte.

Dröge blickte Zacharias auffordernd an, durchmaß dann das Sekretariat mit langen Schritten und steuerte die Tür seines Dienstzimmers an. Zacharias richtete sich auf, verabschiedete sich von der Sekretärin mit einem Augenzwinkern und folgte dem Schulleiter.

Dröge schob seine Aktentasche in das leere Fach eines kleinen Regals, das neben seinem Schreibtisch angebracht war, und winkte Zacharias an den ovalen Besprechungstisch, der den hinteren Teil des Arbeitszimmers ausfüllte.

Die beiden Lehrer setzten sich.

Dröge sah seinen Gesprächspartner freundlich lächelnd an. „Tja, Herr Zacharias, die Anzahl Ihrer Arbeitstage wird langsam überschaubar."

Der Mathematiklehrer nickte.

Dröge wies auf ein Foto an der Wand, das das

Schulgebäude aus der Vogelperspektive zeigte. „Sie sind seit 1972 an unserer Schule?"

„Ja, seit fast 40 Jahren." Stolz klang aus der Stimme des korpulenten Lehrers. „Ich bin der mit Abstand dienstälteste Kollege hier. Meine Krankheitstage können Sie an zwei Händen abzählen."

Dröge war noch einmal aufgestanden, hatte von seinem Schreibtisch einen Schreibblock geholt und machte sich einige Notizen. „Ich weiß das und ich habe Ihre Arbeit und Ihr Engagement immer geschätzt." Dröge zögerte kurz und blickte auf seinen Block. „Ihre Verabschiedung in den Ruhestand soll am 6. Juli stattfinden, am letzten Schultag vor den Sommerferien. Ich denke, dass ich eingangs Ihren beruflichen Werdegang anhand Ihrer Personalakte beschreibe. Es wäre nicht schlecht, wenn ich diese Darstellung mit einigen Ihrer Erlebnisse aus fast 40 Dienstjahren würzen könnte. Können Sie sich an besondere Begebenheiten erinnern?"

Zacharias dachte einen Augenblick nach und sagte: „Ja, sicher. Als ich im Jahre 1973 anfing, hatte die Schule etwa 600 Schüler und 40 Lehrer, heute haben wir mehr als 1 000 Schüler und nahezu 80 Kollegen. Damals gab es an der Schule noch keinen Kopierer. Wir Lehrer benutzten einen Umdrucker, mit dem man Abzüge von

Matritzen machen konnte, die wir am Vortag zu Hause mit einer Schreibmaschine beschriftet hatten. Man roch danach immer nach Spiritus und manche Schüler haben an den Blättern geschnüffelt und hatten dabei so einen seligen Gesichtsausdruck."

Dröge lächelte und wies auf ein großformatiges Foto an der gegenüberliegenden Wand, welches das Kollegium zeigte. „Ich dachte da eher an Begebenheiten mit Kolleginnen und Kollegen."

Zacharias kratzte sich am Kinn. „Tja, ich habe schon einige seltsame Kollegen erlebt. Einer hat mal eine Wüstenrennmaus im Lehrerzimmer freigelassen, um seine Versetzung an eine andere Schule zu beschleunigen, was ihm mit dieser Aktion auch gelungen ist, weil sich die Kolleginnen über den Mann bei der Bezirksregierung beschwert haben."

Dröge fiel in ein lautes Lachen. „Das war deutlich vor meinem Amtsantritt als Schulleiter, oder? Ich habe von dem Fall jedenfalls noch nichts gehört." Dröge war erst im Jahre 2007 Schulleiter des Bussche-Münch-Gymnasiums geworden. Zuvor hatte er an einer Schule in Herford unterrichtet.

„Ja, diese Aktion hat Mitte der 1970er Jahre stattgefunden, als überall ein großer Lehrermangel herrschte und der damalige Schulleiter den

Kollegen nicht so ohne weiteres gehen lassen wollte. Ich erinnere mich da übrigens noch an einen anderen Fall. Da war ein Kollege …"

***

Es hatte zur zweiten großen Pause geklingelt. Schülermassen strömten aus den Klassenzimmern und strebten über die Flure den Ausgängen zum Pausenhof zu. Die ersten Lehrer postierten sich im Treppenhaus, um ihre Aufsicht wahrzunehmen.

„Sie wollten mich sprechen?" Johann Possma stand abwartend in der geöffneten Tür, die vom Flur zum Büro des stellvertretenden Schulleiters führte.

„Ja, kommen Sie doch bitte herein und nehmen Sie Platz." Lieber hatte den Blick etwas widerstrebend vom Bildschirm seines Computers gelöst, schaute Possma nun mit unbewegtem Gesicht an und deutete auf den Stuhl, der vor seinem Schreibtisch stand.

Das Büro war spartanisch eingerichtet. Persönliche Gegenstände fehlten völlig. Es gab weder Topfblumen auf der Fensterbank noch Bilder an den Wänden. Lediglich an der Wand hinter dem Schreibtisch des stellvertretenden Schulleiters befand sich eine große Stecktafel, an der

Lieber jeweils vor Beginn eines Schuljahres mit Hilfe eines Computerprogramms die Stundenpläne für die etwa 80 Lehrerinnen und Lehrer konzipierte. Lieber konzentrierte sich ganz auf seine Arbeit und die – das musste Possma zugeben – machte er gut.

„Herr Possma, ich habe Sie hergebeten, weil ich mit Ihnen über Ihr dienstliches Verhalten sprechen möchte."

Johann Possma, der sich inzwischen gesetzt hatte, verdrehte innerlich die Augen, zeigte aber nicht, wie er über die Situation dachte. Lieber kam immer mit der gleichen Leier.

„Worum geht es genau?" Possma bemühte sich, seiner Stimme einen freundlichen Klang zu geben.

Lieber strich mit seiner linken Hand über seinen Hinterkopf. Dann bewegte sich die Hand über die linke Wange nach vorn zum Kinn. „Ich meine damit Ihren etwas lockeren Umgang mit dem Unterrichtsbeginn. Heute Morgen sind Sie erneut zu spät erschienen, ebenso wie gestern Morgen und am Freitag letzter Woche. Vorgestern waren Sie zu einer Vertretungsstunde eingeteilt, die 8d hat aber vergeblich auf Ihr Erscheinen gewartet."

Als Possma nicht sofort antwortete, fuhr Lieber in sachlichem Ton fort: „Wie Sie wissen, ist Schule ein komplexes System, das nach bestimmten Regeln funktioniert und bei dem ein Rädchen ins andere greift. Pünktlichkeit ist ein ganz wichtiges Prinzip, denn wir müssen versuchen, den Schülern Vorbild zu sein. Wie können wir von unseren Schülern Pünktlichkeit einfordern, wenn wir sie ihnen nicht vorleben?“

Possma zögerte kurz, bevor er erklärte: „Die Vertretungsstunde vorgestern habe ich übersehen, ich hatte vergessen, auf den Vertretungsplan zu schauen und war in meiner Freistunde zur Bank gefahren … Heute Morgen hat es kurz vor Jöllenbeck einen Verkehrsunfall gegeben. Die Straße war gesperrt. Ich musste einen Umweg machen und war dadurch ein wenig spät dran. Das war höhere Gewalt.“

Lieber verriet mit keiner Miene, ob ihn die Erklärungen Possmas überzeugten. Er blickte über Possma hinweg auf die gegenüberliegende kahle Wand, wandte sich wieder dem jungen Lehrer zu und sagte: „Mir liegen zudem Elternbeschwerden vor. Sie haben vor etwa fünf Wochen in der Einführungsphase eine Klausur schreiben lassen, die Sie bis heute noch nicht zurückgegeben haben. Die Leistungskurswahlen stehen an und die Schüler benötigen die Klausurergebnisse als Grundlage für ihre Wahl.“

In diesem Augenblick klopfte es. Auf Liebers

wenig begeistertes „Ja bitte“ trat Dr. Theodor Dröge in den Raum. Er nickte Lieber und Possma freundlich zu.

„Störe ich?“

Lieber schüttelte den Kopf. „Nein. Es trifft sich sogar gut, dass Sie kommen.“ Er machte eine kurze Pause, überlegte einen Augenblick und sagte: „Ich habe Herrn Possma zu einer Unterredung gebeten, weil ich den Eindruck habe, dass er seine dienstlichen Pflichten nicht ernst genug nimmt.“

Dröge ließ seinen Blick zwischen Lieber und Possma wandern. Sein Blick blieb freundlich. „Worum geht es?“

Nachdem ihm Lieber den Sachverhalt dargelegt hatte, nickte Dröge. „Herr Lieber, es ist völlig richtig, dass Sie das Gespräch mit Herrn Possma gesucht haben.“ An Possma gewandt fuhr er fort: „Herr Possma, wir versuchen hier alle, unsere Arbeit professionell zu erledigen. Pünktlichkeit gehört mit zu unseren unverzichtbaren dienstlichen Pflichten. Es ist den Schülern und ihren Eltern auch nicht zuzumuten, dass Klausuren erst nach fünf Wochen zurückgegeben werden.“ Er blickte Possma eindringlich an. „Herr Possma, lassen Sie sich von Frau Herzog für Montag einen Termin geben, wir sollten uns über die Angelegenheit weiter unterhalten, schließlich muss ich Ihnen demnächst ein Gutachten schreiben. Ihre Verbeamtung auf Lebenszeit steht bald an."

Possma war damit verabschiedet. Er erhob sich, nickte seinen beiden Gesprächspartnern kurz zu und verließ den Raum. Vor dem Lehrerzimmer standen mindestens 20 Schüler, die sich um Gespräche mit einzelnen Lehrern bemühten. Possma schob sich an den Schülern vorbei und versuchte ein freundliches Gesicht zu machen.

Jacob Richter, mit dem Possma einen Schreibtisch im Lehrerarbeitszimmer teilte, kam auf ihn zu, als Possma den Raum betrat. Da ihm Possma kurz zuvor von der Vorladung bei Lieber erzählt hatte, zog er Possma in eine ruhige Ecke und fragte: „Na, was wollte Lieber von dir?"

Possma berichtete seinem Kollegen in knapper Form von der Unterredung mit Lieber. „Dieser Kleinbürger, macht da ein Theater wegen einer Verspätung von fünf Minuten. Wenn der sonst keine Sorgen hat ... Zum Glück kam Dröge ins Zimmer. Der will am Montag noch einmal mit mir sprechen. Das wird aber laufen. Mit Dröge verstehe ich mich gut. Dröge ist ein großer Geist, nicht so kleinkariert wie Lieber."

Richter blickte ihn zweifelnd an. „Hm. Wenn du dich da mal nicht täuschst. Dröge soll vorgestern Katie Oberneck regelrecht fertiggemacht haben, weil sie während der Klausurphase einen

Tag Sonderurlaub für den Besuch einer Religionsfortbildung beantragen wollte."

Richter unterrichtete Französisch und Philosophie. Er war etwas kleiner als Possma und hatte deshalb seinen Kopf leicht in den Nacken gelegt. Seine langen dunkelbraunen Haare und sein dreieckiger Unterlippenbart, der bis zum Kinn reichte, verliehen ihm ein etwas abenteuerliches Aussehen. Possma fühlte sich immer an einen der drei Musketiere erinnert, wenn er Richter ansah.

Possma zuckte mit den Schultern. „Wahrscheinlich zu Recht. Die Oberneck hat doch nur noch ihre Kirche im Kopf. Das wirkliche Leben bekommt die doch gar nicht mehr mit. Nein, mit Dröge komme ich schon klar. Ich glaube, da muss ich mir keine Sorgen machen, der sieht das nicht so eng."

Richter war noch nicht überzeugt. „Wenn du meinst … Du solltest aber schon darauf achten, dass Lieber in den nächsten Wochen keinen weiteren Grund findet, dich bei Dröge anzuschwärzen." Er wechselte das Thema. „Weißt du schon, dass unser Dezernent dieses Jahr an den mündlichen Abiturprüfungen teilnehmen will? Du hast doch auch Prüfungen. Vielleicht besucht er dich."

„Soll er. Ich werde versuchen ihn glücklich zu

machen. Vielleicht hat er in seinem bisherigen Berufsleben wenig Bestätigung erfahren."

Richter blickte seinen Kollegen irritiert an. „Wie kommst du denn zu dieser Vermutung?"

„Na ja, er ist Dezernent geworden. Das zeigt doch, dass er zumindest in seinem früheren Leben als Lehrer nicht glücklich war – oder?"

Richter lachte. Dann sagte er: „Vielleicht kann ich dich auch ein wenig aufheitern … Ich komme gerade aus einer Erdkundestunde in der 7b. Ich habe zum Stundenausklang mit den Schülern ‚Stadt-Land-Fluss' gespielt."

„Ja und?"

„Na ja, als der Buchstabe ‚K' dran kam, meldete sich eine Schülerin bei ‚Stadt' und wollte mit ‚Karstadt' punkten."

Possma grinste. „Das Gymnasium ist auch nicht mehr das, was es einmal war."

Jacob Richter lachte ebenfalls. „Das war noch nicht alles. Beim Buchstaben ‚M' zur Kategorie ‚Land' meinte ein anderer Schüler, mit ‚Mailand' glänzen zu müssen. Da habe ich die Unterrichtsstunde beendet. Ich fühlte mich allerdings noch verpflichtet, die Schüler darauf hinzuweisen, dass ‚Legoland' und ‚Lummerland' keine real existierenden Länder sind."

***

Als Possma eine knappe Stunde später vor seinem Leistungskurs stand und seine Schüler mit dem Hitler-Stalin-Pakt vertraut machte, der eine wichtige Voraussetzung für den deutschen Überfall auf Polen am 1. September 1939 gewesen war, hatte er das Gespräch mit Lieber bereits vergessen.

„Welche Motive erkennen Sie bei den vertragschließenden Mächten, ich meine beim Deutschen Reich und bei der Sowjetunion?“ Possma blickte in die Runde.

Gerold Falter, der mit Abstand beste Schüler des Kurses, meldete sich und analysierte sachkundig die politischen Rahmenbedingungen und Interessen der beiden Mächte. Die übrigen Schüler schwiegen. Es wurde immer ruhig im Kurs, wenn Gerold sprach.

Possma war beeindruckt. „Sehr gut, Gerold.“ An die anderen Schüler gewandt fragte er: „Wie erklären Sie sich, dass der am 23. August 1939 geschlossene Vertrag ‚Hitler-Stalin-Pakt‘ genannt wird, dieser Vertrag aber von den beiden Außenministern von Ribbentrop und Molotow unterzeichnet worden ist? Hitler und Stalin haben sich überhaupt nicht getroffen.“

Es dauerte eine Weile, bis sich einige Schülerinnen und Schüler meldeten, auch Gerold Falter war darunter. Dieses Mal übersah Possma ihn geflissentlich und ließ andere Schüler zu Wort kommen, die zum Teil abenteuerliche Vermutungen äußerten. Possma bemühte sich, die abstrusesten Ideen mit Sachargumenten zurückzuweisen und die weiterführenden Thesen vorsichtig zu unterstützen.

Gerold Falter, der sich beharrlich weiter gemeldet hatte, ließ sich nun nicht mehr weiter übersehen. Possma forderte ihn auf, seine Sicht der Dinge darzulegen. Gerold holte weit aus und verwies auf Hitlers „Mein Kampf" und die darin enthaltenen Angriffe gegen den Bolschewismus und die Forderung nach Lebensraum im Osten. Er schloss seinen Beitrag mit den Worten: „Wenn sich Hitler mit Stalin, schlimmstenfalls sogar händeschüttelnd, nach der Vertragsunterzeichnung hätte ablichten lassen, wäre Hitler nicht nur bei den Mitgliedern seiner Partei, sondern sicherlich bei der gesamten deutschen Bevölkerung unglaubwürdig geworden. Der Ruf des gesamten Regimes stand auf dem Spiel."

Christina Wessling, eine kleine schmale Schülerin mit rotgefärbtem Haar und einem Lippenpiercing, meldete sich. „Das konnte Hitler doch egal sein, Deutschland war doch eine Diktatur. Ein Diktator muss keine Rücksicht auf die Bevölkerung nehmen, oder?"

Drei oder vier andere Schülerinnen und Schüler hoben sofort die Hände und zeigten damit, dass sie mit diesem Beitrag nicht einverstanden waren. Die Diskussion, die sich jetzt entsponn, war von Possma zwar nicht geplant gewesen, er ließ sie aber trotzdem laufen, weil die Schüler hier noch einmal ihr Wissen über den Charakter des NS-Staates einbringen konnten.

Das Klingeln zum Unterrichtsende unterbrach die Diskussion. Schlagartig rafften die Schüler ihre Materialien zusammen und verließen den Kursraum. Possma verzichtete darauf, die eigentlich vorgesehene Hausaufgabe zu stellen.

Gerold Falter stand in der geöffneten Tür und wartete auf Possma. Er lächelte, dabei blickte er sich um. Als er niemanden sah, der in der Nähe stand und ihr Gespräch hätte mithören können, sagte er leise: „Ich muss mit dir reden."

„Jetzt nicht, Gerold, ich habe gleich noch eine Besprechung mit einigen Fachkollegen."

Das Lächeln verschwand aus Gerold Falters Gesicht. „Wann hast du Zeit?"

Possma hob die Schultern. „Ruf mich morgen an."

„Können wir uns nicht sehen?"

„Das geht an diesem Wochenende nicht. Lass uns telefonieren." Gerold Falter nickte. Die Enttäuschung war ihm anzumerken. „Bis morgen."

Possma hob die Hand zum Gruß und wandte sich zum Gehen.

***

Korff kam zu spät. Er blieb zunächst kurz in der Eingangstür des *Nil* stehen und ließ seinen Blick durch das Lokal schweifen. Dann hatte er die Frau entdeckt. Weiße Bluse, dunkler Hosenanzug: Das musste sie sein. Sie saß an einem der runden Tische im hinteren Teil des Restaurants und studierte die Speisekarte.

Der erste Eindruck stellte Korff zufrieden. Die Frau mochte Anfang 40 sein, sie trug ihre dunklen Haare hochgesteckt, wodurch ihr schlanker Hals besonders betont wurde. Auf ihrem freundlichen Gesicht lag allerdings – wohl durch Korffs Verspätung verursacht – ein leichter Schatten.

Jetzt hatte sie Korff in der Eingangstür entdeckt. Die Frau lächelte zögernd, Korff fasste das als Einladung auf und ging auf ihren Tisch zu.

„Vera Reinsfeld?“, fragte er.

Sie nickte.

„Klaus Korff.“ Er stockte. „Schlechter Einstieg“, sagte er etwas zerknirscht. „Ich hoffe, ich habe nicht jetzt schon alles vermasselt?“

„Nehmen Sie doch Platz.“ Sie lächelte wieder.

„Wahrscheinlich haben Sie einen guten Grund für Ihre Verspätung?“

Korff setzte sich. Er orientierte sich kurz. Das Restaurant war mäßig gefüllt, einige Nachbartische waren nicht besetzt. „Soll ich Ihnen die Wahrheit sagen?“, fragte er.

„Ich bitte darum.“

„Ich habe mit Situationen wie dieser eigentlich keine Erfahrung. Es ist das erste Mal, dass ich mich auf diese Weise verabrede. Kurz vor Herford wollte ich eigentlich wieder umkehren, aber da dachte ich, das sei Ihnen gegenüber nicht fair, und da bin ich doch …“

Vera Reinsfeld hüstelte leicht, um damit ihre Zweifel an Korffs Entschuldigung anzumelden. „Und das soll ich glauben? Sie haben mir doch geschrieben, dass Sie Polizist sind. Ein unsicherer Polizist? In Ihrem Beruf müssen Sie doch die Selbstsicherheit in Person sein, oder?“

Die Frau war Korff auf Anhieb sympathisch. „Sie dürfen mir glauben, in meinem Beruf weiß ich schon, was ich will. Aber im täglichen Leben, gerade im Umgang mit Frauen, da ist mir schon einiges danebengegangen.“

Vera zeigte auf die Speisekarte. „Wollen wir nicht etwas bestellen? Wir können unser Thema ja gleich weiter vertiefen.“

„Gute Idee.“

Die beiden widmeten sich ihren Speisekarten. Korff entschied sich für einen Montepulciano und ein argentinisches Rumpsteak im Pfeffermantel, Vera wählte einen Pinot Grigio und Trüffelravioli.

Nachdem der Kellner die Bestellung aufgenommen hatte, fragte Vera, ohne noch einmal auf Korffs Verspätung einzugehen: „Was genau machen Sie beruflich?“

„Ich bin für die Aufklärung von Kapitalverbrechen zuständig, Mord, Totschlag und dergleichen.“ Korff erzählte von dem Fall des toten Hitlerjungen, den er vor ein paar Jahren mal gelöst hatte. „Sie sehen, es gibt dabei schon einige ganz seltsame Begebenheiten“, schloss er.

„Scheint ein sehr interessanter Beruf zu sein. Und Sie lösen die Fälle ganz alleine?“

Korff lachte. „Natürlich nicht, auch wenn das eben so klang. Wir arbeiten im Team, uns unterstützen die Kollegen von der Spurensicherung und die Gerichtsmediziner.“

Der Kellner kam und servierte die Getränke. Die beiden schwiegen kurz und blickten sich an. Auch Vera schien mit dem äußeren Bild Korffs zufrieden zu sein, zumindest ließ sie sich eine mögliche Enttäuschung nicht anmerken.

Als der Kellner den Tisch verlassen hatte, nahm Korff den Gesprächsfaden wieder auf. „Erzählen

Sie doch einmal von sich. Sie haben mir gemailt, dass Sie Rechtsanwältin sind …“

„Ja, mein Spezialgebiet sind Ehescheidungen.“ Sie lächelte und setzte nach: „Das schreckt viele Männer ab. Sie sind an einer festeren Beziehung plötzlich nicht mehr interessiert.“

Korff nickte. „Das kann ich mir gut vorstellen. Seien wir doch ehrlich: Wenn wir in unserem Alter einen Partner suchen, so haben wir doch sicherlich die eine oder andere schlechte Erfahrung auf diesem Gebiet gemacht. Viele haben eine Scheidung hinter sich, die – abgesehen von den seelischen Blessuren, die man davongetragen hat – häufig auch nicht ohne finanzielle Einbußen abgegangen ist …“

Vera unterbrach ihn mit gespielter Empörung: „Und wer trägt die Schuld daran? Natürlich der Scheidungsanwalt der Gegenseite, also ich.“ Sie lächelte und hob ihr Glas. „Lassen wir dieses unangenehme Thema. Wir wollen uns doch erst einmal kennenlernen.“

Korff hob ebenfalls sein Glas und sah sich um. Mit verschwörerischer Miene sagte er: „Auf unser erstes Date.“

Vera lachte. Sie schien gerne zu lachen. Sie besaß überhaupt eine positive Ausstrahlung. Korffs Begeisterung wuchs. Und solch eine Frau suchte einen Mann wie ihn?

2. Kapitel

Dienstag, den 8. Mai 2012

In der Turmalinstraße war es nahezu stockfinster. Der Mond war in den vergangenen Nächten zu einer dünnen Sichel geschrumpft, die aber nur gelegentlich in einer der Lücken zwischen den dichten Wolken zum Vorschein kam. Es regnete leicht. Die nächste Straßenlaterne verbreitete ihr Licht in einer Entfernung von mehr als 100 Metern. Die Fenster in den Reihenhäusern waren dunkel. Vollkommene Stille lag über der Siedlung. Der Mann lauschte. Von der Jöllenbecker Straße drang jetzt das Geräusch eines vorbeifahrenden Autos in die ruhige Nebenstraße. Das Motorengeräusch schwoll an und erreichte seinen Höhepunkt, als das Auto die Turmalinstraße passierte. Dann ebbte das Geräusch wieder ab und die Stille kehrte zurück.

Der dunkel gekleidete Mann blickte sich um und überquerte die Straße. Sein Ziel war ein Carport, der zu einem Mehrfamilienhaus gehörte. Der Mann verharrte und blickte sich erneut um. Alles war ruhig. Die Bewohner der gesamten Straße schienen zu schlafen. In dem Carport mit drei Stellplätzen standen zwei Autos, der dritte Platz war leer.

Der Mann legte den Rucksack, dessen Griff

er mit der linken Hand umklammert gehalten hatte, auf dem gepflasterten Boden neben dem dunklen Sportwagen ab. Er entnahm dem Rucksack eine Taschenlampe und einen Wagenheber, den er unter den Holm der Fahrerseite stellte. Er drehte vorsichtig an der Kurbel, so dass der Wagen seitlich langsam angehoben wurde. Gelegentlich schaltete der Mann für wenige Sekunden die Taschenlampe an, mit deren dünnem Strahl er die Position des Wagenhebers kontrollierte.

Als er mit seiner Arbeit zufrieden war, überprüfte der Mann die Standfestigkeit des Autos und schob sich danach unter den aufgebockten Wagen, wo er sich an der Wagenunterseite zu schaffen machte.

Nach etwa einer Viertelstunde hatte er seine Arbeit beendet. Er kam unter dem Wagen hervor, schob das Werkzeug wieder in den Rucksack und kurbelte den Wagenheber herunter, den er ebenfalls im Rucksack verstaute. Mit der Taschenlampe leuchtete er seinen Arbeitsplatz ab, um zu kontrollieren, dass er nichts vergessen hatte.

Bevor er wieder auf die Straße trat, blickte er sich um und lauschte noch einmal. Alles war ruhig. Er setzte sich in Bewegung. Wenige Minuten später war er an seinem Wagen angelangt, den er am unteren Ende der Saarstraße abgestellt hatte.

***

Das Telefon klingelte. Hauptkommissar Klaus Korff löste seinen Blick von der Fußballzeitschrift, in der er gerade einen Bericht über Borussia Dortmund gelesen hatte. Der letzte Spieltag am vergangenen Samstag mit dem 4:0-Erfolg über den SC Freiburg und die anschließende Meisterschaftsfeier wurden ausführlich dargestellt und mit Hintergrundinformationen garniert. Korff war selbst im Dortmunder Stadion gewesen und hatte mitgefeiert.

Er legte das angebissene Sandwich auf den Teller. Die Mittagspause war damit wohl beendet. Etwas ungehalten griff er zum Hörer.

„Ja, Korff."

Sein Chef, Bereichsleiter Paul-Heinrich Pott, war am anderen Ende. „Klaus, eine Leichensache. Heute Morgen gegen 7:30 Uhr hat es am Ortsausgang von Jöllenbeck einen Unfall gegeben. Der Fahrzeuginsasse ist dabei ums Leben gekommen."

Korff war etwas irritiert. „Das ist bedauerlich, aber ich weiß nicht, was wir damit zu tun haben sollten. Das ist doch Sache der Verkehrspolizei."

Seine Stimme klang abweisender als beabsichtigt.

Jetzt wirkte Pott leicht gereizt. „Das Fahrzeug ist kriminaltechnisch untersucht worden. Die Untersuchung hat ergeben, dass die Bremsschläuche beschädigt worden sind. Wir haben es möglicherweise mit einem Mord zu tun."

Korff schwieg einen Augenblick. In verbindlicherem Ton sagte er: „Gut, Rolf und ich werden uns um die Sache kümmern. Wie heißt das Unfallopfer?"

„Possma, Johann Possma. Er wohnt in Theesen und hat als Lehrer in Spenge gearbeitet."

„Liegt schon ein Unfallbericht der Kollegen von der Verkehrspolizei vor?"

„Befindet sich hier auf meinem Schreibtisch, ihr könnt ihn mitnehmen, wenn ihr zum Unfallort fahrt. Der Unfallwagen steht in Schildesche bei Weber."

Korff legte auf und erhob sich. Sein Kollege Rolf Grohner saß hinter seinem Schreibtisch und sah Korff fragend an.

„Es gibt möglicherweise einen Mordfall. Komm mit."

Grohner fuhr mit seinem Bürostuhl etwa einen halben Meter zurück und drückte sich ächzend hoch.

„Was ist los mit dir?", fragte Korff besorgt, als

er seinen Kollegen etwas schief vor sich stehen sah.

„Hexenschuss, nicht schlimm." Grohner dehnte sich vorsichtig, indem er die Arme hob und mit dem Rumpf eine kreisende Bewegung machte. „Was wollte Pott von dir?"

„Verkehrsunfall in Jöllenbeck. Die Bremsen eines PKW haben versagt. Möglicherweise hat dabei jemand nachgeholfen", informierte ihn Korff in knapper Form.

***

Kriminaloberrat Pott, fast zwei Meter groß, leicht übergewichtig, mit rundem Gesicht und hoher Stirn, blickte auf, als Korff und Grohner sein Büro betraten.

„Hier." Pott zeigte auf einen grauen Aktendeckel, der vorn auf seinem Schreibtisch lag. „Gutes Gelingen."

Korff und Grohner nickten. Korff nahm die dünne Akte und die beiden Hauptkommissare verließen ohne ein weiteres Wort das Büro ihres Vorgesetzten, der von seinen Mitarbeitern, in Anlehnung an einen früheren kambodschanischen Diktator, despektierlich ‚Pol Pot' genannt wurde. Pott, der bei seinen Mitarbeitern als äußerst karriereorientiert galt, wartete nun schon seit geraumer Zeit auf eine ihm aus der Umgebung des Polizeipräsidenten signalisierte Beförderung, die mit einem Aufrücken in die engere Führungsgruppe verbunden sein sollte. Das lange Warten und das ständige Hoffen hatten Potts Laune und sein Verhalten den Mitarbeitern gegenüber nicht gerade verbessert.

Die Kommissare eilten über den Parkplatz zu ihrem Dienstwagen, um von dem Regen, der seit der Nacht kontinuierlich gefallen war, so wenig wie möglich durchnässt zu werden. Wegen seiner Rückenbeschwerden hatte Grohner allerdings Mühe, Korff zu folgen.

„Wo fahren wir eigentlich hin?“, fragte Grohner, nachdem er sich in das Fahrzeug gequält hatte.

„Zunächst mal nach Schildesche zur Werkstatt, danach schauen wir uns die Unfallstelle an.“

Während Korff den Wagen vom Parkplatz lenkte, blätterte Grohner in der von der Verkehrspolizei erstellten Akte, die aber nur aus wenigen Blättern bestand. Der Bericht der Kollegen enthielt eine Unfallbeschreibung, die aus den Aussagen mehrerer Zeugen und eigenen Messungen rekonstruiert worden war, sowie eine Mail, in der ein Unfallsachverständiger seine ersten Untersuchungsergebnisse zusammengefasst hatte.

„Der verunglückte Fahrer hieß Johann Peter Possma, wohnhaft in Theesen, Turmalinstraße, von Beruf Lehrer, 33 Jahre alt."

Korff nickte. Die beiden Kommissare warteten an der Ampel an der Kurt-Schumacher-Straße. Als die Ampel endlich Grün zeigte, bog Korff nach rechts in die Voltmannstraße ein.

„Hier, eine Zeugenaussage von einem gewissen Armin Diwald aus Jöllenbeck, die ist interessant. Ich lese sie dir mal vor: ‚Ich fahre jeden Morgen nach Spenge. Den schwarzen Porsche habe ich in den letzten Wochen morgens öfter an der Kreuzung Spenger Straße/Dorfstraße gesehen. Der Porschefahrer ist immer sehr forsch, er hat mich früher auch schon mal auf der abschüssigen Spenger Straße überholt. Heute Morgen war er vor mir an der Kreuzung. Als die Ampel auf Grün sprang, hat er beschleunigt und ist in hohem Tempo die Spenger Straße hinuntergefahren. Unten in der Linkskurve hat er die Kontrolle über sein Fahrzeug verloren, ist von der Straße abgekommen und gegen den Telegrafenmasten geprallt.'"

Grohner legte eine kurze Pause ein, dabei blätterte er die übrigen Seiten durch. Dann klappte er die Akte zu und erklärte: „Die Zeugen haben sich hinter Possmas Porsche befunden und angehalten. Der Insasse eines der nachfolgenden

Fahrzeuge hat sofort die Polizei verständigt, aber keine eigenen Anstrengungen unternommen, den Verunglückten aus dem Fahrzeug zu bergen, was ihm auch kaum möglich gewesen wäre, da sich die Türen nicht mehr öffnen ließen. Als Polizei und Feuerwehr eintrafen, konnte man nur noch den Tod des Verunglückten feststellen. Die Fotos musst du dir gleich selber anschauen."

Sie befanden sich inzwischen in der Beckhausstraße. Korff fuhr auf den Hof der Kfz-Werkstatt Weber, die in Fällen wie diesen mit der Polizei zusammenarbeitete. In einem der geöffneten Hallentore sahen sie den schwarzen Porsche auf einer Hebebühne. Vor dem Fahrzeug standen zwei Männer in blauen Kitteln und unterhielten sich.

Korff parkte den Dienstwagen in unmittelbarer Nähe des Hallentores und grüßte die beiden Männer. Einen der beiden, Kurt Weber, der den Reparaturbetrieb leitete und die Gutachten für die Polizei erstellte, kannte Korff flüchtig.

Nachdem sich Grohner unter leisem Ächzen aus dem Dienstwagen gewunden und die beiden Kfz-Sachverständigen begrüßt hatte, wies er auf den schwarzen Porsche mit dem zerbeulten Frontbereich: „Das war mal ein schönes Auto, schade drum."

Weber, ein mittelgroßer Mann mit beachtlichem Kugelbauch, schütteren blonden Haaren und nur mäßig gepflegtem Vollbart, nickte. „Sie sagen es. Ein Porsche 911 Targa 4 S, das neueste Modell. Ein gesuchtes Auto, kostet gut und gerne 100 000 Euro."

Korff verzog sein Gesicht. „Wie sieht's aus? Was haben Sie gefunden?"

Weber dirigierte die beiden Kommissare unter das Fahrzeug und zeigte mit seinem Kugelschreiber auf die beschädigte Bremsleitung. „Hier, geschickt gemacht. Man hat die Bremsleitung so perforiert, dass sie bei der ersten stärkeren Belastung versagen musste."

„Normaler Verschleiß ist ausgeschlossen?"

Weber blickte zuerst Korff, dann seinen Mitarbeiter an und griente. Er hatte bereits bemerkt, dass Korff nicht viel von Autos verstand. „Sie können mir glauben, das hier", er wies mit seinem Kugelschreiber auf die Bremsleitung, das ist kein Verschleiß, ganz sicher nicht. Außerdem ist der Wagen noch kein Jahr alt."

Grohner nahm die Bremsleitung ebenfalls in Augenschein. „Das kann nicht jeder, oder?"

„Sicher nicht, etwas Ahnung von Autos", Weber warf einen mitleidigen Blick auf Korff, „sollte man schon haben."

Der Mitarbeiter Webers, ein schlanker Mann mit dunklen lockigen Haaren und ölverschmierter rechter Wange, deutete auf eine kaum sichtbare Kante unter dem Holm der Fahrerseite, „Hier scheint jemand einen Wagenheber nicht ganz fachgerecht angesetzt zu haben. Der Wagenheber gehörte vermutlich nicht zur Porscheausstattung. Der Wagen ist damit sicherlich das erste Mal angehoben worden, so neu wie der ist."

Korff nickte. „Gut. Lassen Sie den Wagen so wie er ist. Ich schicke Ihnen jemand von der Spurensicherung vorbei. Vielleicht finden sich noch Fingerabdrücke, außer Ihren eigenen Abdrücken natürlich."

Grohner deutete auf das Autowrack. „Irgendwelche Hinweise auf den Täter haben Sie nicht gefunden?"

Weber schüttelte den Kopf. „Das müssen Sie schon selbst erledigen." Er ging zu einem kleinen Metalltisch, der in unmittelbarer Nähe der Hebebühne stand, und kam mit einer dunkelbraunen Brieftasche zurück. „Hier, die Fahrzeugpapiere haben wir aus dem Handschuhfach geholt. Vielleicht wollen Sie sie schon mitnehmen?"

Grohner griff nach der Brieftasche. „Was ist mit Schlüsseln?"

„Wir haben hier nur den Autoschlüssel. Weitere Schlüssel befinden sich nicht an dem Anhänger."

Grohner runzelte die Stirn. „Hm. Der Verunglückte müsste zumindest noch Wohnungsschlüssel und den Schlüssel zu seiner Schule bei sich gehabt haben. Sind Sie ganz sicher, dass er keine weiteren Schlüssel im Auto …?"

„Ganz sicher", unterbrach ihn Weber barsch.

Grohner zog es vor zu schweigen. Er blickte zu Korff hinüber, der ihm das Zeichen zum Aufbruch gab.

***

Korff saß wieder hinter dem Steuer. Sie fuhren über die Vilsendorfer Straße Richtung Jöllenbeck. Grohner hatte die Brieftasche geöffnet und einige Papiere herausgezogen. „Führerschein, Fahrzeugpapiere …", murmelte er. „Wir sollten uns auf dem Rückweg vom Unfallort mal Possmas Wohnung in Theesen ansehen. Jörg könnte uns inzwischen die Schlüssel besorgen."

Korff schwieg. Grohner zog sein Handy aus der Tasche. Nach wenigen Sekunden meldete sich ihr Kollege Jörg Zeinitz. „Hallo Jörg, hast du einen Augenblick Zeit für uns?" Als Zeinitz bejahte, erklärte ihm Grohner die Sachlage.

„Wo sind die Schlüssel?"

„Vermutlich in der Gerichtsmedizin. Ruf da mal an und erkundige dich. Wenn du die Schlüssel besorgen kannst, treffen wir uns in einer

Stunde in der Turmalinstraße in Theesen. Falls das nicht klappt, gib uns eine kurze Nachricht."

„Gut, bis gleich."

Korff und Grohner standen inzwischen an der Kreuzung Spenger Straße/Dorfstraße. Als die Ampel auf Grün umsprang, fuhr Korff die Spenger Straße langsam hinunter. Unten in der Kurve, von den Einheimischen „Schweinekurve" genannt, weil sich in der Senke eine Schweineweide befand, sahen die beiden als erstes die Wagenspuren, die von der Straße über eine aufgerissene Grasnarbe bis zu einem Telegrafenmasten führten, der schräg aus dem Boden ragte und in der Höhe von einem halben Meter abgeknickt war. Wo die Linkskurve in eine Rechtskurve überging, bog Korff nach links in einen schmalen Weg ein. Nach etwa 20 Metern hielt er an. Die Kommissare stiegen aus und gingen die kurze Strecke zum Unfallort zurück. Der Dauerregen hatte ein wenig nachgelassen, so dass die beiden auf die Mitnahme von Regenschirmen verzichteten. Der Stumpf des Telegrafenmastes zeigte auf ein in einiger Entfernung liegendes Bauernhaus. Das Holz des Mastes war gesplittert, der abgetrennte Teil lag einige Meter entfernt vor einer Baumgruppe, die in einer Senke stand, die vor ein paar Jahren noch – wie Korff sich erinnerte – ein kleiner Teich gewesen war.

Grohner wies auf die Baumgruppe. „Das wäre für Possma die Alternative gewesen, wenn er den Wagen noch etwas länger auf der Straße gehalten hätte.“

„Ja, aber am Ergebnis der Fahrt hätte das wohl auch nicht viel geändert.“

„Die feuchte Straße wird seine Chancen, das Auto zu kontrollieren, sicherlich noch weiter verschlechtert haben.“

Korff deutete die Spenger Straße hinauf. Zwei Autos kamen in hohem Tempo die Straße herunter. Ihre Reifen verspritzten die Straßennässe nach links und rechts an den Fahrbahnrand. Vor der Linkskurve bremsten beide Fahrzeuge und beschleunigten wieder, bevor sie in die nächste Rechtskurve bogen.

„Wie wir mittlerweile wissen, wohnte Possma in Theesen. Wer die Bremsleitungen seines Autos beschädigt hat, konnte davon ausgehen, dass Possma hier vor dieser Linkskurve zum ersten Mal richtig in die Bremsen gehen musste. Wenn die Bremsen hier versagen, hat der Fahrer keine Chance. Er verliert die Kontrolle über sein Fahrzeug und wird aus der Kurve getragen.“

Grohner fuhr sich mit seiner rechten Hand über seine nassen Haare. „Zumindest dann, wenn er eine gewisse Geschwindigkeit bereits überschritten hat.“

„Der Täter wird gewusst haben, dass Possma ein sportlicher Fahrer war.“

Die Kriminalbeamten waren ein paar Meter auf das Bauernhaus zugegangen, um den Unfallort von der anderen Seite in Augenschein zu nehmen.

„Was ist denn das da?“ Korff zeigte auf ein Fellbündel, das in nicht allzu weiter Entfernung von dem abgetrennten Telegrafenmasten lag.

Grohner kniete sich nieder und nahm das Fellbündel in Augenschein. „Ein toter Hund“, sagte er, „vermutlich hat es ihn beim Unfall erwischt. Vielleicht gehört er zu dem Bauernhof da drüben.“ Er deutete auf das knapp 200 Meter entfernt liegende Bauernhaus. „Die scheinen noch gar nicht mitbekommen zu haben, dass ihnen der Hund abhanden gekommen ist.“

Der Hund, ein großer, brauner Mischling, war von dem Unfallwagen oder dem abgebrochenen Ende des Telegrafenmasten getroffen worden. Offenbar war er seinen inneren Verletzungen erlegen. Aus seiner leicht geöffneten Schnauze war etwas Blut auf die Erde gesickert. An den Kratzspuren neben seinen Hinterpfoten war zu erkennen, dass der Hund nach dem Unfall zumindest noch eine Zeitlang am Leben gewesen war.

***

Zeinitz wartete bereits vor Possmas Wohnung, als Korff und Grohner in die Turmalinstraße einbogen. Der Feierabendverkehr war abgeebbt. Die Siedlung wirkte wie ausgestorben. Zwei halbwüchsige Mädchen, die in einiger Entfernung mit ihren Waveboards über die Straße kurvten, schienen das einzige Zeugnis vorhandenen Lebens zu sein.

Nachdem sie sich begrüßt hatten, informierte Zeinitz, ein junger Kommissar, der seit etwa vier Jahren zum KK 11 gehörte, seine Kollegen noch auf der Straße: „Ich habe die Schlüssel in der Gerichtsmedizin bekommen. Possmas Leiche wird gerade untersucht."

Am Klingelschild des verklinkerten Sechsfamilienhauses sahen sie, dass Possma ebenerdig gewohnt hatte. Zeinitz schloss die Eingangstür auf und die drei Männer betraten das Haus.

Bevor sie die Wohnungstür öffneten, streiften sich die Polizeibeamten Latexhandschuhe über. Zeinitz betätigte den Lichtschalter. Die Kommissare standen im Flur einer sehr geschmackvoll eingerichteten Wohnung, die, wie die Beamten bald feststellen konnten, aus einem Wohnzimmer, einem Schlafzimmer, einem Arbeitszimmer, einem Bad und einer kleinen Küche bestand. Die Wohnung war akkurat aufgeräumt. In einem Regal im Wohnzimmer entdeckten die Männer eine umfangreiche Sammlung antiquarischer Bücher. Darunter befanden sich alte Ausgaben, möglicherweise Erstausgaben, von Werken Lessings und Schillers. An den Wänden hingen mehrere Bilder. Korff kannte zumindest den Maler Peter August Böckstiegel, der in Werther gelebt hatte. Zwei Tuschezeichnungen stammten von einem Maler namens Spriewald, auf einigen Aquarellen glaubte Korff den Namen „O. Klocke“ entziffern zu können. Korff betrachtete das Böckstiegel-Gemälde genauer. Es zeigte in kräftigen gelben und blauen Farben Bauern bei der Getreideernte. Korff strich mit den Fingerkuppen vorsichtig über das Kunstwerk. Er spürte die energischen Pinselstriche des Malers. Vermutlich handelte es sich um ein Original, sicherlich nicht ganz billig. Er pfiff leise.

Auf der Spüle in der Küche standen zwei benutzte Kaffeetassen und zwei Schälchen mit Müslitesten.

„Possma scheint hier nicht alleine gewohnt zu haben.“

„Dem ging es nicht wie dir, ihn scheint die große Freiheit nicht gelockt zu haben.“ Grohner, der in einer intakten Ehe lebte, grinste Korff an.

Korff ignorierte die Bemerkung. Von wegen „große Freiheit“. Seit seiner letzten Affäre mit einer verheirateten Frau, die fast zwei Jahre zurücklag, hatte er von der „großen Freiheit“ nur wenig gespürt. Ihm war in den letzten Jahren immer schmerzhafter bewusst geworden, dass er so nicht weiterleben wollte. Bislang hatte sich aber noch keine passende Partnerin gefunden. Jetzt sah die Sache anders aus. Vielleicht entwickelte sich etwas aus der Bekanntschaft mit Vera.

Sie betraten das Schlafzimmer. In der Mitte des Raumes befand sich ein großes, altes Bett mit einem Kopf- und Fußteil aus Messing. Das Bett wurde am Kopfende von zwei großen künstlichen Zimmerpflanzen flankiert. Der voluminöse Kleiderschrank war über Eck aufgestellt worden. An den Wänden hingen drei großformatige Plakate mit erotischen Motiven, die von Egon Schiele stammten, wie Korff an der Signatur erkennen konnte.

Das Arbeitszimmer wurde von einem mächtigen alten Schreibtisch beherrscht. An drei Wänden standen große Bücherregale, die mit Büchern, Aktenordnern und Karteikästen vollgestopft waren.

„Scheint ein fleißiger Mann gewesen zu sein.“ Zeinitz deutete auf die umfangreiche Bibliothek des Lehrers. „Wenn ich da an meinen Erdkundelehrer denke ... Der hatte in seinem Arbeitszimmer nur sechs oder sieben Bücher. Mehr hat der wahrscheinlich in seinem gesamten Leben auch nicht gelesen. An einer Wand hatte er einen riesigen Familienstammbaum angebracht, der beweisen sollte, dass unser guter Keiter von Hermann Löns abstammte. Daneben hing ein Jagdhorn, mit dem Keiter bei Klassenausflügen und Kursfahrten immer zum Sammeln blies."

Auf dem Schreibtisch lagen zwei Stapel mit Schulheften. Grohner griff nach einem der Hefte und blätterte darin. „Hm, eine Französischklausur. „Résumez l'extrait en le situant brièvement dans son contexte!", versuchte er die Arbeitsanweisung laut vorzulesen. Als Zeinitz verhalten lachte, stellte Grohner entschuldigend fest: „Lach nur, vor 30 Jahren war ich Klassenbester in Französisch."

Neben dem Schreibtisch stand ein Computer. Korff unterbrach Zeinitz, der Grohner gerade mit einer anzüglich-witzigen Bemerkung provozieren wollte, und deutete auf den Rechner. „Den solltest du dir morgen mal vornehmen."

Zeinitz nickte. „Wir sollten aber erst einmal die Spurensicherung hier reinlassen, sonst springt Hermann Dreyer im Dreyereck." Die Männer lachten.

Als sie die Wohnung wieder verlassen wollten, griff Grohner nach einem kleinen Schlüssel, der an einem Haken neben der Wohnungstür hing. „Das wird der Briefkastenschlüssel sein", vermutete er. „Wollen wir doch einmal sehen, was Herr Possma an Post bekommen hat."

Grohner ging die wenigen Schritte zum Briefkasten, der sich neben der Eingangstür befand. Kurze Zeit später trat er, etwas heftiger atmend, wieder in die Wohnung. In seiner rechten Hand hielt er mehrere Briefe. Ein rascher Blick zeigte den Kriminalbeamten, dass es sich mehrheitlich um Informationsmaterial von Schulbuchverlagen handelte. Ein Brief fiel allerdings aus der Reihe.

„Hier, ohne Absender." Grohner hielt den braunen DIN-A5-Umschlag unschlüssig in seinen Händen. Er verzichtete aber darauf, ihn zu öffnen und schob ihn in eine mitgebrachte Plastiktüte.

„Den Brief sollten wir uns im Präsidium in aller Ruhe ansehen." Grohner blickte seine Kollegen fragend an.

Es erhob sich kein Widerspruch.

Sie verließen die Wohnung. Grohner verschloss sorgfältig die Tür.

***

Inzwischen war es kurz nach 18:00 Uhr. Im Präsidium waren nur noch wenige Büros besetzt. Die drei Kriminalbeamten saßen um Korffs Schreibtisch und betrachteten den braunen Briefumschlag mit der Anschrift Possmas. Grohner hatte Latexhandschuhe übergestreift und blickte seine Kollegen an, bevor er den Brief vorsichtig öffnete. Mit einer Pinzette zog er ein doppelt gefaltetes weißes Blatt aus dem Umschlag, dabei rutschten vier 100-Euro-Scheine heraus.

„Das ist interessant." Er schob die Geldscheine wieder in den Umschlag und entfaltete das Blatt. Es war leer. Nur rechts oben in einer Ecke erkannten die Kriminalbeamten zwei handgemalte Buchstaben: ein „B" und ein „K".

„Die Initialen des Absenders?" Korff deutete auf die beiden Buchstaben.

Grohner zuckte mit den Achseln. „Möglicherweise. Das sollten sich die Kollegen von der Spurensicherung ansehen. Vielleicht finden sich noch Fingerabdrücke auf dem Blatt."

Korff runzelte die Stirn. „Ich frage mich, weshalb beziehungsweise wofür Possma auf diesem etwas obskuren Weg 400 Euro erhält."

Zeinitz blickte Korff an. „Gibt es bald Zeugnisse? Will da etwa jemand seinem Kind gute Noten verschaffen?"

Korff und Grohner zuckten die Achseln. Zeinitz' Augen wanderten weiter zu Grohner. „Wie bist du eigentlich an deine Französischnote gekommen? Haben deine Eltern etwa auch …?"

Zeinitz konnte sich gerade noch ducken, als er einen Schatten auf sich zufliegen sah. Der schwarzgelbe Schlüsselanhänger in Form eines Fußballs, der zuvor noch friedlich auf Korffs Schreibtisch gelegen hatte, klatschte nur knapp über dem Kopf des jungen Kommissars an die Wand."

„Sag mal, spinnst du?" Korff blickte Grohner wütend an. Wenn sich jemand an seinen BVB-Devotionalien zu schaffen machte, verstand Korff keinen Spaß. Er stand auf, klaubte den Schlüsselanhänger vom Boden auf und untersuchte ihn akribisch auf Beschädigungen. Als er sah, dass der Anhänger unversehrt war, beruhigte er sich.

„Wir sollten jetzt Schluss machen." Wie er erwartet hatte, blickte Korff in zustimmende Gesichter. „Lasst uns aber kurz noch überlegen, wie wir morgen weiter vorgehen."

Grohner setzte ein gequältes Gesicht auf. „Da ich vermute, dass du dich bei Possmas Kollegen in der Schule umhören willst, bleibt für mich ja nur noch die Befragung der Nachbarn." Er zögerte kurz, wie um sich mit der Aufgabe anzufreunden. „Vielleicht haben sie ja jemanden gesehen, der sich an Possmas Porsche zu schaffen gemacht hat."

Korff nickte zustimmend. „Ich hatte so ähnlich gedacht. Wir müssen auch herausfinden, wer die zweite Tasse in Possmas Küche benutzt hat." Er wandte sich an Jörg Zeinitz. „Ich sorge bei Pol Pot dafür, dass du uns in den nächsten Tagen unterstützen kannst. Du solltest dich zunächst mit Possmas Computer beschäftigen. Wir treffen uns morgen Nachmittag zu einer ersten Lagebesprechung."

***

Nach dem Kinobesuch hatte Vera Reinsfeld darauf bestanden, noch einen kurzen Abstecher zum Bielefelder Boulevard zu machen. Sie nahmen den kurzen Weg durch das Bahnhofsgebäude.

Sie waren sich über den in der *Kamera* gesehenen Film schnell einig: *Million Dollar Baby* von und mit Clint Eastwood war ein herausragender Film.

Als sie die Unterführung passiert hatten, sagte Korff: „Ich kann mich noch an einen alten Western mit Clint Eastwood erinnern, *Für eine Handvoll Dollar* hieß der. Clint spielte darin einen Revolverhelden, der zwei Gangsterbanden gegeneinander ausspielt. Dass Eastwood mal ein so guter Regisseur werden würde, konnte man damals noch nicht ahnen."

Vera Reinsfeld stimmte zu. „*Million Dollar*

Baby ist meisterhaft, auch wenn der Film an einigen Stellen klischeehaft wirkt."

„Was meinst du damit?"

„Na ja, die deutsche Boxerin wird doch wie eine KZ-Aufseherin dargestellt, oder?"

Korff musste Vera beipflichten. Inzwischen hatten die beiden den Boulevard erreicht. Da sich Vera, die in Herford wohnte, auf dem Boulevard nicht gut auskannte, schlug Korff vor, ins *Edelweiß* zu gehen.

Nachdem sie zwei Cocktails bestellt hatten, blickte Vera Reinsfeld aus dem Fenster. „Ich glaube, ich war erst zwei- oder dreimal hier am Boulevard. Seit wann existiert das Viertel eigentlich?"

Korff zog die Schultern hoch, um anzudeuten, dass er das so genau nicht wusste. „So etwa seit der Jahrtausendwende", sagte er.

„Die Kneipen in der Bielefelder Innenstadt werden sicherlich gespürt haben, dass der Boulevard ihnen Gäste weggenommen hat."

„Sicher, mit der Gastronomie lässt sich heutzutage nur noch schwer richtiges Geld verdienen." Korff, der durch seinen Beruf einige Gastwirte näher kannte, wusste, dass die meisten Wirte unter abnehmender Gästezahl und gleichbleibender Pacht litten.

„Ich weiß, mein Mann hatte ein Restaurant."

„Du hast mir bislang noch nichts von deinem Mann erzählt."

Vera Reinsfeld zögerte und antwortete knapp: „Er ist vor zwei Jahren bei einem Verkehrsunfall ums Leben gekommen."

Korff schwieg. Er fasste nach Veras Hand. Sie wehrte sich nicht dagegen. Es war ihre erste vertraulichere Berührung. Nach einer Weile fragte Korff: „Was war er für ein Mensch?"

Sie zögerte, so als falle es ihr schwer, ihren verstorbenen Mann treffend zu beschreiben. „Er war kompliziert. Ich glaube, das ist das richtige Wort, um ihn zu charakterisieren."

„Habt ihr Kinder?"

„Ja, eine erwachsene Tochter. Sie lebt und arbeitet in Hamburg."

Korff verzichtete auf Nachfragen. Stattdessen erkundigte er sich: „Wie läuft das Anwaltsgeschäft?"

Vera saugte kurz an ihrem Strohhalm. „Na ja, ich bin nicht die einzige Anwältin in Herford, die sich auf Ehescheidungen spezialisiert hat. Auch für Anwälte kann das Leben hart sein." Sie machte eine kurze Pause. „Ich freue mich über jeden neuen Klienten, im Unterschied zu dir. Oder?"

Korff lachte. „Da magst du Recht haben. Wer freut sich schon über Mord und Totschlag?" Er berichtete in groben Zügen über den Fall, an dem er und sein Kollege Grohner seit dem frühen Nachmittag arbeiteten.

„Wie geht ihr vor?“, wollte Vera wissen.

„Wir schauen uns zunächst einmal das Umfeld des Ermordeten an. Es muss ja ein Motiv für die Tat geben. Eine Tat ohne Motiv wäre äußerst ungewöhnlich.“

Vera nickte. „Das stimmt. Und – seid ihr bei der Suche nach dem Motiv schon fündig geworden?“

Korff schüttelte den Kopf. „Dafür ist es noch zu früh. Ich werde mich morgen mit den Arbeitskollegen des Ermordeten unterhalten. Vielleicht sehen wir danach schon etwas klarer.“

Als Korff beim Kellner zwei neue Cocktails bestellen wollte, merkte er, dass er noch immer Veras Hand hielt. Ihr schien das nicht unangenehm zu sein.

3. Kapitel

Mittwoch, den 9. Mai 2012

Als Korff Jöllenbeck durchfahren hatte und die Unfallstelle vor sich sah, registrierte er, dass ein neuer Telegrafenmast neben den Überresten des alten abgelegt worden war. Ein Transporter stand auf dem Feldweg, der in die etwas tiefer gelegene Wiese führte, und zwei Männer in blauer Arbeitskleidung waren dabei, den Stumpf des alten Mastes zu entfernen. Man hatte also damit angefangen, die zerstörten Leitungen wieder instand zu setzen.

Nach der Rechtskurve begann eine Steigung. Als Korff die Kuppe des Hügels überwunden und zwei kleine Wäldchen passiert hatte, die links und rechts der Straße lagen, leuchteten zu seiner Rechten die gelben Rapsfelder, die in diesen Wochen die ostwestfälische Landschaft prägten. Im CD-Laufwerk des Autos lief gerade Mozarts Symphonie Nr. 24. Korff summte mit. Bis Lenzinghausen verlief die Straße jetzt in weiten Kurven.

Der Hauptkommissar war ausgesprochen gut gelaunt. Der gestrige Abend mit Vera Reinsfeld hatte ihm gefallen. Die beiden waren sich nähergekommen. Sie schien ihn zu mögen. Er freute sich schon auf ihr nächstes Beisammensein.

In Spenge floss der Verkehr, von drei Ampeln dirigiert, langsam die Lange Straße hinunter, die den Ort westlich des Zentrums durchschnitt. Korff passierte das Gebäude der Sparkasse. Rechter Hand zweigte die nur mäßig belebte Fußgängerzone von der Durchgangsstraße ab.

Die Lange Straße war auf beiden Seiten mit zahlreichen Plakaten geschmückt worden, die auf die am kommenden Sonntag stattfindende Landtagswahl aufmerksam machten. Ein großformatiges CDU-Wahlplakat warb für eine „Politik aus den Augen unserer Kinder“ und zeigte den CDU-Kandidaten Norbert Röttgen im Gespräch mit einem drei- oder vierjährigen, mit einer roten Schirmmütze bekleideten Jungen. Ein Plakat der Piraten verkündete „Für dieses System ist ein Update verfügbar“, während Hannelore Kraft, die amtierende Ministerpräsidentin, auf dem Wahlplakat der SPD mit älteren Menschen abgebildet war, wobei das Plakat verkündete: „Wir halten zusammen“.

Das Bussche-Münch-Gymnasium lag im Zentrum der kleinen Stadt. Korff fand nur mit Mühe einen schulnahen Parkplatz und überquerte schnellen Schrittes den Schulhof.

Korff hatte seit fast 30 Jahren keine Schule mehr betreten. Er mochte Schulen nicht besonders. Seine eigene Schulzeit, die er in Dortmund verbracht hatte, war mit unangenehmen Erinnerungen an einige antiautoritäre Lehrer verbunden, die anfangs versucht hatten sich mit den Oberstufenschülern zu solidarisieren, aber, als ein Konflikt mit der Schulleitung zu eskalieren drohte, klein beigegeben hatten, um ihre Verbeamtung nicht zu gefährden.

Gerüche scharfer Reinigungsmittel, eine vom Schweiß ungezählter Schülergenerationen getränkte, alte Backsteinsporthalle und einige wenig erfreuliche Begegnungen mit dem anderen Geschlecht rundeten Korffs Erinnerungen an seine Schulzeit ab. Er war bislang allen Ehemaligentreffen ferngeblieben. Es hatte ihn nicht sonderlich interessiert, was aus seinen Mitschülern geworden war.

Als Korff in der Eingangshalle des Busche-Münch-Gymnasiums stand, fehlten zumindest die alten Gerüche. Stattdessen zog der Duft von selbstgebackenen Waffeln durch den großen Raum. Drei Oberstufenschülerinnen hatten sich hinter einem Tapeziertisch postiert und füllten Teig in mehrere Waffeleisen. „Für unsere Abi-Kasse" war auf einem Plakat zu lesen, das hinter dem Tisch an einer Wand angebracht worden war.

Korff ließ sich von einer gestylten Mittelstufenschülerin, die einen Overheadprojektor vor sich her schob, den Weg zum Sekretariat beschreiben, das sich im ersten Stock befand.

Das Treppenhaus hatten vermutlich die Kunstkurse der Schule gestaltet. Korff erkannte eine großformatige Nachahmung eines Gemäldes von Salvador Dalí, die seltsam verformte Uhren zeigte. Daneben waren zahlreiche Schülerzeichnungen, mehr oder weniger gelungene Karikaturen von Politikern, an der Wand befestigt worden.

Die Tür zum Sekretariat war angelehnt.

„Guten Morgen."

Die Schulsekretärin, eine etwa 50-jährige Frau, stand vorn am Tresen, der ihren Arbeitsbereich vom Publikumsverkehr abtrennte und sortierte einen Stapel Papiere. Sie ließ sich etwas Zeit, bevor sie sich Korff zuwandte. „Ja bitte?"

„Mein Name ist Korff. Ich möchte den Schulleiter sprechen."

Die Frau taxierte Korff einen kurzen Augenblick. Sie schien sich unschlüssig darüber zu sein, ob sie es mit dem Vater eines Schülers, dem Repräsentanten eines Schulbuchverlages oder einem Vertreter der Bezirksregierung zu tun hatte.

„In welcher Angelegenheit?"

„Das werde ich dem Schulleiter persönlich sagen." Korff zeigte der Sekretärin seinen Dienstausweis. Sie sah sich den Ausweis aufmerksam an, zuckte mit den Schultern und ging zur Tür, die zum Schulleiterzimmer führte.

Korff konnte sehen, dass Oberstudiendirektor Dr. Theodor Dröge an seinem Schreibtisch saß und in einer Akte las. Dröge blickte auf.

„Herr Korff von der Bielefelder Kripo möchte Sie sprechen."

Dröge nickte kaum wahrnehmbar. Korff hörte ein gedehntes „Jaa …", und etwas lauter: „Er soll hereinkommen."

Korff drängte sich an der Schulsekretärin vorbei und betrat das Zimmer des Schulleiters. Dröge hatte sich inzwischen erhoben und kam Korff entgegen. Er war größer als Korff, schlank, und hatte ein schmales Gesicht mit ausgeprägtem Kinn und klugen Augen, die Korff über die Lesebrille hinweg freundlich anblickten. Seine grauen Haare trug er zurückgekämmt.

„Nehmen Sie doch bitte Platz." Dröge wies auf den ovalen Besprechungstisch im Hintergrund seines Arbeitszimmers. Die beiden Männer setzten sich.

„Möchten Sie einen Kaffee?" Der Schulleiter blickte Korff fragend an und griff nach der Kaffeekanne, die auf dem Tisch stand.

Korff nickte. „Gern, mit etwas Milch."

Dröge nahm zwei unbenutzte Tassen von einem Tablett und schenkte Kaffee ein. Eine Tasse reichte er Korff, nachdem er etwas Milch hinzugefügt hatte.

„Was kann ich für Sie tun?“

Korff nahm einen kleinen Schluck aus der Tasse und beugte sich leicht vor. „Vermutlich haben Sie schon erfahren, dass Johann Possma gestern ermordet worden ist?“

Dröge blickte seinen Besucher entgeistert an und schüttelte den Kopf. „Gestern Nachmittag hat mich eine Kollegin angerufen, die in Jöllenbeck wohnt. Sie hat mich darüber informiert, dass Herr Possma einen tödlichen Verkehrsunfall hatte. Sie sagen jetzt, Herr Possma sei ermordet worden?“

Korff nahm einen weiteren Schluck, bevor er die Tasse abstellte. „Nach unseren Erkenntnissen hat jemand die Bremsanlage seines Autos manipuliert. Das war wohl ursächlich für den Unfall.“

Dröge schloss die Augen. Es dauerte eine Weile, bis er sich wieder äußerte: „Schrecklich. Wer tut so etwas?“

Korff hob die Schultern. „Das wissen wir noch nicht. Was können Sie mir über Herrn Possma sagen? Wie lange war er an Ihrer Schule?“

„Seit knapp zwei Jahren. Er unterrichtete die Fächer Französisch, Geschichte und Philosophie. Er war ein sehr fähiger Lehrer, bei den Schülern und Kollegen sehr beliebt.“

Korff hätte sich gewundert, wenn der Schulleiter etwas anderes gesagt hätte. Er zog seinen kleinen Notizblock hervor. „Ich möchte gleich mit einigen Ihrer Lehrerinnen und Lehrer sprechen. Mit wem war Herr Possma besonders befreundet?"

Dröge überlegte kurz. „Vielleicht sollten Sie zunächst mit Herrn Richter sprechen. Mit ihm hat Herr Possma viel zusammengearbeitet. Herr Richter wird Ihnen sicherlich weitere Ansprechpartner nennen können." Er zögerte. „Sie werden verstehen, dass ich bei etwa 80 Kolleginnen und Kollegen nicht alle bestehenden Kontakte ..." Er ließ den Satz unvollendet und blickte stattdessen auf seine Armbanduhr. „Sie werden Herrn Richter während der großen Pause im Lehrerzimmer finden. Sie beginnt in wenigen Sekunden."

„Ist Ihnen in den letzten Wochen etwas Besonderes an Herrn Possma aufgefallen?"

Der Schulleiter schüttelte den Kopf. „Nein, jedenfalls nichts, was mit dem Unfall oder Mord zu tun haben könnte."

„Welchen Status hatte Herr Possma?"

„Herr Possma ist Studienrat z.A., seine endgültige Verbeamtung hätte zum Ende des laufenden Schuljahres stattgefunden."

„Gab es irgendwelche Schwierigkeiten bezüglich der Verbeamtung?"

„Nein, ich habe … ich meine, ich hatte einen sehr guten Eindruck von Herrn Possma und seiner Arbeit hier. Er hätte von mir die Bestnote bekommen."

In diesem Augenblick klingelte es zur großen Pause. Korff erhob sich. „Gut, wenn sich weitere Fragen ergeben, komme ich noch einmal auf Sie zurück. Ich würde jetzt gern mit einigen Kolleginnen und Kollegen von Herrn Possma sprechen."

Dröge nickte und erhob sich ebenfalls. „Ich begleite Sie ins Lehrerzimmer und mache Sie mit den Kollegen bekannt."

Dröge ging voraus. Sein Gang war aufrecht und federnd. Jeder Lehrer, der ihnen entgegenkam, wurde von Dröge freundlich gegrüßt. Im Lehrerzimmer herrschte bereits ein unruhiges Treiben. Lehrer mit Kaffeetassen in der Hand gruppierten sich um Stehtische herum und tauschten zum Teil lautstark ihre Erlebnisse der vorangegangenen Unterrichtsstunden aus. Dröge machte sich den anwesenden Lehrerinnen und Lehrern bemerkbar und gebot Ruhe. Dann informierte er die Anwesenden über den Tod ihres Kollegen und über die anstehenden Ermittlungen der Kriminalpolizei. Er schloss mit den Worten: „Ich möchte Ihnen Herrn Korff von der Kripo Bielefeld vorstellen. Ich bitte Sie, Herrn Korff bei seiner Arbeit zu unterstützen."

Die anwesenden Lehrkräfte hatten zunächst geschwiegen, nun aber erhob sich ein lautes Gemurmel. Auch sie hatte die Information über den Mord an ihrem Kollegen erschüttert.

Dröge blickte sich suchend um und sagte: „Ich möchte zunächst Herrn Richter bitten, sich für ein Gespräch mit Herrn Korff zur Verfügung zu halten. Wo ist Herr Richter?"

„Draußen bei der Aufsicht. Er wird sicherlich gleich kommen." Eine attraktive Lehrerin, noch keine 30, mit blasser Haut, vermutlich rotgefärbten Haaren und dunkelrot geschminkten Lippen deutete auf das Fenster, das einen Blick auf den Schulhof bot.

Dröge lächelte der Lehrerin zu. „Vielen Dank, Frau Kagel."

An Korff gewandt, aber für alle hörbar, sagte Dröge: „Vielleicht gelingt es Ihnen, den Schulbetrieb durch Ihre Arbeit so wenig wie möglich zu beeinträchtigen."

Korff entgegnete in verbindlichem Ton: „Ich werde mich bemühen. Sie sollten aber nicht vergessen, dass hier ein Kapitalverbrechen vorliegt, das rasch aufgeklärt werden muss." Dann ließ er seine Blicke zwischen den anwesenden Lehrerinnen und Lehrern hin und her wandern und sagte in mittlerer Lautstärke: „Ich werde heute oder morgen mit einigen von Ihnen sprechen müssen. Ich hoffe auf Ihr Verständnis und Ihre Kooperation."

Das Pausenende wurde durch ein weiteres Klingeln angekündigt, woraufhin sich das Lehrerzimmer langsam leerte. Dröge verabschiedete sich von Korff und verließ ebenfalls den Raum.

***

„Hey Klaus, wir haben uns ja lange nicht mehr gesehen!"

Korff drehte sich um, die Stimme kannte er. Hinter ihm stand Jacob Richter, der jüngere Bruder seiner früheren Freundin Conny.

Korff verzog sein Gesicht zu einem Grinsen. „Ich wusste ja, dass du Lehrer geworden bist, aber nicht, dass du hier arbeitest."

„Ich bin auch erst seit Beginn dieses Schuljahres hier." Richter schien sich über die Begegnung mit Korff zu freuen. Als sich seine Schwester vor etwa drei Jahren von Korff getrennt hatte, war auch der Kontakt zwischen den beiden Männern abgebrochen.

„Du warst mit Johann Possma befreundet?" Korff legte seine rechte Hand freundschaftlich auf Richters linken Unterarm. „Euer Schulleiter hat gemeint, ich solle mich zunächst mit dir unterhalten. Ich konnte ja nicht ahnen, dass du sein ‚Herr Richter' bist."

„Das konntest du nicht, zumal der Name Richter ja nicht so selten vorkommt." Jacob Richter machte eine kurze Pause, er wirkte bekümmert. „Ja, Johann und ich, wir haben eng zusammengearbeitet. Johann war ein prima Kollege."

Korff blickte sich um. Obwohl die Pause beendet war, saßen oder standen noch immer etwa zehn Lehrerinnen und Lehrer in dem Raum. Offenbar hatten sie gerade eine Freistunde. Die meisten von ihnen unterhielten sich mehr oder weniger aufgeregt miteinander. Einige lasen in Zeitungen oder betrachteten das Schwarze Brett. Korff hatte den Eindruck, als verfolgten sie zugleich neugierig das Gespräch. „Können wir hier irgendwo in Ruhe miteinander reden?"

Richter nickte. „Ich habe zwei Freistunden. Wenn du willst, können wir einen kleinen Spaziergang machen und uns dabei unterhalten."

Korff überlegte kurz, dann sagte er: „Gut, dabei sind wir ungestört."

„Ich verstehe noch nicht ganz … Du bist doch bei der Kripo … Schrecklich, der Unfall, aber weshalb bist du hier? Was hat die Kripo mit einem Verkehrsunfall zu tun?"

„Johann Possma ist ermordet worden."

Richter blickte Korff zweifelnd an. „Er ist

ermordet worden? Wir dachten, er sei verunglückt."

„Nein, jemand hat die Bremsanlage seines Autos beschädigt."

Beide schwiegen. Erst etwas später, als die beiden den Schulhof verlassen hatten, sagte Richter: „Johann war ein sehr guter Lehrer mit vielen Ideen. Seine Schüler mochten ihn. Ich kann mir nicht vorstellen, dass ihn jemand so gehasst hat, dass …"

Korff unterbrach ihn: „Über das Mordmotiv wissen wir noch nichts. Der Mörder muss ihn nicht zwangsläufig gehasst haben." Nach einer kurzen Pause, in der die beiden einige Meter zurücklegten, fragte Korff: „Was weißt du noch über Possma? Hat es in den letzten Wochen Streit mit Kollegen gegeben?"

„Nein, eigentlich nicht. Letzten Freitag hatte Johann allerdings eine kleine Auseinandersetzung mit Lieber, das ist unser stellvertretender Schulleiter."

Die beiden Männer waren jetzt in der trist wirkenden Fußgängerzone angelangt. Mehrere Geschäfte standen leer. In den Schaufenstern klebten Zettel mit Telefonnummern und dem Hinweis, dass die Geschäfte zu vermieten seien.

„Die großen Märkte in Bielefeld?" Korff deutete auf die leeren Schaufenster.

„Ja. Das ist die Kehrseite von ‚Geiz ist geil'."

„Worum ging es in der Auseinandersetzung zwischen Lieber und Possma?"

Richter zuckte mit den Achseln. „Um Kleinigkeiten. Johann ist in den letzten Tagen ein paar Male zu spät zum Unterricht erschienen. Mit der Pünktlichkeit hatte er es nicht so."

„Erzähl mir mehr über ihn."

Richter überlegte einen kurzen Augenblick. „Ich habe Johann erst hier an der Schule kennengelernt. Er war auch noch nicht so lange hier. In den ersten Tagen und Wochen muss man sich als Neuzugang erst einmal orientieren. Johann hat mir dabei geholfen. Er war sehr intelligent und fachlich äußerst versiert."

„Hm. Zu welchen weiteren Kollegen hatte Possma nähere Kontakte?"

„Es gibt einige jüngere Kollegen, die in Bielefeld wohnen. Wir treffen uns regelmäßig freitagabends in einer Bielefelder Kneipe. Johann nahm fast immer an den Treffen teil, ich auch."

Sie überquerten die Lange Straße. Richter bog nun in die Werburger Straße ein. Sie passierten Zweifamilienhäuser mit gepflegten Vorgärten. Korff vermutete, dass die Häuser in den 50er Jahren erbaut worden waren. Die Straße führte jetzt bergab.

„Wer gehörte noch zu dieser Gruppe?"

Richter überlegte einen kurzen Augenblick. „Matthias Hagemann, Rena Kagel und Stefan Siebrasse“, sagte er endlich.

Korff notierte sich die Namen. Die beiden hatten jetzt die Werburg erreicht. Korff kannte das Gebäudeensemble von einem Fall, den er vor drei Jahren bearbeitet hatte. Das Herrenhaus war inzwischen renoviert worden, das Dach war neu gedeckt und das Fachwerk erstrahlte in altem Glanz.

„Das ist eines der Schmuckstücke des Ortes.“ Richter wies auf die Gebäude, nachdem die beiden Männer stehengeblieben waren.

„Ich weiß“, sagte Korff knapp, „ich habe hier vor etwa drei Jahren mal jemanden verhaftet.“

Als der erstaunte Richter zu einer Frage ansetzte, erklärte Korff: „Das ist eine andere Geschichte. Ich kann sie dir vielleicht bei Gelegenheit erzählen. Was weißt du noch über Johann Possma?“

Richter überlegte. „Nicht viel“, sagte er. „Johann hatte noch ein paar enge Freunde, mit denen er während des Studiums zusammengewohnt hat. Er traf sich gelegentlich mit ihnen.“

„Kennst du die Namen dieser Freunde?“

„Nein, keine Ahnung. Ich habe sie auch nie gesehen.“

„Possma fuhr einen neuen Porsche, in seiner

Wohnung hängt zumindest ein teures Gemälde. Woher hatte Possma so viel Geld?“

Richter zuckte mit den Schultern. „Über Geld haben wir nie gesprochen. In der Kneipe war Johann immer sehr sparsam, man musste ihn nötigen, mal eine Runde auszugeben. Wir haben darüber unsere Witze gemacht.“

Korffs Handy klingelte. Der Anruf kam von Jörg Zeinitz. Seine Stimme klang bedrückt. „Klaus, ich bin mit der Spurensicherung in Possmas Wohnung. Ich wollte die Post durchsehen und den Rechner abholen.“

„Ja, und?“

Zeinitz zögerte kurz, mit gedämpfter Stimme sagte er: „Die Post habe ich bekommen, der Rechner ist nicht mehr da.“

„Wie bitte?“

„Jemand muss heute Nacht den Rechner aus der Wohnung geholt haben. Das Fenster zum Garten ist aufgebrochen worden. Da ist jemand gewaltsam eingedrungen.“

Korff konnte sich noch genau an den Rechner erinnern. Er hatte in Possmas Arbeitszimmer neben dem Schreibtisch gestanden.

„Sch… Da hat uns jemand eine wichtige Spur vor der Nase weggeschnappt.“

„Wir hätten den Rechner gestern Abend mitnehmen sollen. Ich könnte mich ohrfeigen.“ Zeinitz schien sich den Verlust des PC persönlich vorzuwerfen.

Korff versuchte ihn zu beruhigen. „Wir haben gemeinsam so entschieden. Hat Possma einen Laptop besessen?“

„Wenn er einen hatte, so ist der auch weg.“

„Gut. Wir sehen uns heute Nachmittag.“ Korff drückte auf die Aus-Taste.

„Schlechte Nachrichten?“ Richter deutete auf das Handy.

„Ja“, sagte Korff knapp.

Die beiden Männer setzten sich wieder in Bewegung. Richter wandte sich jetzt nach rechts in die Weidenstraße.

„Lebte Possma mit einer Frau zusammen?“

„Johann hatte keine Freundin. Frauen haben ihn nicht sonderlich interessiert.“

Korff wusste zunächst nicht, wie er Richters Bemerkung verstehen sollte, dann musste er an die Bilder im Schlafzimmer des Ermordeten denken und es dämmerte ihm: „Du meinst, er war …“

„Ja, Johann war schwul. Seine letzte Beziehung ging vor etwa einem Jahr kaputt. Seitdem war er solo. Johann war ein Schöngeist. Er war sehr wählerisch, was seine Beziehungen anging.“

„Wir haben gestern Abend in seiner Wohnung zwei Kaffeetassen und Müslischüsseln gefunden.

Vorletzte Nacht scheint jemand bei ihm übernachtet zu haben."

Richter schüttelte den Kopf. „Das erstaunt mich allerdings. Mir hat er jedenfalls von einer neuen Beziehung nichts erzählt. Und ein Typ für One-Night-Stands war Johann nicht. So wie ich ihn kennengelernt habe, hätte er niemals irgendeinen fremden Mann mit in seine Wohnung genommen."

„Ein alter Freund, ein Ex?"

„Möglicherweise."

An der nächsten Kreuzung bog Richter erneut nach rechts ab. Die Straße führte jetzt bergauf. Zufällig fiel Korffs Blick auf ein Straßenschild. „Hast du gewusst, dass hier die Bussche-Münch-Straße ist? Besteht da eine Verbindung zu dem Namen deines Gymnasiums?"

Richter zuckte mit den Schultern. „Wahrscheinlich. Die Familie Bussche Münch hat früher viel Land in Spenge besessen. Ein Mitglied der Familie ist Ehrenbürger Spenges geworden. Er soll während und nach dem Zweiten Weltkrieg der Gemeinde Land zu einem günstigen Preis überlassen haben, so dass sich Spenge räumlich entwickeln konnte. Auch die Werburg hat der Familie Bussche Münch gehört."

Links lag jetzt die städtische Feuerwache. Das weiße Gebäude war an der Straßenseite mit einer etwas ungelenken großen bildlichen Darstellung geschmückt, die wohl den heiligen Florian zeigen sollte.

„Wie geht es Conny?"

„Na ja, ganz gut, glaube ich. Zurzeit genießt sie wieder mal ihr Single-Dasein. Bist du immer noch interessiert?"

Korff antwortete nicht.

***

Als Korff und Richter die Schule erreichten, klingelte es gerade zur zweiten großen Pause. Richter beschleunigte seine Schritte. Sie betraten das Lehrerzimmer, noch bevor die Lehrer ihre Klassen verlassen hatten und ihr Pausendomizil ansteuerten.

Korff blickte auf seinen Notizblock. „Kannst du mich mit einem von Possmas Kollegen aus eurem Freitagsclub bekanntmachen?"

„Sicher. Ich muss jetzt aber los. Ich habe gleich Unterricht und muss noch einige Arbeitsblätter kopieren." Er sah sich um. „Da hinten kommt Matthias Hagemann. Warte, ich hole ihn mal."

Gleich darauf kam Richter mit einem mittelgroßen, schlanken Mann zurück und stellte ihn dem Kriminalbeamten vor.

Korff nickte dem Lehrer freundlich zu. „Herr

Hagemann, haben Sie einen Augenblick Zeit? Ich möchte mich kurz mit Ihnen unterhalten."

„Ja, natürlich." Hagemann zögerte. „Wir gehen am besten in das Besprechungszimmer. Das dürfte jetzt frei sein."

Korff folgte Hagemann in einen kleinen, höchstens 12 Quadratmeter großen Raum, der mit einem runden Tisch und vier Stühlen ausgestattet war. An einer Wand stand ein Regal, in dem Unterrichtsmaterialien lagerten.

„Schrecklich." Hagemann schüttelte den Kopf. „Johann war ein ausgesprochen netter Mensch. Es ist für mich völlig unfassbar, dass ihn jemand ermordet haben könnte." Er deutete auf die Stühle und die beiden setzten sich. „Wie kann ich Ihnen helfen?"

„Ich habe gehört, dass Sie zu den Kollegen gehören, mit denen Johann Possma enger befreundet war."

„Das stimmt. Wir wohnen beide in Bielefeld und haben uns, gemeinsam mit einigen anderen Kollegen, häufig freitagabends getroffen, um ein bisschen zu klönen."

„Davon hörte ich bereits. Was war Johann Possma für ein Mensch?"

Hagemann lächelte. „Er war ein amüsanter Zeitgenosse, intelligent, scharfzüngig und witzig. Er war andererseits aber auch sehr sensibel. Er war an Gesprächen in kleineren Gruppen interessiert, in größeren Runden hielt er sich zurück."

„Hat sich Possma in der letzten Zeit bedroht gefühlt?"

Hagemann schüttelte leicht den Kopf. „Nein. Er hat mir jedenfalls nichts davon erzählt."

„Hatte er Probleme mit Kollegen?"

„Eigentlich nicht", Hagemann zögerte kurz, „na ja, ein Kollege, Herbert Szameit, hat vor ein paar Wochen Johanns Auto auf dem Parkplatz beschädigt und sich geweigert, für den Schaden aufzukommen. Johann musste Szameit erst mit dem Rechtsanwalt drohen. Seitdem war Johann auf Szameit schlecht zu sprechen. Und Szameit lässt sich bei jeder sich bietenden Gelegenheit zu irgendwelchen Bemerkungen gegen Johann hinreißen, die teilweise auch unter die Gürtellinie gehen."

„Ihr Kollege Richter hat mir vorhin erzählt, dass Johann Possma noch enge Freunde aus seiner Studienzeit hatte. Sind die Ihnen namentlich bekannt?"

„Johann hat manchmal von einem Frederik gesprochen. Das muss ein ziemlich witziger Typ sein. Ich habe den aber nie gesehen. Seinen Nachnamen kenne ich nicht."

„Wie ist Herr Possma mit der Schulleitung ausgekommen?"

Hagemann zuckte mit den Schultern. „Soweit ich weiß, ganz gut. Mit dem stellvertretenden Schulleiter hat es letzte Woche eine kleine Auseinandersetzung gegeben. Johann hat am Freitag davon erzählt. Das ist aber normal, Lieber ist eigentlich in Ordnung, er lässt aber gelegentlich den Bürokraten raushängen."

„Haben Sie gewusst, dass Herr Possma schwul war?"

„Johann hat daraus kein Geheimnis gemacht, er ist aber auch nicht mit einem Schild durch die Gegend gelaufen, auf dem ‚Ich bin schwul und das ist gut so' stand." Hagemann lächelte. „Wenn Sie wissen, was ich meine", setzte er nach.

Korff nickte. „Lebte er mit einem Freund zusammen?"

„Zurzeit nicht, soviel ich weiß. Sein letzter Partner ist vor etwa einem Jahr nach München gezogen. Die beiden haben danach auch ihre Beziehung beendet."

„Hat es zwischen den beiden Streit gegeben?"

„Nein, sie haben sich freundschaftlich getrennt. Sie haben einfach akzeptiert, dass die Entfernung zwischen München und Bielefeld zu groß war. Vielleicht war die Beziehung auch am Ende, ich weiß es nicht."

„Kennen Sie Possmas letzten Partner?"

„Ja, natürlich. Ich habe ihn damals ein paar

Male gesehen. Er heißt Frank Willheydt, ‚heydt' mit Ypsilon-De-Te. Er ist Orchestermusiker, spielt Geige. Er bekam damals ein Engagement bei einem großen Münchner Orchester."

Korff machte sich Notizen. „Der Ermordete scheint einen neuen Partner gefunden zu haben. In seiner Wohnung haben wir benutztes Frühstücksgeschirr gefunden, das darauf hindeutet, dass jemand bei ihm übernachtet hat."

Hagemann schien irritiert und sagte: „Komisch, das muss aber eine ganz frische Beziehung sein. Mir gegenüber hat er nichts davon erzählt."

„Hätte er denn mit Ihnen darüber gesprochen?"

„Ich denke schon. Jacob Richter und ich waren wahrscheinlich seine besten Freunde."

Korff schnitt ein neues Thema an: „Sind Sie über die finanziellen Verhältnisse Possmas informiert? Er hat auf ziemlich großem Fuß gelebt: teures Auto, Gemälde, wertvolle antiquarische Bücher. Solch ein Lebensstil lässt sich doch mit einem Studienratsgehalt nicht finanzieren, oder?"

Hagemann lächelte etwas wehmütig. „Da haben Sie zweifellos Recht." Er zögerte. „Johann hat sich dazu nie geäußert, auch wenn ich ihn mal vorsichtig darauf angesprochen habe."

Korff wechselte erneut das Thema: „Ist Ihnen bekannt, wo Possmas Eltern leben?"

„Johanns Eltern sind beide verstorben, kurz nachdem Johann mit dem Studium begonnen hatte. Ein Verkehrsunfall. Johann hat nicht gerne darüber gesprochen. Der Tod seiner Mutter scheint ihn sehr getroffen zu haben."

„Hat Herr Possma geerbt? War ihm vielleicht dadurch sein aufwändiger Lebensstil möglich?"

„Das glaube ich nicht. Soweit ich weiß, war sein Vater Buchhalter in einem mittelständischen Unternehmen. Große Reichtümer kann man damit nicht ansammeln. Johanns Eltern besaßen kein eigenes Haus, das Johann hätte verkaufen können."

Korff musste an seinen eigenen Vater denken, der hatte von seinem Gehalt die Familie gut ernähren, größere Reichtümer aber auch nicht ansammeln können. Korff konnte Hagemann nur beipflichten.

***

Für den frühen Nachmittag hatte Pott eine Lagebesprechung anberaumt. Es war genau 15:00 Uhr, als Korff, Grohner und Zeinitz im Besprechungsraum zusammentrafen. Sie mussten noch einige Minuten warten, bis Pott erschien und die Leitung der Sitzung übernahm.

Der Kriminaloberrat machte einen gestressten

Eindruck. Er begrüßte die Anwesenden mit der Mitteilung: „Ich komme gerade aus einer wichtigen Sitzung mit dem Polizeipräsidenten. Nur so viel: Hier im Hause wird sich demnächst einiges ändern, auch personell."

Da sich niemand für Potts sibyllinischen Worte interessierte, wandte er sich enttäuscht an Korff: „Klaus, kannst du mich zunächst über den Ermittlungsstand in eurem Fall informieren?"

Korff berichtete. Er schloss mit der Bemerkung: „Wir ermitteln noch in alle Richtungen: Befragung von Arbeitskollegen, Nachbarn, Freunden, du weißt schon. Bislang gibt es noch keine heiße Spur."

Grohner, der bestätigend genickt hatte, ergänzte: „Die Befragung der Nachbarn hat noch nichts Konkretes ergeben. Possma hat einen Carport in der Nähe seiner Wohnung von einem Nachbarn gemietet und hatte dort seinen Wagen untergestellt. Ich habe mir die Örtlichkeiten angesehen. Wer sich an dem Auto zu schaffen gemacht hat, war dabei unbeobachtet." Nach einer kurzen Pause fügte er hinzu: „Eine Nachbarin hat übrigens einen jungen Mann gesehen, der am Dienstagmorgen zusammen mit Possma das Haus verlassen hat."

Pott hakte sofort nach: „Konnte sie den Mann genauer beschreiben?"

Grohner zögerte. Sein Gesicht spiegelte Skepsis wider. „Nur vage. Er soll ziemlich jung gewesen sein, vielleicht 1,80 Meter groß, eher hager, halblange blonde Haare." Er hielt kurz inne. „Zur Zeugin ist zu sagen, dass sie fast 80 Jahre alt ist und eine Brille trägt. Sie hat den jungen Mann aus einer Distanz von etwa 40 Metern gesehen."

„Ist der junge Mann gemeinsam mit Possma ins Auto gestiegen?"

„Nein. Der Mann soll die Turmalinstraße in Richtung Jöllenbecker Straße gegangen sein. An der Jöllenbecker Straße befindet sich eine Bushaltestelle, von der man gut nach Bielefeld oder auch nach Spenge kommt."

Pott überlegte laut: „Er wird nach Bielefeld gefahren sein, sonst hätte er zu Possma ins Auto steigen können, der wollte ja nach Spenge zur Arbeit."

Korff nickte leicht und wandte sich an Zeinitz: „Jörg, was hat es mit dem gestohlenen PC auf sich?"

Zeinitz zuckte bedauernd mit den Schultern und berichtete: „Als ich heute Morgen mit der Spurensicherung in Possmas Wohnung war, habe ich bemerkt, dass man dort eingebrochen und seinen PC gestohlen hatte, den wir gestern Abend noch gesehen hatten. Die Wohnung ist heute Nacht durchwühlt worden. Ob weitere Dinge fehlen, wissen wir nicht."

Grohner, dem diese Information noch nicht bekannt war, fluchte: „Mist, wir hätten den PC gestern einpacken sollen."

Zeinitz nickte. Er ergänzte: „Der Bericht der Spurensicherung steht noch aus. Ich habe trotzdem etwas Interessantes gefunden." Er öffnete den vor ihm liegenden Aktendeckel und zeigte auf zwei braune DIN-A5-Umschläge, die in Plastiktüten steckten. „In dem einen Umschlag waren vier und in dem anderen Umschlag steckten fünf 100-Euro-Scheine. Beide Briefe sind heute Morgen mit der Post gekommen, wieder ohne Absender. Die beiliegenden Blätter sind mit den Initialen ‚HFF' und ‚KJ' versehen. Sowohl die Umschläge als auch die Geldscheine sind untersucht worden, verwertbare Fingerabdrücke gibt es nicht."

Zeinitz zog eine zweite Plastiktüte hervor, die ebenfalls braune Umschläge enthielt. „In Possmas Papierkorb haben wir noch zwei weitere DIN-A5-Umschläge gefunden, allerdings leer und ohne Absenderhinweise. Diese Umschläge müssen bereits vor Possmas Tod angekommen sein."

Pott versuchte einen Witz, der bei den Anwesenden allerdings nur zu einem leichten Lächeln führte: „Seltsam. Ich habe solche Geldsendungen noch nie bekommen. Weiß jemand von euch, wo man sich dafür anmelden kann? Possma scheint ja ein richtiges Glückskind gewesen zu sein."

Korff wandte sich mit ernstem Gesichtsausdruck an Pott: „Du solltest mal eine Kaffeefahrt mitmachen. Das Alter hast du ja inzwischen. Da kann man alles Mögliche kaufen oder bestellen."

Grohner und Zeinitz feixten, Pott blickte die beiden ärgerlich an. Jegliche Art von Humor, der sich gegen seine Person richtete, mochte er nicht.

Zeinitz fasste sich als Erster und deutete auf die Umschläge. „Ich vermute eher, dass Possma irgendwelche nebenberuflichen Aktivitäten entwickelt hat, die nicht ganz koscher sind, zumindest aber am Finanzamt vorbeigehen. Vermutlich hätte uns der gestohlene PC Aufschlüsse darüber geben können."

„Möglich."

„Wir haben jetzt die Kürzel ‚HFF', ‚KJ' und ‚BK'." Korff schrieb die Initialen auf das Flip-Chart. Darunter malte er zweimal ‚N.N.' „Wird Zeit, dass es uns gelingt, diese Kürzel aufzulösen."

„Vielleicht bekommen wir so auch einen genaueren Einblick in mögliche Nebengeschäfte Possmas und damit Anhaltspunkte für ein Tatmotiv."

„Wir sollten einmal einen Sachverständigen durch Possmas Wohnung schicken, um den Wert der Bilder und der antiquarischen Bücher zu ermitteln." Grohners Vorschlag fand einhellige Zustimmung.

„Ich werde mich darum kümmern", versprach Zeinitz.

Pott blickte auf seine Armbanduhr und durchbrach den kurzen Augenblick des Schweigens. Er schien noch einen weiteren Termin zu haben. „Wie wollt ihr weiter vorgehen?"

Korff zuckte mit den Achseln. „Wir sollten zunächst herausfinden, wer in der Nacht vor dem Mord bei Possma übernachtet hat. Damit könntest du dich weiter beschäftigen, Rolf." Korff blickte Grohner an.

„Wir müssen zudem weitere Kollegen von Possma befragen, vor allem auch diejenigen, mit denen er nicht auf so gutem Fuße stand. Damit bin ich noch nicht durch. Außerdem sollten wir herausfinden, mit wem Possma in seiner Studienzeit zusammengewohnt hat. Das wird unser Bild von Possma sicherlich vervollständigen. Das könntest du übernehmen, Jörg. Und außerdem sollten wir auch mit Possmas nach München entfleuchtem früherem Lebenspartner sprechen. Darum werde ich mich als nächstes kümmern."

Grohner deutete auf die beiden Plastiktüten

mit den Umschlägen, die noch vor Zeinitz auf dem Tisch lagen. „Wenn ich an die Briefe denke, die in den letzten Tagen eingegangen sind … Wir sollten Possmas Bankkonten überprüfen. Ich bin mir ziemlich sicher, dass sich uns da etwas Ungewöhnliches offenbaren wird."

„Möglich." Pott blickte wieder auf seine Uhr. „Es ist jetzt kurz vor 16:00 Uhr. Fangen wir sofort an. Die eine oder andere Information werden wir vielleicht heute noch bekommen. Morgen Nachmittag um 15:00 Uhr treffen wir uns wieder und tauschen unsere Ergebnisse aus."

Pott stand auf und verkündete abschließend: „Morgen Vormittag findet eine Pressekonferenz statt. Presse und Bevölkerung sollen darüber informiert werden, dass es sich bei dem Unfall um einen gezielten Mordanschlag gehandelt hat. Vielleicht bekommen wir daraufhin noch weitere Hinweise aus der Bevölkerung. Wer von euch kann daran teilnehmen?" Potts Blick wanderte von Korff zu Grohner.

Bevor sich Grohner äußern konnte, sagte Korff: „Für mich passt der Termin ganz schlecht. Ich bin morgen früh noch einmal im Gymnasium zur Befragung weiterer Lehrer und Schüler. Ich kann die immer nur vormittags erreichen. Vielleicht hat Rolf …"

„Ist gut. Rolf, wir sehen uns morgen Vormittag um 10:30 Uhr im Konferenzraum." Pott nickte Grohner zu und verschwand. Er sah nicht mehr Grohners wütenden Blick und hörte auch nicht sein in Richtung Korff halblaut gemurmeltes „Kollegenschwein".

***

In seinem Büro angekommen, setzte sich Korff an den Computer und verschaffte sich einen Überblick über die Münchner Orchester. Er hatte Glück. Er fand schnell heraus, dass Willheydt ein Engagement bei den Münchner Philharmonikern bekommen hatte. Auf der Homepage der Philharmoniker waren die Musiker des Ensembles namentlich und mit Foto aufgeführt. Frank Willheydt tauchte unter der Rubrik „2. Violinen" auf. Willheydt war sicherlich noch keine 30 Jahre alt, hatte dunkle Haare und ein schmales Gesicht, das durch eine großformatige Brille mit schwarzem Gestell noch zierlicher wirkte.

Der Rubrik „Konzertreisen" konnte Korff allerdings entnehmen, dass sich die Philharmoniker seit dem 28. April auf einer Tournee durch Kanada befanden.

Korff wählte die unter der Rubrik „Kontakt" aufgeführte Telefonnummer und geriet an eine mit leicht bayerischem Akzent sprechende Frau, die ihm, nachdem Korff sich vorgestellt hatte, versicherte, dass sich Willheydt zurzeit in der Provinz Ontario befinde. Sie versprach ihm, Willheydt umgehend zu kontaktieren und ihn um einen Anruf bei der Bielefelder Kripo zu bitten. Korff bedankte sich und legte auf.

Er lehnte sich zurück, zögerte kurz und griff erneut zum Hörer. Nach mehrmaligem Klingeln meldete sich Hermann Dreyer.

„Klaus hier. Hermann, habt ihr schon erste Ergebnisse im Mordfall Possma?“

Dreyer zögerte. Korff wusste, dass sein Kollege von der KTU solche Anrufe hasste, weil er wegen seiner akribischen Arbeitsweise keine ungesicherten Informationen herausgeben wollte. Letztendlich hatte Dreyer seine Bedenken überwunden.

„Ich sitze gerade an dem Bericht. Was willst du wissen?“

„Kannst du mir schon etwas über den Wohnungseinbruch bei Possma sagen?“

„Ja. Der Einbrecher hat eine Fensterscheibe mit Kleister bestrichen und ein altes Handtuch darauf geklebt. Damit konnte er die Fensterscheibe ohne große Geräuschentwicklung eindrücken und das Fenster von innen öffnen.“

„Also kein sehr professionelles Vorgehen?“

Dreyer lachte gequält. „Nein. Der Einbrecher

scheint in irgendeinem Fernsehkrimi gesehen zu haben, wie man ein Fenster öffnet und hat das imitiert."

„Sind die Tassen und Müslischüsseln von zwei verschiedenen Personen benutzt worden?"

„Definitiv. Wir haben die Fingerabdrücke miteinander verglichen. An beiden Löffeln befinden sich die Fingerabdrücke Possmas. Diese Abdrücke haben wir auch überall in der Wohnung gefunden. Nur einer der beiden Löffel enthält weitere Fingerabdrücke. Possma scheint den Tisch gedeckt zu haben, er hat dabei beide Löffel angefasst, einer der beiden Löffel wurde aber noch von einer anderen Person benutzt." Dreyer legte eine kurze Pause ein. „Das deckt sich mit dem Ergebnis der Spuren, die wir auf dem Sofa gefunden haben. Possma ist dunkelhaarig, auf dem Sofa scheint aber ein blonder Mensch geschlafen zu haben. Wir haben einige längere blonde Haare auf einem Sofakissen gefunden, das der Gast wahrscheinlich als Kopfkissen benutzt hat."

„Stammen die Haare von einem Mann oder einer Frau?"

„Wissen wir noch nicht. Sobald ich das Ergebnis der Analyse habe, rufe ich dich an."

„Gibt es Hinweise darauf, dass Possma und sein Besucher miteinander Geschlechtsverkehr hatten?"

„Nein, wir haben weder auf dem Sofa noch auf Possmas Bett entsprechende Spuren gefunden."

„Hm." Korff war unklar, wie er diese Information zu bewerten hatte. Es dauerte einen Augenblick, bis er fragte: „Habt ihr das Autowrack untersucht?"

„Ja, sicher."

„Gab es verwertbare Spuren?"

„Die meisten Fingerabdrücke stammen von Possma und natürlich von Weber und seinen Leuten. Wir haben allerdings zwei unvollständige Abdrücke am Holm gefunden, da, wo der Täter den Wagenheber angesetzt hat. Diese Abdrücke sind möglicherweise dem Täter zuzuordnen."

Korff bedankte sich und legte auf.

***

Der Mann starrte auf den Bildschirm. Das war sehr viel schlimmer, als er erwartet hatte. Possma hatte seine Tätigkeit ausführlich dokumentiert, mit allen Namen. Gut, dass er rechtzeitig Vorsorge getroffen und sich Possmas Computer beschafft hatte. Wären die ermittelnden Polizisten in den Besitz des Computers gelangt, so hätten sie ohne große Mühe seinen Namen herausfinden können.

Dem Mann vor dem Bildschirm machte aber noch eine andere Sache große Sorgen. Possma und Schmidt hatten zahlreiche Mails ausgetauscht. Es war nur eine Frage der Zeit, bis die Polizei mit Schmidt sprach. Und wenn man Schmidt die richtigen Fragen stellte … Nicht auszudenken!

Nach reiflicher Überlegung blieb ihm nur eine Option: Auch Schmidt musste sterben. Und zwar so schnell wie möglich. Er tat sich schwer mit diesem Gedanken. Im Grunde war er kein Mörder. Für Possmas Tod fühlte er sich nur teilweise verantwortlich, hatte dieser doch durch seine ungestüme Fahrweise mit dazu beigetragen, dass es zu dem tödlichen Unfall gekommen war.

Die Ausschaltung Schmidts musste anders erfolgen. Es blieb keine Zeit für einen raffinierten Plan. Aus den Mails ging hervor, dass Schmidt immer noch ledig war und in Bielefeld wohnte. Er hoffte, dass er Schmidt noch an diesem Abend zu Hause antraf. Leider war er nicht im Besitz einer Schusswaffe. Ihm grauste vor einem direkten Angriff mit einem Messer.

Doch plötzlich hatte er eine Idee.

Er fuhr den Computer herunter, nahm einen Schraubenzieher, öffnete das Gehäuse des Computers und löste die Festplatte heraus. Anschließend ging er in den Keller, legte die Festplatte auf seine Werkbank und bearbeitete sie mit einem schweren Hammer. Die Festplatte war erstaunlich robust und setzte den Hammerschlägen viel Widerstand entgegen. Aber schließlich hatte er die Platte soweit deformiert, dass ihr kaum noch Informationen zu entnehmen waren.

Der Computer und die Festplatte mussten aus seinem Haus verschwinden. Das hatte höchste Priorität. Er verstaute beide Teile im Kofferraum seines Autos. Heute Abend, nachdem er Schmidt besucht hatte, würde er am Obersee vorbeifahren und die beiden Beweisstücke im See versenken.

4. Kapitel

Donnerstag, den 10. Mai 2012

Schon seit geraumer Zeit beobachtete der Mann das erleuchtete Arbeitszimmer im ersten Stock des Hauses in der Humboldtstraße. Die Zimmer in der unteren Etage waren dunkel. Die Hauseigentümer waren offenbar verreist. Schmidt saß an seinem Schreibtisch und arbeitete konzentriert. Von Zeit zu Zeit erhob er sich und holte aus dem Bücherregal, das sich im Hintergrund des Zimmers befinden musste, ein Buch, in dem er dann las. Dabei machte er sich Notizen.

Der nächtliche Besucher stand im Garten des Hauses an einen Baum gelehnt und wartete geduldig darauf, dass in den Nachbarhäusern das Licht ausging. Um kurz vor 01:00 Uhr war es soweit. Auch Schmidt, der da oben an seinem Schreibtisch saß, hatte bis zu diesem Zeitpunkt schon mehrfach gegähnt. Er stand jetzt auf und schien seine Arbeit beenden zu wollen.

Nachdem oben im Arbeitszimmer das Licht gelöscht worden war, schlich der Mann vorsichtig zur Eingangstür, die vom Nachbarhaus nicht eingesehen werden konnte, da diese Seite des Nachbarhauses keine Fenster besaß.

„Frederik Schmidt" stand auf dem oberen Klingelschild, das auf der linken Seite der Eingangstür angebracht worden war. Der Mann drückte auf die Klingel und zog gleichzeitig aus dem länglichen Beutel, den er in der linken Hand hielt, eine Stichwaffe, die er sofort hinter seinem Rücken verbarg.

Die Tür wurde geöffnet. Frederik Schmidt blickte den vor ihm Stehenden an.

„Sie?“, fragte er überrascht. „Kann ich Ihnen helfen?“

Der Andere antwortete nicht. Er holte blitzschnell den Degen hinter seinem Rücken hervor, machte einen Ausfallschritt und ließ dabei den Degen durch die Luft schnellen. Die Degenspitze traf Frederik Schmidt in die Brust und zerfetzte seine linke Herzkammer.

Schmidt blickte ungläubig, wollte offenbar noch etwas sagen, schaffte es aber nicht mehr. Er sackte in sich zusammen und fiel schwer auf den Steinfußboden des Hausflures. Blut strömte stoßartig aus der Brustwunde hervor.

Der nächtliche Besucher lauschte. Im Haus blieb es still. Er zog vorsichtig die Eingangstür hinter sich zu, würdigte den Toten keines Blickes und stieg langsam die steinerne Treppe hinauf.

Die Wohnungstür oben war nur angelehnt. Aus der Wohnung drang kein Geräusch. Kurze Zeit später stand der Eindringling im Arbeitszimmer des Toten. Er zog die Fenstervorhänge zu und knipste das Licht an. Er sah sich um. Sein Blick blieb an dem Computer hängen. Mit wenigen Griffen hatte er das Gehäuse geöffnet und die Festplatte herausgenommen, die er in den länglichen Beutel gleiten ließ, in den er jetzt auch den Degen schob. In der Schreibtischschublade fand er eine mobile Speicherplatte und mehrere Sticks, die er ebenfalls an sich nahm.

Jetzt wandte sich der Eindringling den etwa 20 Aktenordnern zu, die in einem Regal neben dem Schreibtisch standen. Da sie penibel beschriftet waren, wurde er rasch fündig, klemmte sich einen der Ordner unter den Arm und ging zur Tür. Beim Hinausgehen, kurz bevor er das Licht löschen wollte, fiel sein Blick auf einen Laptop, der am Fuße eines kleinen Schränkchens lehnte. Er griff nach dem Laptop, knipste das Licht aus und stieg langsam die Treppe hinunter. Durch die Eingangstür, die zur Hälfte aus Glas bestand, fiel so viel Licht von der Straßenbeleuchtung in den Flur, dass er die Umrisse des Toten erkennen konnte.

Bevor er die Eingangstür öffnete, horchte er noch einmal. Von draußen war kein Geräusch zu hören. Vorsichtig drückte er die Tür auf und schlüpfte hinaus.

***

Es war kurz vor 9:00 Uhr. Wieder von Schulsekretärin Karin Herzog angemeldet, betrat Korff das Büro des Spenger Schulleiters. Dröge kam ihm entgegen und dirigierte ihn an den Besprechungstisch. Die beiden Männer setzten sich.

Korff eröffnete das Gespräch: „Herr Dr. Dröge, ein Kollege von Herrn Possma hat mir berichtet, dass es am Freitag vergangener Woche … sagen wir mal: Unstimmigkeiten zwischen Ihrem Stellvertreter, Ihnen und Herrn Possma gegeben habe."

„Das stimmt, ich habe dieser Begebenheit allerdings keine große Bedeutung beigemessen. Darum habe ich die Sache Ihnen gegenüber auch nicht erwähnt."

„Worum ging es?"

Dröge seufzte demonstrativ. „Herr Lieber, das ist mein Stellvertreter, hat mich am Freitag über Herrn Possmas mangelhafte Dienstauffassung informiert. Herr Possma war in den letzten Wochen einige Male zu spät zum Unterricht erschienen, es hatte zudem Elternbeschwerden gegeben, weil Herr Possma eine Klausur noch nicht zurückgegeben hatte."

„Und, wie haben Sie die Sache gesehen?"

„Herr Lieber hatte natürlich Recht. Als Schulleiter kann ich ein solches Verhalten nicht akzeptieren. Allerdings …", Dröge hielt kurz inne und blickte Korff an, „allerdings darf man ein solches Fehlverhalten auch nicht auf die Goldwaage legen. Herr Lieber ist da vielleicht besonders pingelig … Ich habe mich am Montag noch einmal mit Herrn Possma zusammengesetzt und wir haben uns in aller Ruhe über die Vorwürfe unterhalten. Herr Possma war sehr einsichtig und hat Besserung gelobt." Dröge lächelte. „Vermutlich auch deshalb, weil ich noch ein Gutachten über seine Tätigkeit an der Schule schreiben musste, das über seine endgültige Verbeamtung entschieden hätte." Er wurde ernst. „Das kann ich mir jetzt schenken."

Das Telefon klingelte. Dröge stand auf, nahm den Hörer ab, hörte einen Augenblick zu und sagte: „Ich rufe gleich zurück, ich bin jetzt gerade in einer Besprechung."

Als sich Dröge wieder zu ihm gesetzt hatte, fragte Korff: „Hat Herr Possma Ihnen etwas über die Ursachen seines Fehlverhaltens gesagt?"

„Nein. Das war auch nicht Gegenstand unseres Gespräches." Er machte eine weitere Pause. „Sie dürfen dieser Angelegenheit kein übermäßiges Gewicht beimessen. Wenn Sie wüssten, wie sich manche Lehrer verhalten."

„Was meinen Sie damit?"

„Ich will damit nur sagen, dass die sogenannten ‚Dienstvergehen' Herrn Possmas eigentlich

Petitessen waren, die man zwar nicht tolerieren durfte, die andererseits aber auch nicht besonders gravierend waren."

Korff erkundigte sich: „Als Schulleiter haben Sie durchaus mit größeren Schwierigkeiten zu kämpfen?"

Dröge nickte lächelnd. „Ja, das können Sie mir glauben. Es gibt zum Beispiel eine Kollegin, die jedes Mal, wenn sie eine Klausur hat schreiben lassen, zwei Tage lang krank ist, damit sie die Arbeiten in aller Ruhe korrigieren kann. Glauben Sie mir, ich weiß, dass es so ist, ich kann aber nichts dagegen tun. Ein anderer Kollege hat sich im letzten Jahr selbstständig mehrere Male einen freien Tag genommen, um seine neue Freundin in Berlin zu besuchen. Er hat seinen Unterricht unter der Hand von Kollegen vertreten lassen, ohne die Schulleitung darüber zu informieren. Ein weiterer Kollege hat vor über einem Jahr seinen Schulschlüssel verloren, ohne dies zu melden. Das wäre für ihn nämlich sehr teuer geworden, weil er keine entsprechende Versicherung abgeschlossen hatte. Erst nachdem wir auf ein neues Schließsystem umgestellt hatten und er seinen alten Schlüssel zurückgeben sollte, musste er mit der Wahrheit herausrücken. Seine Kollegen wussten das schon seit mehreren Monaten, weil er sich von ihnen ständig ihre Schlüssel geliehen hat. Im Kollegium kursierten zahlreiche Witze über den Kollegen."

Korff lachte. „Personalführung ist heute wohl nicht so ganz einfach?"

Dröge blieb ernst. „Sie sagen es. Gerade Lehrer sind ein problematisches Völkchen. Jeder glaubt, er sei besonders intelligent, fachlich über alle Maßen qualifiziert und habe zudem die Weisheiten der Didaktik mit Löffeln gefressen. Dabei spielen keineswegs alle Kollegen hier in der intellektuellen Championsleague." Er zögerte und ergänzte dann: „Wenn ich jemanden zu hart anfasse, geht er noch am selben Tag zum Arzt und lässt sich krankschreiben."

***

Arnulf Lieber blickte unwillig auf, als Korff unmittelbar nach dem Anklopfen die Bürotür öffnete.

„Jaa?", fragte er gedehnt.

„Haben Sie etwas Zeit für mich? Ich möchte mich mit Ihnen über Johann Possma unterhalten." Korff ging davon aus, dass Lieber ihn kannte und verzichtete deshalb auf eine förmliche Vorstellung.

Lieber nickte. „Furchtbar, ganz furchtbar", sagte er und wies auf einen mit dunkelblauem

Stoff bespannten Stuhl neben seinem Schreibtisch.

Korff setzte sich und schlug die Beine übereinander. „Ich habe gehört, dass Ihr Verhältnis zu Herrn Possma zuletzt etwas … wie soll ich sagen … angespannt gewesen sein soll", leitete er das Gespräch ein. „In der letzten Woche soll es eine kleine Auseinandersetzung zwischen Ihnen und Herrn Possma gegeben haben."

Der stellvertretende Schulleiter schüttelte den Kopf. „Das sollten Sie nicht überbewerten. Ich habe Herrn Possma lediglich an seine dienstlichen Pflichten erinnert. Er nahm es mit der Pünktlichkeit nicht so genau. Ansonsten habe ich …", Lieber korrigierte sich: „hatte ich ein durchaus positives Bild von Herrn Possma."

„Herr Possma war also nicht sehr zuverlässig?"

Lieber schüttelte den Kopf. „So würde ich das nicht formulieren. Herr Possma war nach allem, was ich so mitbekommen habe, ein hervorragender und engagierter Lehrer. Leider schleift sich bei dem einen oder anderen Studenten an der Universität ein, dass man überaus großzügig mit bestimmten Regeln umgehen kann. Dieses Verhalten nimmt auch bei unseren Schülern immer mehr zu, so dass wir gegensteuern müssen. Wenn die Lehrer da nicht mit gutem Beispiel vorangehen …" Der Satz blieb unvollendet.

„Ihr Kollege Possma war also nicht gerade ein Vertreter der alten preußischen Tugenden?"

„Nein, er hatte aber, und das sage ich jetzt nicht, weil er tot ist, durchaus auch einige Qualitäten. Er konnte die Schüler für seine Fächer begeistern. Sein Unterricht war ausgesprochen niveauvoll." Lieber machte eine Pause. „Das gilt keineswegs für alle Kollegen hier", setzte er etwas leiser nach.

„Das klingt ja sehr negativ."

„Ach, wissen Sie, viele unserer Schüler sind satt, sie haben schon alles, es gibt nichts mehr, wofür es sich ihrer Meinung nach zu lernen und zu arbeiten lohnt. Das neueste Smartphone kommt, unabhängig davon, ob die schulischen Leistungen stimmen. Die Eigenmotivation fehlt. Da sind die Kollegen schon sehr gefordert. Das können aber nicht alle gleichermaßen gut."

Korff schwieg. Der stellvertretende Schulleiter setzte seinen Monolog fort. Er war jetzt bei einem Thema, das ihn sehr beschäftigte. „Die Noten haben sich in den letzten Jahren enorm verbessert." Er lachte leise. „Einsen sind keine Ausnahmen mehr wie vor 15 oder 20 Jahren. Sie werden von vielen Kollegen mittlerweile inflationär vergeben, ohne die entsprechende Gegenleistung von den Schülern einzufordern. Das Schulministerium scheint das auch so zu wollen.

Niemand mehr soll sitzenbleiben. Die moderne Gesellschaft erfordert eine größere Zahl an Abiturienten. Dass dabei die Anforderungen gesenkt werden, sagt aber niemand. Im Gegenteil: Im Bezug auf Noten werden unsere Abiturienten immer besser und damit die Schulpolitik scheinbar immer erfolgreicher. Wenn unsere Schüler danach aber studieren, schlagen viele Hochschullehrer die Hände über dem Kopf zusammen."

„Hat Herr Possma auch besonders gute Noten gegeben?", wollte Korff wissen.

„Das weiß ich nicht. Ich denke, er lag irgendwo im Mittelfeld. Er hat es aber geschafft, die meisten seiner Schüler zu motivieren."

Eine Pause trat ein. Korff fragte: „Wie ist Herr Possma an die Schule gekommen?"

„Es gab eine schulscharfe Ausschreibung." Als Lieber sah, dass Korff mit diesem Begriff nichts anzufangen wusste, erläuterte er: „‚Schulscharf' bedeutet, dass wir als Schule unter den Bewerbern selbst aussuchen dürfen. Ich hatte trotz der hervorragenden Zeugnisse zunächst Zweifel, ob Herr Possma der Richtige für die zu besetzende Stelle sei. Herr Possma hatte ziemlich lange studiert, mehr als 20 Semester, wenn ich mich recht erinnere. Ich hatte Bedenken, ob so ein Langzeitstudent als Lehrer geeignet sei. Wir haben uns aber trotzdem für Herrn Possma entschieden. Er war auch der mit Abstand beste Bewerber auf die Stelle."

„Wie war das Verhältnis zwischen dem Schulleiter und Herrn Possma?"

Lieber überlegte kurz. „Ich würde meinen: normal. Herr Dr. Dröge hat Herrn Possma und seine Arbeit geschätzt. Der Schulleiter hat mit jüngeren Kollegen ohnehin immer sehr viel Geduld."

„Was meinen Sie damit?"

„Ich meine, bei einigen Kollegen wäre ein klares Wort zur rechten Zeit hilfreich. Die betreffenden Kollegen wüssten dadurch entsprechend früh, woran sie sind. Ohne klare Regeln und ihre Einhaltung kann in der Schule nicht effektiv gearbeitet werden."

***

Der Raum war vollgestellt mit hohen Schränken. Hinter den Glastüren der Schränke konnte Korff eine breite Palette von Chemikalien erkennen, die in Glasbehältern abgefüllt waren. Einige Namen waren ihm aus seiner eigenen Schulzeit noch bekannt: Natriumthiosulfatlösung, Kaliumpermanganatlösung, Jodlösung, Natronlauge, Schwefelsäure, Salpetersäure und Essigsäure. In Schachteln lagerten Platten- und Rundelektroden.

Herbert Szameit bleckte die Zähne und fragte: „Soll ich ehrlich sein?“

„Ich bitte darum.“

Korff hatte den Chemielehrer in seinem Chemie-Sammlungsraum aufgesucht. Szameit stand an der Spüle vor einer kleinen Kaffeemaschine. Er hielt eine leere Tasse in seiner rechten Hand und blickte sehnsüchtig auf die durchlaufende braune Flüssigkeit. Neben der Kaffeemaschine standen weitere, nur unzureichend gesäuberte Tassen.

„Möchten Sie auch einen Kaffee?“

Korff schüttelte den Kopf. Er versuchte seine Abscheu vor den schmutzigen Tassen zu verbergen. „Wie war denn nun Ihr Verhältnis zu Herrn Possma?“

Der Chemielehrer nahm die Kanne aus der Maschine, obgleich der Kaffee noch nicht ganz durchgelaufen war, und füllte seine Tasse mit dem frischen Kaffee. „Nicht besonders gut“, sagte er. „Herr Possma war, was sein Auto anging, extrem empfindlich. Er hatte so einen teuren Porsche …“ Szameit brach ab, ihm war ein neuer Gedanke gekommen. „Ich habe mich schon immer gefragt, wie ein junger Lehrer, ein Studienrat z.A., ein so teures Auto finanzieren kann. Ich werde bald pensioniert, bin Oberstudienrat und fahre einen uralten Mercedes. Der hat inzwischen weit mehr als 300 000 Kilometer runter, ist aber immer noch zuverlässig, eben deutsche Wertarbeit."

Mit der Frage: „Was war mit dem Porsche?", versuchte Korff das Gespräch wieder in seinem Sinne zu ordnen.

„Na ja, vor etwa einem Vierteljahr hatte mein Kollege Possma seinen Porsche so nah an meinem Wagen geparkt, dass ich, als ich aus der Parklücke herausfuhr, seinen Wagen am Heckteil ganz leicht touchiert habe."

Szameit nahm einen Schluck aus der Tasse. Sein Gesicht verklärte sich. Korff wartete.

„Mensch, hat der Possma einen Aufstand gemacht. Er hat sogar mit einer Anzeige gedroht. Hat etwas von Fahrerflucht gefaselt. Es lief letztlich darauf hinaus, dass ich ihm ein neues Heckteil bezahlt habe. Das hat mich 'ne Stange Geld gekostet. Dabei hätte man die Angelegenheit auch mit einem Lackstift aus der Welt schaffen können. Seitdem war Possma für mich gestorben."

Der Chemielehrer zögerte, als er merkte, was er gerade gesagt hatte. Er lächelte und bleckte dabei wieder seine Zähne. „Nicht, dass ich damit sagen will, dass ich irgendetwas mit seinem Tod zu tun hätte."

„Davon gehen wir zunächst auch nicht aus."

Korff hatte das Wort „zunächst" besonders betont und gab dem Chemielehrer das Lächeln zurück. „Hatte Herr Possma mit anderen Kollegen auch Schwierigkeiten?"

„Viele Kollegen mochten ihn, er kam aber nicht überall gut an, vor allem nicht, nachdem bekannt geworden war, dass er schwul war. Er war doch schwul, oder?"

Korff schwieg. Nach kurzem Zögern sagte er: „Möglicherweise, aber was hat das mit seiner Stellung im Kollegium zu tun? Lehrer sind doch aufgeklärte Menschen, oder?"

Szameit nickte. „Sicher. Aber auf der letzten Kursfahrt soll es, so wird im Kollegium gemunkelt, eine … wie soll ich sagen … etwas intensivere Beziehung zwischen Possma und einem Oberstufenschüler gegeben haben."

Korff wurde hellhörig. Er zwang sich dazu nur beiläufig zu fragen: „Können Sie mir das etwas genauer erläutern?"

„Nein, ich war ja nicht dabei. Aber Teilnehmer der Kursfahrt haben mir berichtet, dass Possma und ein Schüler am letzten Tag der Fahrt und nach reichlich Alkoholkonsum wie Turteltauben miteinander umgegangen seien."

„Wie kommen Schüler dazu, mit Ihnen über solche Dinge zu sprechen? Sind Sie Vertrauenslehrer?"

„Nein." Szameit lächelte wieder. „Ich habe ein gutes Verhältnis zu meinen Schülern. Meine Schüler wissen, wie ich zu Possma stehe. Ich habe ihnen mal im Unterricht von dem Verhalten Possmas nach dem kleinen Zwischenfall auf dem Parkplatz erzählt."

‚Wozu Unterricht doch gut ist', dachte Korff. ‚Man kann über alles sprechen.' Er verabschiedete sich mit einem freundlichen Nicken.

***

Als er hinter dem Steuer saß, hatte Korff einen Einfall. An der Kreuzung Poststraße/Lange Straße bog er nach rechts ab und parkte seinen Golf vor dem Rathaus.

Als Korff die Redaktionsräume der *Neuen Westfälischen* betrat, kam ihm Wolfgang Storm entgegen. Der Journalist zögerte kurz. Als er Korff erkannte, zeigte sich auf seinem Gesicht ein breites Grinsen.

„Ist in Spenge wieder ein Mord passiert?", fragte er gespannt. „Bislang ist jedesmal, wenn Sie hier vorbeigekommen sind, jemand umgebracht worden."

Storm schien von der manipulierten Bremsanlage an Possmas Auto noch nichts zu wissen. Korff beschloss, den Journalisten darüber zunächst auch nicht zu informieren. Er überhörte die Frage und erzählte stattdessen: „Ich war eben am Bussche-Münch-Gymnasium und dachte mir, bevor ich zurück nach Bielefeld fahre, könnten wir zusammen einen Kaffee trinken. Wir haben uns ja lange nicht gesehen."

„Gute Idee. Ich war gerade auf dem Weg ins Eiscafé. Ich muss noch einen Artikel über unser Freibad schreiben. Die diesjährige Eröffnung steht bevor. Bei einem Latte macchiato habe ich immer die besten Ideen. Wollen Sie sich mir anschließen?"

Korff nickte und machte auf dem Absatz kehrt. Storm übernahm die Führung. Auf den wenigen Metern zum Eiscafé erzählte Storm von dem Artikel, den er für die Freitagsausgabe zu schreiben hatte.

In dem nur mäßig besetzten Café wählte Storm einen Tisch im hinteren Bereich nahe am Fenster, von dem man einen guten Blick auf die Lange Straße hatte.

„Was erzählt man sich in Spenge über das hiesige Gymnasium?"

Storm blickte Korff verwundert an und überlegte kurz. „Ist am Gymnasium etwas vorgefallen?", fragte er.

Korff entschloss sich zur halben Wahrheit. „Es hat einen Unfall gegeben. Johann Possma, ein junger Lehrer, ist gestern in Jöllenbeck tödlich verunglückt."

„Ich habe davon gehört. Sind Sie deshalb hier?" Storms Aufmerksamkeit war geweckt.

Korff überhörte die Frage und fragte seinerseits: „Welchen Ruf hat das Bussche-Münch-Gymnasium?"

Storm verzichtete zunächst auf weitere Nachfragen und antwortete: „Es handelt sich um eine ganz normale Schule, ohne irgendwelche Besonderheiten, keine Unregelmäßigkeiten, keine Skandale. Alle Parteien im Stadtrat stehen hinter der Schule und sind froh darüber, dass man in Spenge Abitur machen kann."

„Was wissen Sie über den Direktor des Gymnasiums?"

Storm überlegte nur kurz, dann verzog er bedauernd sein Gesicht. „Nicht viel. Dröge heißt er, gilt als untadeliger Pädagoge, imposante Erscheinung. Er ist seit etwa drei oder vier Jahren hier in Spenge, wohnt aber in Bielefeld. Dort soll er kräftig in der Politik mitmischen. SPD. Nach allem, was man so hört, kann es sein, dass er nach der Landtagswahl nach Düsseldorf ins Schulministerium geht. Es wird gemunkelt, dass er dort eine wichtige Position übernehmen soll. Vielleicht wird er sogar Minister. Die Ostwestfalen sind in Düsseldorf ja chronisch unterrepräsentiert."

Korff nickte. Er konnte sich vorstellen, dass Dröge einer solchen Aufgabe durchaus gewachsen war. „Kennen Sie noch andere Lehrer der Schule?"

Storm antwortete sofort: „Nur Lieber, den stellvertretenden Direktor, der hat manchmal Pressetermine mit mir gemacht, wenn Dröge nicht da war. Wir haben das eine oder andere belanglose Gespräch geführt. Lieber ist ein sehr korrekter Mensch mit einem speziellen Humor."

„Wie ist er politisch einzuordnen? Wie Dröge?"

„Keine Ahnung. In unseren bisherigen Begegnungen hat sich Lieber bemüht, parteipolitisch völlig neutral zu sein." Storm schwieg einen Augenblick, dabei blickte er Korff misstrauisch an. „Ich frage mich die ganze Zeit, was der Sinn unseres Gespräches ist. Weshalb interessieren Sie sich für das Spenger Gymnasium?"

„Ich würde Ihnen empfehlen, Ihre Kollegen in Bielefeld anzurufen. Dort hat es vorhin eine Pressekonferenz gegeben. Ich darf Ihnen leider nicht mehr sagen. Ihre Bielefelder Kollegen werden Ihnen sicherlich alles Weitere mitteilen können." Korff blickte auf seine Armbanduhr. „Vielleicht reicht es ja noch zu einem kleinen Artikel für die morgige Ausgabe. Eventuell sind Sie Ihrem örtlichen Mitbewerber einen Schritt voraus."

Storm blickte Korff mit unverhohlener Neugier an. „Darf ich heute die Rechnung übernehmen?“, fragte er, wohl um Korff weitere Informationen zu entlocken.

„Gern. Sind Sie plötzlich zu Geld gekommen?“

„Eine entfernte Tante ist gestorben, Gott hab sie selig. Sie hat mir und meinem Bruder ein wenig hinterlassen, so dass unsere größte Not vorerst gemildert ist.“

Als Korff aufstand, fragte er: „Übrigens, kannten Sie den Verunglückten?“

„Ich habe ihn vor ein paar Wochen einmal gesehen. Er hatte mit einer Schülergruppe an einem Wettbewerb teilgenommen. Die Schüler hatten einen Preis gewonnen und sollten – so sagte mir Possma damals – auf Wunsch Dröges in die Presse.“

„Welchen Eindruck hatten Sie von Possma?“

„Ich fand ihn sehr sympathisch. Er machte auf mich den Eindruck eines sehr engagierten Lehrers, und er kam auch mit den Schülern gut klar, das konnte man spüren. Kurz gesagt: ein Lehrer, wie man ihn sich als Schüler wünscht.“

Als Korff kurze Zeit später das Eiscafé verließ, sah er, dass Storm, der am Tisch sitzengeblieben war, nach seinem Smartphone griff.

***

Als sein Mobiltelefon klingelte, befand sich Korff auf der Straße zwischen Enger und Brake. Er fingerte das Handy aus seinem Jackett, drückte den grünen Knopf und meldete sich: „Ja, Korff."

„Frank Willheydt. Ich rufe aus Kanada an. Unsere Managerin sagte mir, dass Sie mich sprechen möchten." Die Stimme Willheydts hatte einen jugendlichen Klang.

„Schön, dass Sie anrufen, Herr Willheydt. Warten Sie kurz, ich sitze im Auto. Ich fahre rechts ran."

Korff lenkte seinen VW Golf in Sichtweite einer Ampel an den Straßenrand. Schräg gegenüber vor ihm, auf der linken Straßenseite, befand sich ein Nachtlokal, dessen Eingangsbereich von zwei steinernen Löwen bewacht wurde. Der Parkplatz vor dem Gebäude war leer. ‚Der Ostwestfale besucht solche Etablissements erst im Schutz der Dunkelheit', dachte Korff. Er griff wieder zum Handy.

„Herr Willheydt, Ihr früherer Lebensgefährte Johann Possma ist am Dienstag ermordet worden."

Korff registrierte am anderen Ende der Verbindung Sprachlosigkeit.

„Herr Willheydt, sind Sie noch dran?"

„Ja, das ist ja schrecklich", kam es aus dem Handy. Korff spürte aus den Worten die tiefe Erschütterung Willheydts. Nach längerem Schweigen fragte Willheydt: „Sie sind auf der Suche nach dem Täter?"

„Ja. Wir möchten uns zunächst ein umfassendes Bild von Johann Possma machen … Wir sollten dazu etwas ausführlicher miteinander reden. Wann sind Sie zurück in Deutschland?"

„Wir fliegen übermorgen. Wir sind mit den Konzerten durch."

„Hm. Vielleicht können wir uns vorher telefonisch unterhalten. Kann ich Sie in etwa einer halben Stunde anrufen? Ich werde in der Dienststelle sein."

„Sicher."

Korff speicherte die Handynummer Willheydts, die auf dem Display zu sehen war, und beendete das Gespräch.

***

Nachdem Korff seinem Kollegen Grohner einen kurzen Bericht über seine Ermittlungen am Spenger Gymnasium gegeben hatte, setzte er sich an den Schreibtisch und griff zum Hörer. Es dauerte nur wenige Sekunden, bis Frank Willheydt sich meldete.

„Herr Willheydt, hier Korff. Ich bin jetzt in meinem Büro. Haben Sie Zeit?"

„Ja. Herr Korff, Sie sagten vorhin, dass Johann ermordet worden sei. Was ist geschehen?“ Die Verbindung war gut. Willheydts Stimme war deutlich zu verstehen.

„Jemand hat die Bremsen an dem Auto Ihres Freundes beschädigt, so dass Herr Possma auf dem Weg zur Arbeitsstelle tödlich verunglückt ist.“

Willheydt schwieg einen Augenblick. Mit stockender Stimme fragte er: „Wie kann ich Ihnen helfen? Ich bin seit mehr als einer Woche hier in Kanada.“

„Es geht mir darum, mehr über Ihren früheren Partner zu erfahren, um herauszufinden, wer ihm nach dem Leben getrachtet haben könnte. Gab es in der Zeit, in der Sie mit ihm zusammengelebt haben, ernstzunehmende Konflikte mit anderen Personen?“

Willheydt antwortete nicht sofort. „Soweit ich weiß, nicht“, sagte er schließlich. „Wissen Sie, Johann hatte so eine Art, dass er mit allen gut auskam. Auch wir beide haben uns nie ernsthaft gestritten.“

„Was war Johann Possma für ein Mensch?“

„Johann war sehr sensibel, freundlich und sehr gebildet. Er war auch sehr geduldig. Ich bin manchmal etwas depressiv, Johann hat immer auf mich Rücksicht genommen.“

‚Kurz gesagt, ein äußerst interessanter und liebenswerter Mensch', dachte Korff. ‚Und dennoch, irgendetwas musste an diesem Possma sein, sonst wäre er nicht umgebracht worden.'

„Ihr Freund fuhr einen sehr teuren Porsche. Wie sah seine finanzielle Situation aus?"

„Nicht schlecht, aber auch nicht gerade üppig. Nach dem Tode seiner Eltern hat Johann eine kleine Lebensversicherung ausgezahlt bekommen. Geschwister hatte er nicht."

Korff machte sich Notizen. „Wie ist es zu dem Autokauf gekommen?"

„Das weiß ich nicht. Den Porsche hat er sich erst gekauft, nachdem ich nach München gezogen war."

„Hm. Wer von Ihnen hat die Beziehung beendet?"

„Ich. Wir haben anfangs oft miteinander telefoniert, uns in größeren Abständen auch noch gesehen, aber später habe ich in München jemanden kennengelernt und ich fand, dass es ehrlicher sei, wenn ich es Johann sage." Er hielt inne und sprach mit leicht veränderter Stimme, der die Trauer anzuhören war, weiter: „Und so haben wir uns getrennt."

Korff überlegte kurz. „Wann sind Sie wieder in Deutschland?", fragte er. „Falls wir bei der Bearbeitung des Falles noch nicht weiter sind, würde ich mich gerne einmal mit Ihnen persönlich unterhalten."

„Das lässt sich einrichten, ich bin am kommenden Samstag für drei Tage in Gütersloh, meine Mutter hat an dem Wochenende Geburtstag. Falls Johann an dem darauffolgenden Montag oder Dienstag beerdigt wird, würde ich noch bleiben, um an der Trauerfeier teilzunehmen. Am Mittwoch muss ich wieder in München sein."

„Gut. Sie haben meine Nummer. Rufen Sie mich an, sobald Sie in Gütersloh sind."

***

Dieses Mal saß Pott bereits im Konferenzraum, als Korff, Grohner und Zeinitz hereinkamen. Pott nickte den Eintretenden freundlich zu. „Was gibt's Neues?" Das war Potts übliche Standarderöffnung.

Korff legte den Obduktionsbericht auf den Tisch. „Das Wichtigste in Kürze: Possma ist an einer Fraktur des dritten Halswirbels mit anschließender Atemlähmung gestorben. Er muss wenige Augenblicke nach dem Unfall tot gewesen sein. Possma war nüchtern … ich will damit sagen, dass der Unfall ohne Alkoholeinfluss erfolgt ist. Wollt ihr wissen, was er morgens gefrühstückt hatte?" Die Anwesenden winkten ab.

Pott fragte: „Irgendwelche Auffälligkeiten?“

„Nein, keine.“ Dann informierte Korff die Anwesenden über sein Gespräch mit Willheydt.

Als sich aus dem Bericht keine weiteren Nachfragen ergaben, legte Jörg Zeinitz zwei Umschläge auf den Tisch. „Die habe ich heute Vormittag aus Possmas Briefkasten geholt. Die Briefe enthielten 300 und 400 Euro und sind mit den Kürzeln PM und WQ versehen.“

„Ich wüsste zu gerne, weshalb die Briefe unterschiedliche Summen enthalten“, murmelte Grohner.

Korff nickte. „Ich glaube, das geht uns allen so. Ich wüsste vor allem gern, weshalb Menschen auf die Idee kommen, anderen Menschen solche Briefe zu schicken.“

Pott blickte Grohner an und fragte: „Wolltest du dich nicht mit Possmas Bankkonten beschäftigen? Liegen da schon Ergebnisse vor?“

Grohner öffnete eine schmale Mappe. „Die Kontoauszüge zeigen, dass Possma sein Gehaltskonto nur sehr selten angerührt hat. Gelegentlich sind sogar Bareinzahlungen auf das Konto erfolgt. Possma wird seinen Lebensunterhalt wohl weitgehend mit dem Geld aus den eingegangenen Briefen bestritten und etwaige Überschüsse bar auf das Konto eingezahlt haben. Von seinem Gehaltskonto wird monatlich allerdings ein Betrag in Höhe von 800 Euro abgebucht. Possma scheint seinen Porsche weitgehend auf Kredit gekauft zu haben. Das werde ich aber noch weiter untersuchen. Hin und wieder gab es größere Überweisungen an Auktionshäuser, vermutlich für den Erwerb von Bildern oder antiquarischen Büchern. Possma scheint immer gezielt für solche Gelegenheiten gespart zu haben."

„Besaß Possma weitere Konten?"

„Nur noch ein Sparkonto. Auf diesem Sparkonto hat er aber zurzeit keine nennenswerten Beträge. Aktien oder Wertpapiere scheint Possma nicht besessen zu haben."

„Na ja, für einen jungen Lehrer hatte er ja auch genug teure Hobbys", kommentierte Pott trocken.

Zeinitz meldete sich zu Wort, es dauerte aber eine Weile, bis die Zwiegespräche, die jetzt eingesetzt hatten, verstummt waren. „Ich bin gestern Abend mit dem Sachverständigen durch die Wohnung gegangen. Er hat sich die Bilder und antiquarischen Bücher angesehen. Nach einer ersten Schätzung kommt er auf einen Wert von etwa 80 000 Euro. Er meinte, da seien einige exquisite Stücke dabei, die zeigen, dass Possma ein wirklicher Kenner gewesen sei."

„80 000? Nicht schlecht. Der Mann scheint ja sehr sparsam gewesen zu sein." Pott blickte in die

Runde. Seine Augen wanderten zwischen Grohner und Korff hin und her. „Was habt ihr bislang über Possmas letzten Besucher herausgefunden?"

Da weder Grohner noch Zeinitz antworteten, bequemte sich Korff: „Noch nicht viel. Die Spurensicherung meint, dass der Besucher auf der Couch im Wohnzimmer geschlafen hat. Es sei aber niemand gewesen, zu dem Possma eine Liebesbeziehung oder besser gesagt eine sexuelle Beziehung unterhalten hat, zumindest nicht an besagtem Abend."

***

Das Telefon klingelte, als Korff mit einem Kaffeebecher sein Büro betrat. Er griff nach dem Gerät. Am anderen Ende der Leitung vernahm Korff zunächst nur Hintergrundgeräusche, dann sagte jemand: „Mein Name ist Hans-Günther Falter. Spreche ich mit Hauptkommissar Korff?"

„Ja. Herr Falter, was kann ich für Sie tun?"

Es dauerte einige Sekunden, bis Falter antwortete. „Sie leiten doch die Ermittlungen im Fall des Lehrers Possma …? Ich wollte Sie darauf aufmerksam machen, dass Herr Possma auch der Lehrer meines Sohnes Gerold war und dass Gerold seit dem Unfalltag verschwunden ist, genauer gesagt, schon seit dem Vorabend."

Korff war plötzlich hellwach. „Haben Sie irgendwelche Anhaltspunkte dafür, dass das Verschwinden Ihres Sohnes mit dem Fall Possma zusammenhängen könnte?"

„Nein, nicht direkt. Gerold hat Herrn Possma sehr geschätzt. Er hat in der letzten Zeit viel über Herrn Possma gesprochen."

„Haben Sie schon eine Vermisstenanzeige gemacht?"

„Ja, Dienstagabend bei der Polizeistelle in Enger, aber bisher hat man mir noch nicht helfen können. Und als ich heute von dem mysteriösen Unfall hörte, dem Herr Possma zum Opfer gefallen ist, dachte ich … ich meine, vielleicht besteht da ja ein Zusammenhang."

Korff kam plötzlich ein Gedanke. „Wir werden die Sache untersuchen", sagte er. „Können Sie mir das Aussehen Ihres Sohnes einmal beschreiben?"

„Ja, natürlich. Gerold ist etwa mittelgroß und recht schlank. Er hat längere blonde Haare und grünblaue Augen. Als er verschwand, trug er eine Jeansjacke, ein rotes Kapuzensweatshirt mit einer weißen Aufschrift und eine blaue Jeans."

‚Volltreffer', dachte Korff. Nach der Beschreibung des Vaters handelte es sich bei Gerold Falter mit großer Wahrscheinlichkeit um den jungen Mann, der bei Possma übernachtet hatte.

„Herr Falter, seit wann genau ist Ihr Sohn verschwunden?"

„Seit Montagabend. Er hat den Nachmittag in seinem Zimmer verbracht, aber noch vor dem Abendessen das Haus verlassen, ohne sich von meiner Frau zu verabschieden. Ich war zu dem Zeitpunkt nicht zu Hause."

„Hat er das öfter getan? Beziehungsweise haben Sie eine Vermutung, wohin Ihr Sohn gegangen sein könnte?"

„Nein. Sein Verschwinden ist uns völlig unerklärlich. Gerold hat eigentlich immer alles mit uns besprochen. Wir haben ein sehr gutes Verhältnis zu unserem Sohn."

„Hm. Ich werde sofort mit den Kollegen in Enger Kontakt aufnehmen, um festzustellen, ob sie schon irgendwelche Erkenntnisse haben. Mit wem haben Sie dort gesprochen?"

„Mit einem Polizeibeamten namens Bodewig."

„Herr Falter, vielen Dank für Ihren Anruf. Vermutlich haben Sie uns sehr geholfen. Sobald ich etwas über Ihren Sohn erfahre, melde ich mich bei Ihnen."

Korff legte auf, behielt das Telefon aber in der Hand und wählte die Nummer der Polizeistelle in Enger. Er hatte Glück. Polizeikommissar Bodewig war am anderen Ende. Korff schilderte ihm den Fall Possma und die vermuteten Zusammenhänge zwischen dem Mord an Possma und dem Verschwinden des Schülers. Er schloss mit den Worten: „Für uns ist es wichtig, Gerold Falter so schnell wie möglich zu finden."

Bodewig lachte leise. „Klar. So schnell wie möglich, was sonst? Kollege, wenn du wüsstest, was wir hier alles zu tun haben. Zwei meiner Leute sind krank und das Kirschblütenfest vor 14 Tagen hat uns 'ne Menge Arbeit beschert. Es hat eine handfeste Schlägerei gegeben ..."

„Gut", unterbrach ihn Korff in leicht schroffem Ton, um die Klagen abzukürzen. „Was habt ihr bereits?"

Bodewig war nicht beleidigt. „Noch nicht viel", sagte er. „Der Junge ist von zu Hause abgehauen, weshalb auch immer. Gerold Falter ist volljährig, er kann gehen, wohin er will. Wir waren bei seinen Eltern, die wissen weder wohin er gegangen noch weshalb er fortgegangen ist. Anzeichen dafür, dass ein Verbrechen vorliegt, gibt es nicht."

„Habt ihr seine Freunde befragt? Wart ihr in der Schule?"

„Das waren wir. Gestern Mittag. Seine Lehrer haben ihn als begabten und sehr freundlichen Schüler beschrieben. Richtige Freunde scheint er allerdings nicht zu haben. Mitschüler haben ihn eher als Eigenbrödler wahrgenommen."

„Hatte er Kontakte zur Rauschgiftszene?"

Bodewig antwortete mit einem lauten Lachen. „Mit Sicherheit nicht. Dafür existieren überhaupt keine Anhaltspunkte. Wenn ihr in dieser Hinsicht einen Verdacht habt, seid ihr auf der falschen Spur."

Korff bedankte sich und legte auf.

***

In der Kantine entschied sich Korff für ein Käsesandwich und einen Milchkaffee. Von einem der Tische winkte ihm Pott freundlich lächelnd zu, so dass Korff nicht umhin konnte, sich zu ihm zu setzen.

„Gibt's was Neues?" Pott griff nach einem mit Sahne garnierten Schokoladenpudding und stocherte mit seinem Löffel in der zähen Masse.

Korff nahm einen Schluck aus seiner Kaffeetasse. „Möglicherweise gibt es Verbindungen zwischen dem Mord an Possma und einem seit ein paar Tagen verschwundenen Oberstufenschüler des Bussche-Münch-Gymnasiums. Bei dem Schüler könnte es sich um Possmas Übernachtungsgast gehandelt haben."

Pott löste seine Augen von dem Pudding und blickte Korff an. „Das ist interessant. Vielleicht war es ja der Schüler, der an der Bremsanlage des

Autos herumgewerkelt hat. Gibt es irgendwelche Anhaltspunkte, wo sich der Schüler aufhalten könnte?“

„Möglicherweise hier in Bielefeld. Bislang haben wir noch keine konkrete Spur. Es dürfte aber nur eine Frage der Zeit sein, bis wir den Jungen gefunden haben. Ich werde morgen noch einmal zur Schule fahren und mit den Lehrern und Mitschülern sprechen.“

„Gut, vielleicht bringt uns das weiter. Viel Glück.“

Nach einem kurzen Zögern schien Pott noch etwas loswerden zu müssen. Er beugte sich vor und sah Korff mit einer Verschwörermiene an. Seine Stimme wurde leiser: „Hast du schon von den anstehenden Umstrukturierungen bei uns gehört?“

Korff schüttelte den Kopf. Die alltägliche Gerüchteküche im Präsidium hatte ihn noch nie interessiert.

„Da passiert etwas in ganz großem Stil. Kann sein, dass ich demnächst mit anderen Aufgaben betraut werde. Es wäre schön, wenn du den Mordfall bis dahin abgeschlossen hättest. Ich würde meinem Nachfolger gerne einen sauberen Schreibtisch übergeben.“

Als Korff weder antwortete noch nachfragte, um weitere Informationen über die kommenden

Veränderungen zu erhalten, widmete sich Pott, der etwas enttäuscht war, weil er sich gerne über seinen neuen Aufgabenbereich ausgelassen hätte, wieder seinem Pudding, stopfte mehrere gehäufte Löffel mit der braunen Substanz in schneller Folge in seinen Mund und schluckte hastig.

Dann unternahm er einen neuen Versuch: „Über meine Nachfolge ist noch nicht entschieden. Falls du Ambitionen hast, könnte ich vielleicht …“

Korff winkte ab. „Kein Interesse.“

Pott stand abrupt auf. Er war beleidigt. „Gut, wir sehen uns morgen.“

Korff nickte dem Davoneilenden nach und nahm bedächtig einen weiteren Schluck aus seiner Kaffeetasse. Pott schien die nächste Stufe auf der Karriereleiter erklommen zu haben. Er würde also demnächst einen neuen Chef bekommen. Potts Angebot, Korff als seinen Nachfolger ins Gespräch zu bringen, hatte ihn nicht eine Sekunde lang interessiert. Die Art und Weise, wie Pott agierte und lavierte, mochte er nicht. Vermutlich würde man so werden, wenn man karriereorientiert war und ständig auf eine Chance lauerte, seine Position zu verbessern.

***

Jacob Richter saß bereits an einem der Tische, als Korff das *Bernstein* betrat. Er winkte dem Neuankömmling zu. In dem Lokal im fünften Stock eines Gebäudes in der Ritterstraße herrschte reger Betrieb. Eine große Theke dominierte den Raum, der vor allem von jungen Menschen bevölkert wurde. Auf einer Art Anrichte im Innenraum der Theke waren Spirituosen aller Art gruppiert.

Korff setzte sich zu Jacob Richter an einen kleinen Tisch an der linken Fensterseite. Wenn man aus dem Fenster blickte, sah man auf die Jahnplatzuhr und die gelbe Reklame der Commerzbank. Schaute man weiter die Ritterstraße hinunter, so fiel der Blick auf das Dach der Süsterkirche.

Bei dem Barkeeper, der gerade zu ihm herüberschaute, bestellte Korff ein Bier, das ihm postwendend gereicht wurde.

„Nett hier“, sagte Korff. Er prostete Jacob Richter zu und nahm einen großen Schluck.

Richter nickte. „Ja, das fand Johann auch. Wir waren häufig hier.“

Korff nahm einen weiteren Schluck aus dem Glas. „Johann Possma wird für mich immer undurchschaubarer. Kennst du Gerold Falter?“

„Ja, natürlich. Er sitzt in meinem Französischkurs. Ein ausgesprochen guter Schüler.“

„Gerold Falter ist seit ein paar Tagen verschwunden. Ist dir darüber etwas bekannt?“

„Ich habe davon gehört. Ein Beamter der Polizei ist gestern Nachmittag in der Schule gewesen und hat sich nach Gerold erkundigt."

Korff überlegte. Er hatte den Kollegen gestern in der Schule verpasst. Weshalb hatte ihn heute Morgen niemand auf den gestrigen Polizeibesuch angesprochen? Vermutlich kam es gelegentlich vor, dass Schüler die Schule schwänzten. Wahrscheinlich hatte niemand die beiden Fälle miteinander in Verbindung gebracht. Ohne den Anruf von Gerold Falters Vater am heutigen Nachmittag hätte er von dem Verschwinden des Schülers wohl nichts erfahren.

Korffs Blick fokussierte sich wieder auf sein Gegenüber. „Meine Gespräche mit deinen Kollegen haben ergeben, dass Johann Possma möglicherweise eine Beziehung zu Gerold Falter gehabt hat. Weißt du etwas darüber?"

„Meines Wissens war das keine wirkliche Beziehung, eher eine von Gerold ausgehende Schwärmerei. Er mochte Johann, er bewunderte ihn und suchte seine Nähe. Das ist alles."

„Könntest du dir vorstellen, dass zwischen dem Mord an Johann Possma und dem Verschwinden Gerolds ein Zusammenhang besteht?"

„Nein, definitiv nein." Jacob Richter schüttelte energisch den Kopf.

„Wie ist die Stimmung an der Schule?"

Richter zuckte mit den Schultern. „Johann hatte eine Menge Freunde an der Schule, auch die Schüler haben ihn gemocht. Wir fragen uns alle, wer ihn umgebracht hat."

Korff schwieg. Entscheidend für seine Arbeit war das Motiv des Mörders. Weshalb war Johann Possma ermordet worden? Wenn sie das Motiv hatten, würden sie auch bald den Mörder finden.

Er wandte sich wieder an Richter: „Ich habe letztens mit einem deiner Kollegen gesprochen, der hat Johann Possma nicht so sehr gemocht."

„Du meinst Szameit?" Jacob Richter blickte Korff an und grinste. „Der ist eigentlich ganz in Ordnung. Er hatte Streit mit Johann, weil er an Johanns neues Auto gefahren ist und zunächst für den Schaden nicht aufkommen wollte. Die beiden haben sich heftig gestritten. Szameit ist aber harmlos, der kann keiner Fliege etwas zuleide tun."

Korff musste Richter zustimmen. Szameit erweckte nicht den Eindruck ein kaltblütiger Mörder zu sein. Er wechselte das Thema: „Wie kommst du mit der Schulleitung klar?"

„Gut. Lieber ist ziemlich pedantisch, manchmal auch etwas nachtragend. Er wirkt auf Fremde zunächst abweisend, der erste Eindruck täuscht aber. Lieber ist eigentlich recht freundlich. Er kann das aber nicht so zeigen."

„Und Dr. Dröge?"

„Dröge ist ein guter Schulleiter. Ich kann das beurteilen, weil ich schon an anderen Schulen gearbeitet habe. Er ist absolut kompetent und durchsetzungsfähig, bleibt dabei aber immer pragmatisch. Ihm scheint diese ganze moderne Feedback- und Evaluationskultur, die in den Schulen immer mehr Einzug hält, ein Graus zu sein."

Korff blickte Richter interessiert an. „Feedback- und Evaluationskultur? Was ist darunter zu verstehen?"

„Eine Evaluation?" Richter lachte leise. „Das ist so etwas Ähnliches wie eine Ejakulation, allerdings ohne Geschlechtspartner, macht also nur einem Freude." Sein Gesicht bekam einen etwas wehleidigen Ausdruck. „Mittlerweile wird an den Schulen alles zeitaufwändig evaluiert: Elternzufriedenheit, Schülerzufriedenheit, Lehrerzufriedenheit. Durch Fragebögen, die nicht wirklich wissenschaftlich abgesichert sind. Die reinste Onanie. Es gibt Kollegen, die sind auf dieser Welle bis ganz nach oben geritten. Du weißt, was ich damit meine. Der Unterricht wird dadurch nicht einen Deut besser."

Korff nickte. Eine ähnliche Kultur hielt gerade auch bei der Polizei Einzug, ohne dass dadurch ein Täter mehr verhaftet worden wäre. Im Präsidium war Pott – nach dem Besuch entsprechender Fortbildungen – in den letzten Monaten als Anhänger von solchen Evaluationen nach vorne geprescht. Er hatte damit offenbar auf das richtige Pferd gesetzt.

Korff erinnerte sich an das Gespräch mit Storm. „Ich habe gehört, Dröge spielt mit dem Gedanken, nach der nächsten Landtagswahl nach Düsseldorf ins Ministerium zu gehen?“

Richter nickte bestätigend. „Das Gerücht geht auch in der Schule um. Dröge selber äußert sich nicht dazu. Er wird die Wahl abwarten. Kann sein, dass er danach plötzlich weg ist. Das wäre für die Schule ein Verlust.“

„Wie kam Johann Possma mit Dröge zurecht?“

„Gut, ausgesprochen gut. Dröge ist immer für die jungen Kollegen da.“ Er zögerte. „Frau Herzog hat mir allerdings gestern gesagt, am Montag habe es eine kleine Auseinandersetzung zwischen Dröge und Johann gegeben. Dröge hatte Johann zu sich bestellt, weil Lieber sich über Johanns Dienstauffassung erregt hatte. Vermutlich hat Lieber Dröge gegen Johann aufgehetzt.“

Korff kam noch einmal auf den Ermordeten zurück. „Johann Possma hat in den letzten Tagen mehrere Briefe bekommen, in denen Geldscheine lagen. Kannst du dir das erklären?“

„Nein. Wer hat ihm die Briefe geschickt?“

„Das wissen wir nicht. Die Briefe hatten keinen Absender, nur jeweils zwei beziehungsweise drei Buchstaben, die vielleicht auf den Vor- und Nachnamen des Absenders schließen lassen. Sagen dir die Initialen BK oder HFF etwas?“

Jacob Richter überlegte kurz und verneinte.

Die Gläser waren leer. Korff bestellte eine neue Runde. Da sich die beiden mehrere Jahre nicht gesehen hatten, drehte sich das weitere Gespräch um private Dinge. Jacob erzählte von seiner Freundin und von seiner Schwester Conny, die sich ein Kind wünschte und langsam Torschlusspanik bekam. Korff berichtete von seiner Arbeit und von Vera, seiner neuen Bekanntschaft. Und natürlich nahm der Fußball, speziell Korffs Lieblingsverein Borussia Dortmund, großen Raum in dem Gespräch ein.

5. Kapitel

Freitag, den 11. Mai 2012

Es regnete in Strömen, als Korff und Grohner nach Spenge fuhren.

Sie fanden Szameit wieder im Chemie-Vorbereitungsraum. Eine jüngere Lehrerin hatte auf das Klopfen der beiden Kriminalbeamten hin die Tür geöffnet. Als Korff nach dem Chemielehrer fragte, zeigte sie wortlos nach hinten. Szameit arbeitete an seinem Rechner, neben ihm stand eine Tasse Kaffee. Er blickte erstaunt auf, als Korff und Grohner plötzlich neben ihm standen.

„Sie haben mir bei meinem letzten Besuch davon erzählt, dass es während einer Kursfahrt zwischen Herrn Possma und einem seiner Schüler zu einem etwas vertraulicheren … Kontakt gekommen sei", eröffnete Korff ohne Vorrede das Gespräch.

„Ja, und?" Der Chemielehrer sah Korff und Grohner fragend an.

„Heißt dieser Schüler Gerold Falter?"

„Ja, natürlich. Gerold Falter. Das haben mir zumindest meine Schüler erzählt."

„Ist das nicht der Oberstufenschüler, der seit ein paar Tagen verschwunden ist?"

Szameit hob die Schultern. „Davon weiß ich

nichts. Gerold ist in keinem meiner Kurse. Ich kenne ihn nur aus der Mittelstufe."

Korff war überrascht. „Wird denn nicht im Lehrerzimmer darüber gesprochen, wenn ein Schüler verschwindet?"

Szameit fuhr sich mit der Zunge über seine Zähne. „Schon, das scheint dieses Mal an mir vorbeigegangen zu sein. So häufig bin ich außerdem nicht oben im Lehrerzimmer. Ich werde bald pensioniert. Die jungen Kolleginnen interessieren mich schon lange nicht mehr." Er lachte wiehernd. „Meinen Kaffee kann ich auch hier …"

Korff fiel dem Chemielehrer ins Wort: „Was genau haben Ihnen Ihre Schüler über die Beziehung zwischen Ihrem Kollegen Possma und Gerold Falter erzählt? Hat man sie zusammen im Bett erwischt?"

Szameit blieb freundlich. Er wiegte seinen Kopf leicht hin und her. „So genau sind die Schüler nicht geworden. Sie haben nur berichtet, dass Possma und Gerold Falter … nun eben sehr verliebt miteinander getan hätten."

Szameit blickte Korff neugierig an, als erwarte er eine Reaktion. Korff schwieg. Weitere Einzelheiten hatte der Chemielehrer also nicht zu bieten.

Grohner schob sich nach vorn. „Was erzählt man sich im Kollegenkreis über den Mord an

Herrn Possma? Gibt es Vermutungen über Täter oder Motive?“

Szameit blickte zu seiner jungen Kollegin hinüber, die Reagenzgläser spülte. „Hier unten in den naturwissenschaftlichen Räumen bekommt man das Meiste nicht mit.“ Er zögerte. „Es gibt aber Kollegen, die meinen, dass der Fall einen sehr persönlichen Hintergrund haben muss.“ Als Grohner nicht nachfragte und ihn mit ausdruckslosem Gesicht ansah, fuhr Szameit fort: „Sie wissen, was ich meine: Freunde, Eifersucht oder so. Man hört doch so einiges aus dem Milieu, in dem Possma verkehrt hat, na ja …“ Szameit ließ den Satz ins Leere laufen.

„Da haben Sie Recht. Das könnte in der Tat eine brauchbare Spur sein. Wir werden uns in dem Milieu mal umhören. Haben Sie vielen Dank.“

Szameit nickte zufrieden und griff nach der Kaffeetasse.

Grohner wandte sich zur Tür. Korff, der ihm folgte, sah das Grinsen in Grohners Gesicht. Szameit hatte die Ironie in Grohners Antwort nicht bemerkt.

***

Korffs erneuter Besuch im Sekretariat des Busche-Münch-Gymnasiums wurde von der Schulsekretärin ohne sichtbares Interesse zur Kenntnis genommen.

Nachdem der Schulleiter Korff und Grohner wie gewohnt freundlich begrüßt und in sein Büro geführt hatte, verlor Korff auch hier keine Zeit mit überflüssigen Einleitungsphrasen. „Ich habe gehört, dass ein Schüler Ihrer Schule seit ein paar Tagen vermisst wird. Gerold Falter heißt er.“

Dröge nickte unmerklich. „Ich kenne die Schüler dieser Schule nicht alle persönlich, das ist auch gar nicht möglich. Gerold Falter ist mir nur flüchtig bekannt. Gerolds Vater hat mich vorgestern über das Verschwinden seines Sohnes informiert und die Polizei eingeschaltet. Jedenfalls war vorgestern Mittag ein Beamter da und hat sich nach Gerold erkundigt. Wir haben ihm leider nicht weiterhelfen können.“

Grohner hakte nach: „Hat es in den letzten Wochen oder Tagen irgendwelche Schwierigkeiten mit dem verschwundenen Schüler gegeben?“

„Das hat Ihr Kollege auch schon gefragt. Meines Wissens hat Gerold an der Schule keine Probleme. Im Gegenteil: Seine Noten zeigen, dass er ein ausgesprochen guter Schüler …“

„Ich habe meine Frage weniger auf die schulischen Leistungen des Jungen bezogen“, unterbrach Grohner den Schulleiter.

„Das ist mir schon bewusst. Aber auch in, sagen wir mal: sozial-integrativer Hinsicht ist mir nichts bekannt, was darauf hindeuten könnte, dass Gerold …" Dröge ließ den Satz unvollendet. „Ich habe mich vorgestern noch, nach dem Besuch des Polizeibeamten, längere Zeit mit Gerolds Stufenleiterin unterhalten. Auch sie konnte sich sein Verschwinden nicht erklären."

„Gibt es Anhaltspunkte dafür, dass zwischen dem Verschwinden von Gerold Falter und dem Mord an Johann Possma Zusammenhänge bestehen?"

Dröge runzelte die Stirn und blickte Korff entgeistert an. Er fragte: „Wie kommen Sie denn auf diese Idee? Was kann es da für Zusammenhänge geben?"

„Nun, auf der letzten Kursfahrt soll es zwischen Possma und dem Schüler Falter zu … ich will mal sagen … Vertraulichkeiten gekommen sein."

Dröges Wangen röteten sich leicht. Er schien zu spüren, dass da etwas Unangenehmes auf die Schule zukommen konnte. „Wollen Sie damit andeuten, dass zwischen den beiden eine sexuelle Beziehung bestanden hat? Also, das höre ich jetzt zum ersten Mal. Ich kann mir das nicht einmal vorstellen. Dazu fehlt es mir an Fantasie. Die Kursfahrt, von der Sie sprechen, liegt zudem mehr als ein halbes Jahr zurück." Nach einer kurzen Pause, die Dröge dazu nutzte, um Korff mit ernster Miene anzublicken, erläuterte er: „Unsere Oberstufenfahrten finden immer unmittelbar vor den Herbstferien statt."

Grohner schaltete sich wieder in das Gespräch ein: „Nun ja, wenn tatsächlich mehr als ein freundschaftliches Verhältnis zwischen Gerold Falter und Ihrem Herrn Possma bestanden hat, so kann sich das ja durchaus über einen längeren Zeitraum hingezogen haben."

Dröge schwieg, schließlich sagte er, wobei er Grohner eindringlich ansah: „Ich möchte Sie bitten, mit diesen Vermutungen, und um solche handelt es sich ja bloß, so diskret wie möglich umzugehen. Sie können sich sicherlich vorstellen, was in einer Kleinstadt wie Spenge los ist, wenn in der Presse zu lesen ist, dass zwischen einem Lehrer und einem von ihm abhängigen Schüler ein homosexuelles Verhältnis bestanden hat. Glücklicherweise ist Gerold Falter bereits volljährig."

Die beiden Kommissare schwiegen. Dröge dachte offenbar darüber nach, was es für seine politischen Ambitionen bedeuten konnte, wenn der Fall in die überörtliche Presse gelangte. Auch wenn er selber mit der Angelegenheit nichts zu tun hatte, so würde doch einiges an der Schulleitung, und damit auch an seiner Person, hängen bleiben.

Korff durchbrach das Schweigen. Er fragte: „Können wir mit einigen Mitschülern Gerold Falters sprechen?"

Dröge wirkte etwas unkonzentriert. „Natürlich. Das hat Ihr Kollege zwar auch schon getan, aber …" Er machte eine Pause. „Ich lasse Frau Dr. Kerbel ausrufen, sie ist Gerolds Stufenleiterin. Sie kann Ihnen die Namen der in Frage kommenden Schüler nennen."

***

Dr. Ilona Kerbel war keine Schönheit, besaß aber, wie Korff und Grohner rasch feststellen konnten, eine Art, die auf Männer mittleren Alters wirkte.

Korff schätzte die mit blauen Jeans und dunkelroter Bluse gekleidete Stufenleiterin auf Mitte 40. Sie war nicht schlank, aber auch nicht übergewichtig. Sie hatte kurze, weißblonde Haare. Ihr volles Gesicht wurde von zwei Augen beherrscht, die natürliche Freundlichkeit ausstrahlten.

„Nehmen Sie Platz", sagte sie lächelnd und wies mit ihrer linken Hand auf die beiden Stühle, die in dem kleinen Besprechungsraum links neben dem runden Tisch standen. Während sie sich setzten, fragte die Stufenleiterin: „Sie möchten sich mit mir über Gerold Falter unterhalten?"

Korff und Grohner nickten. „Ja, und wir würden von Ihnen gerne Namen von Schülern erfahren, mit denen Gerold befreundet ist." Korff gelang ebenfalls ein freundliches Lächeln, ohne dass er sich dafür besonders anstrengen musste.

Ilona Kerbel neigte leicht ihren Kopf, so als teile sie ihren beiden Gesprächspartnern ein Geheimnis mit. „Gerold ist ein sehr begabter, allerdings etwas introvertierter Schüler, der in seiner Stufe nicht sehr viele Freunde hat. Das war bereits in der Mittelstufe so. Ich sehe Gerold gelegentlich mit Jannik Ackermann und Knut Korte, die man in der Stufe ebenfalls als Außenseiter bezeichnen kann."

Grohner fragte nach: „Wird Gerold von seinen Mitschülern gemobbt?"

„Nein, keineswegs. Das kommt an unserer Schule auch nur selten vor. Die überwiegende Mehrzahl seiner Mitschüler hat … wie soll ich das sagen … sie hat kein Interesse an Gerold. Seine Mitschüler feinden ihn nicht an, sie beachten ihn einfach nicht. Sie laden ihn auch nicht zu ihren Partys ein."

„Wie erklären Sie sich das?"

Ilona Kerbel zögerte. „Ich weiß es nicht. Es gibt

in jeder Stufe solche Fälle. Gerold ist irgendwie anders. Hinzu kommt, dass er sehr leistungsstark ist. Möglicherweise halten ihn seine Mitschüler für zu angepasst oder für zu streberhaft. In der Mittelstufe hat Gerold das ein wenig belastet, in der Oberstufe scheint ihm das egal zu sein."

Korff lächelte der Stufenleiterin erneut zu. Sie erwiderte sein Lächeln spontan. „Haben Sie eine Idee, wo sich Gerold Falter jetzt aufhalten könnte?"

„Nein, überhaupt nicht. So gut kenne ich Gerold auch nicht. Vielleicht können Ihnen Jannik und Knut helfen."

„Wo finden wir die beiden?"

„Ich kann sie Ihnen vorbeischicken. Warten Sie hier."

Ilona Kerbel erhob sich, verabschiedete sich von den beiden Kriminalbeamten und verließ das Zimmer.

Kurze Zeit später klopfte es leise an der Tür. Nach einem energischen „Herein" Grohners wurde die Tür geöffnet und zwei schlaksige, schwarz gekleidete Oberstufenschüler traten ein. Grohner winkte sie an den Tisch. Sie setzten sich.

„Sie sind Jannik Ackermann und Knut Korte?" Die beiden Schüler nickten nacheinander, so dass Grohner und Korff die jeweilige Person mit ihrem Namen verbinden konnten.

„Sie sind mit Gerold Falter befreundet?", fragte Grohner.

„Befreundet ist vielleicht etwas zu viel gesagt." Jannik Ackermann hatte ein schmales Gesicht, zurückgekämmte blonde Haare, die zu einem Pferdeschwanz zusammengebunden waren, und einen dünnen Oberlippenbart. Er blickte abwechselnd auf seine Hände und wieder auf seinen Mitschüler. „Wir treffen uns manchmal in gemeinsamen Freistunden in der Cafeteria und unterhalten uns."

„Worüber?"

„Na ja, über alles Mögliche."

„Geht das vielleicht etwas genauer?" Grohners Stimme klang ungeduldig. Er schien die beiden Schüler damit einzuschüchtern.

„Na ja, über unsere Schule, über unsere Mitschüler und die Lehrer, aber auch über Politik und Literatur", beeilte sich Knut Korte zu erklären. Er wirkte selbstsicherer als sein Freund und hielt Grohners Blicken stand.

„Und da war Gerold ein guter Gesprächspartner?"

„Ja, sicher. Gerold kennt sich in der Literatur gut aus, obwohl er Deutsch nicht als Leistungsfach gewählt hat. Die meisten unserer Mitschüler haben sich schon schwer damit getan, Thomas Manns ‚Mario und der Zauberer' zu lesen. Gerold hat freiwillig ‚Die Buddenbrooks' gelesen und auch noch andere Romane von Thomas Mann. Zudem ist Gerold Kafka-Fan." Er blickte Jannik Ackermann an. Der nickte und sagte: „Wir auch."

Korff hatte von der Leseunlust der heutigen Oberstufenschülergeneration gehört. Gerold Falter musste seinen Mitschülern wie ein Wesen aus einer anderen Welt vorkommen. Er fragte weiter: „Welche Leistungskursfächer hat Gerold gewählt?"

„Englisch und Geschichte."

Grohner murmelte etwas Unverständliches. Er schien die Fächerwahl kommentiert zu haben. Vielleicht erinnerte er sich an seine eigene Schulzeit. Er fragte: „Wissen Sie, wo sich Gerold jetzt aufhält?"

Die beiden Jungen blieben stumm. Sie blickten sich an, Knut Korte sagte nach einiger Zeit: „Das hat uns schon vorgestern ein Polizeibeamter gefragt. Wir haben ihm auch nicht helfen können."

„Könnte Gerold irgendwo in Bielefeld sein?"

Jannik Ackermann blickte auf und zögerte. Er dachte kurz nach. „Gerold hat mir zwei oder drei Mal von einem Bekannten erzählt, der in Bielefeld wohnt und von dem er sich gelegentlich Bücher leiht."

„Wissen Sie Näheres über diesen Bekannten? Wissen Sie wie er heißt?"

„Ich glaube, er heißt Onno. Ich habe mich etwas über den Namen gewundert. In meinem Bekanntenkreis gibt es diesen Namen nicht."

„Wissen Sie, wie dieser Onno mit Nachnamen heißt und wo er wohnt?"

Jannik Ackermann schüttelte den Kopf. „Gerold hat nur seinen Vornamen genannt. Er hat auch nicht oft über ihn gesprochen."

„Hat sich Gerold mal über sein Verhältnis zu Herrn Possma geäußert?"

Knut Korte grinste jetzt. „Ständig. Gerold hat ständig über Herrn Possma gesprochen. Er hat richtig für ihn geschwärmt."

Grohner beugte sich vor. „Was glauben Sie, war mehr dahinter als bloße Schwärmerei?"

Knut Korte nickte. „Ich denke schon, man hört ja auch einiges von Mitschülern."

Korff fragte: „Waren Sie im Herbst mit auf der Kursfahrt?"

„Ich nicht, aber Jannik."

Korff wandte sich an Jannik Ackermann: „Erzählen Sie mal!"

„Na ja, ich denke, da war schon etwas zwischen Herrn Possma und Gerold. Ich habe am letzten Abend gesehen, dass sie sich geküsst haben. Das war kein freundschaftlicher Kuss. Andere haben das auch gesehen."

Korte setzte nach: „Später hat Gerold mal

erzählt, dass er sich mit Herrn Possma treffen wollte."

Korff bedankte sich bei den beiden Schülern und schickte sie wieder zurück in den Unterricht. ‚Komische Vögel', dachte er. Er blickte Grohner an. „Wie denkst du über diesen Onno?"

„Könnte eine Spur sein. Aber wie kommen wir an diese Person heran? Der Vorname alleine reicht nicht."

„Wir sollten auf dem Rückweg nach Bielefeld bei Gerolds Eltern vorbeifahren. Vielleicht kennen sie diesen ominösen Onno."

***

Es regnete immer noch stark. Gerold Falters Eltern wohnten in der Mühlenburger Straße. Korff parkte seinen Golf auf einem dem Haus gegenüberliegenden asphaltierten Parkplatz. Die beiden Kommissare beeilten sich, unter das schützende Vordach des Falterschen Hauses zu gelangen.

Auf Grohners Klingeln hin öffnete eine etwa 40-jährige Frau die Haustür. Sie war mittelgroß und trug grüne Jeans und eine gelbe Bluse. Ihre kurzen braunen Haare unterstützten die Jugendlichkeit ihres hübschen Gesichts. Jetzt allerdings spiegelte es tiefe Sorge. Frau Falter blickte die beiden Männer mit müden Augen an.

Korff stellte sich und Grohner vor. Die Kriminalbeamten sahen die Angst, die plötzlich in ihrem Gesicht stand.

„Was ist mit Gerold? Haben Sie ihn gefunden?"

„Nein, Sie müssen keine Befürchtungen haben. Wir sind hergekommen, weil wir Ihnen noch einige Fragen stellen möchten."

Sie wirkte erleichtert. „Kommen Sie bitte herein."

Sie führte die beiden mit langsamen Schritten in das Wohnzimmer. Nachdem sie sich gesetzt hatten, erklärte Korff: „Wir ermitteln in der Mordsache Possma. Ihr Mann hat uns gestern angerufen und darauf aufmerksam gemacht, dass das Verschwinden Ihres Sohnes mit der Ermordung des Lehrers zeitlich zusammenfällt."

„Haben Sie schon etwas herausgefunden?"

„So weit sind wir noch nicht. Wir benötigen zunächst weitere Informationen über Ihren Sohn." Korff hielt kurz inne, bevor er fragte: „Wie war Ihr Verhältnis zu Ihrem Sohn?"

„Gut, wirklich gut." Die Antwort kam spontan. Sie wirkte glaubhaft.

„Trotzdem: Hat es in den letzten Tagen vor dem Verschwinden Ihres Sohnes in Ihrer Familie Meinungsverschiedenheiten oder Streit gegeben?"

Frau Falter schüttelte den Kopf. „Nein. Gerold ist sehr verständig, sehr reif für sein Alter. Wir streiten uns fast nie."

„Wie kommt Gerold mit seinem Vater aus?"

„Auch gut. Ich bin aber sein eigentlicher Ansprechpartner. Zwischen Gerold und meinem Mann hat es ebenfalls keinen Streit gegeben, falls Ihre Frage darauf abzielt." Sie zögerte. „Obwohl mein Mann von Gerold etwas enttäuscht ist."

Auf Korffs fragendes Gesicht hin erklärte sie: „Mein Mann war in seiner Jugendzeit ein guter Sportler. Gerold hat mit Sport nichts im Sinn. Das kann mein Mann nicht verstehen."

‚Kann ich gut nachvollziehen', dachte Korff. Sein Vater hatte ihn auch dazu gedrängt Fußball zu spielen und hatte ihn immer zu den Spielen begleitet. Eigentlich hatte sich sein Vater mehr für Fußball interessiert als er selbst. Es hatte bis zu seinem 14. Lebensjahr gedauert, bis er sich vom Fußballtraining hatte abmelden dürfen. Erst jetzt, jenseits der 40, war er wieder zum Fußball gekommen und spielte mit einigen Kollegen ein Mal in der Woche.

Grohner wandte sich jetzt an die Frau: „Ihr Sohn hat möglicherweise die Nacht von Montag auf Dienstag in der Wohnung seines Lehrers Possma verbracht, die sich in Theesen befindet. Er ist am Dienstagmorgen allerdings nicht mit

Herrn Possma nach Spenge zur Schule, sondern wahrscheinlich mit dem Bus nach Bielefeld gefahren. Glücklicherweise, muss man sagen, denn Herr Possma ist auf dieser Fahrt ja tödlich verunglückt."

Frau Falter blickte ihre beiden Gesprächspartner zweifelnd an. „Warum sollte er nach Bielefeld gefahren sein? Er hatte doch Unterricht. Gerold ist kein Schüler, der die Schule schwänzt."

Grohner fragte: „Hat Ihr Sohn Freunde oder Bekannte in Bielefeld, bei denen er vorübergehend wohnen könnte?"

„Das weiß ich nicht. Er fährt gelegentlich mit dem Bus nach Bielefeld, um sich in der Unibibliothek Bücher auszuleihen oder Kleidung zu kaufen."

„Gelegentlich?"

Frau Falter überlegte kurz. „Etwa ein Mal in der Woche", sagte sie.

Korff übernahm wieder die Gesprächsführung: „Ist es nicht ungewöhnlich, dass ein einzelner Schüler bei seinem Lehrer übernachtet? Waren Ihr Sohn und Herr Possma miteinander befreundet?"

Gerolds Mutter schwieg. Dann schüttelte sie den Kopf. „Gerold hat Herrn Possma gemocht. Er hat viel von ihm gesprochen und seinen Unterricht gelobt. Aber befreundet waren sie nicht.

Das ginge ja auch nicht, Herr Possma war Gerolds Lehrer und musste ihn auch benoten."

Grohner fragte: „Hat Ihr Sohn eine Freundin?"

Frau Falter schüttelte den Kopf. „Nein, Gerold interessiert sich noch nicht für Mädchen. Jedenfalls nicht so, dass er zurzeit eine engere Beziehung eingehen möchte."

Grohner warf Korff einen kurzen Blick zu und, als dieser nickte, wandte sich Grohner wieder an die Frau: „Frau Falter, entschuldigen Sie, wenn ich so direkt frage: Interessiert sich Ihr Sohn überhaupt für Mädchen oder Frauen?"

Die Gesichtszüge der Mutter erstarrten. Plötzlich errötete sie. „Wollen Sie damit sagen, dass Gerold ..., dass Gerold homosexuell ist?", fragte sie mit abgewandtem Blick.

Korff entnahm ihrer Reaktion, dass sie solche Gedanken selbst schon gehabt hatte. Aber vermutlich war sie noch nicht so weit, sich die Konsequenzen dieser Erkenntnis einzugestehen.

„Ja. Gibt es Anhaltspunkte dafür?"

„Natürlich nicht."

In die Pause, die nun entstand, fragte Korff: „Dürfen wir einen Blick in das Zimmer Ihres Sohnes werfen?"

„Ja, sicher. Das haben Ihre Kollegen aber auch schon getan."

Frau Falter erhob sich und führte die Polizeibeamten in das obere Stockwerk, wo sie eine Tür öffnete. Korff und Grohner blickten in ein penibel aufgeräumtes Zimmer, in dem sich ein Sofa, das auch als Bett genutzt werden konnte, ein Kleiderschrank, ein Schreibtisch sowie ein größeres Regal mit zahlreichen Büchern befanden. An einer Wand hing ein Poster, das James Dean mit Zigarette im Mund auf dem Kühler eines Autos sitzend zeigte.

„Ich vermute, dass Sie versucht haben, Ihren Sohn telefonisch zu erreichen?"

„Natürlich. Aber wir haben später gemerkt, dass er sein Handy zu Hause gelassen hat. Es war nicht mehr ganz in Ordnung und er wollte sich ohnehin ein neues kaufen."

„Vielleicht hat er das ja auch getan?"

„Ja, vielleicht." Der Blick der Frau wechselte zwischen Grohner und Korff.

„Wissen Sie, wie viel Geld Ihr Sohn mitgenommen hat?"

„Nicht genau, aber es könnte sein, dass er gut 300 Euro dabei hat. In seinem Schreibtisch, wo er normalerweise sein Geld aufbewahrt, lag nichts mehr."

„Verfügt Ihr Sohn über ein eigenes Spar- oder Girokonto?"

„Ja, natürlich. Er ist ja volljährig."

„Wir würden gern überprüfen, ob es in den letzten Tagen Kontobewegungen gegeben hat."

„Ja, natürlich, warten Sie, ich schreibe Ihnen Bankverbindung und Kontonummer auf." Gerolds Mutter nahm einen Zettel vom Schreibtisch ihres Sohnes und notierte die Kontonummer. Korff sah, dass das Konto bei der Sparkasse Herford bestand.

Grohner fragte weiter: „Können Sie uns ein Foto Ihres Sohnes geben?"

„Ja. Ihr Kollege hat aber vorgestern schon …"

Grohner unterbrach sie: „Besser, Sie geben uns auch ein Foto. Sie sind doch an einer raschen Aufklärung interessiert?"

Frau Falter nickte, zog aus der Schublade des Schreibtisches ein Fotoalbum hervor und öffnete es. Vorn in dem Album lag ein transparenter Umschlag, in dem sich mehrere Passbilder des Verschwundenen befanden.

Sie nahm ein Foto aus dem Umschlag und reichte es Grohner. Dabei sagte sie mit leiser Stimme: „Die Passfotos sind erst vor wenigen Wochen gemacht worden."

Das Foto zeigte einen schmalgesichtigen blonden jungen Mann mit einem etwas melancholischen Gesichtsausdruck.

Grohner bedankte sich. Die beiden Kriminalbeamten blickten sich im Zimmer um. Das Regal beherbergte einige Schulbücher und mehrere Romane von Thomas Mann und Franz Kafka, daneben befand sich Sachliteratur über Filmkunst und Regisseure. Korff entdeckte Bücher über Alfred Hitchcock, Orson Welles und John Huston sowie über den Film Noir. In einem weiteren Fach des Regals standen einige DVDs. Manche Titel waren nicht so schnell zu entziffern, Korff konnte aber solche wie *Der Prozess*, *Goldenes Gift*, *Spiel mit dem Tode* und *Der schwarze Spiegel* lesen.

„Interessiert sich Ihr Sohn für Filmkunst und Kino?“, fragte Korff.

„Ja, sehr. Das ist seit letztem Jahr sein großes Hobby. Besonders amerikanische Filme aus den 40er und 50er Jahren haben es ihm angetan.“

Korff zog das Buch über den Film Noir aus dem Regal. Das Cover zeigte eine rauchende Hollywoodschönheit, die Korff nicht kannte. Das Buch enthielt, wie Korff beim flüchtigen Durchblättern feststellte, vor allem Filmfotos. Auf der Innenseite des Einbandes war der handgeschriebene Name des Eigentümers zu lesen: Onno Rottmann.

Korff hielt Grohner das Buch hin und zeigte auf den Namen. Grohner lächelte. Seine Lippen formten das Wort „Bingo“.

Er wandte sich an Gerolds Mutter und tippte auf die Innenseite des Umschlags: „Kennen Sie

Onno Rottmann? Ist Ihr Sohn mit diesem Onno Rottmann befreundet?"

Frau Falter blickte Korff an und schüttelte den Kopf. „Nein, den Namen kenne ich nicht. Gerold hat nie von ihm gesprochen."

***

Der Regen hatte nachgelassen. Auf dem nicht ganz ebenen Parkplatz standen große Pfützen, die die beiden Kommissare auf dem Weg zum Auto umgehen mussten. Als Korff und Grohner wieder im Auto saßen, zog Korff sein Handy aus der Jackentasche. Jörg Zeinitz meldete sich nach nur einmaligem Klingeln.

„Klaus hier. Jörg, ich möchte dich bitten, für uns die Anschrift von Onno Rottmann herauszufinden, … ja, mit R und doppeltem T. Er wohnt allem Anschein nach in Bielefeld."

Korff und Grohner durchfuhren gerade Jöllenbeck, als Korffs Handy klingelte. „Jörg hier. Das war nicht schwer. Rottmann ist ordnungsgemäß in Bielefeld gemeldet. Er wohnt im Studentenwohnheim in der Stennerstraße. Was ist mit ihm?"

„Möglicherweise befindet sich Gerold Falter, der Junge, der bei Possma übernachtet hat, bei ihm. Wir schauen jetzt nach."

Sie hatten inzwischen das Ortsausgangsschild von Theesen passiert. An der Kreuzung Jöllenbecker Straße/Babenhauser Straße bogen sie zunächst nach rechts in die Babenhauser Straße und dann nach links in die Splittenbrede ab. Über die Straße Am Bültmannskrug erreichten sie die Stennerstraße.

Nach nur wenigen Metern lag das Studentenwohnheim auf der linken Straßenseite. Korff stellte den Wagen ab und die beiden gingen die zahlreichen Klingelschilder durch, die sich im Eingangsbereich des Wohnheims befanden. Sie wurden schnell fündig. Onno Rottmann wohnte im vierten Stock.

Als Rottmann die Wohnungstür öffnete, fiel der Blick der Kommissare auf einen blonden jungen Mann im Hintergrund des Zimmers, bei dem es sich offenkundig um Gerold Falter handelte. Er stand in der Mitte des Raumes und schaute neugierig zur Tür.

„Gerold, wir müssen mit Ihnen sprechen." Während Grohner dem überraschten Rottmann seinen Dienstausweis entgegenhielt, drängte sich Korff an dem Studenten vorbei in die kleine Wohnung, die aus einem etwa 20 Quadratmeter großen Raum, einer kleinen Kochgelegenheit und einer Nasszelle bestand. Rottmann protestierte nicht. Er prüfte immer noch den Dienstausweis.

Er war offensichtlich zu dem Entschluss gelangt, dem ungesetzlichen Eindringen in seine Wohnung keinen Widerstand entgegenzusetzen.

Gerold stand vor dem Schreibtisch, der das Zimmer zum Fenster hin abschloss. Ein fragendes „Ja?“ war alles, was er zu sagen vermochte.

Inzwischen waren auch Rottmann und Grohner weiter in das Zimmer getreten. Grohner wandte sich an den Jungen. „Gerold, wissen Sie, dass Ihre Eltern Sie als vermisst gemeldet haben?“

Der Junge zögerte kurz. „Ist möglich“, sagte er dann.

„Und, wollen Sie sich nicht bei Ihren Eltern melden? Sie machen sich Sorgen.“

Der Schüler antwortete etwas unwillig: „Ja, sicher. Ich fahre heute Abend nach Hause.“

„Eine andere Frage: Haben Sie in der Nacht von Montag auf Dienstag bei Ihrem Lehrer Johann Possma übernachtet?“

Korff hatte, als Grohner die Frage stellte, Onno Rottmann aufmerksam beobachtet, der inzwischen auf dem mit einer Tagesdecke zur Sitzgelegenheit umfunktionierten Bett Platz genommen hatte, das rechts vom Schreibtisch an der Wand stand. Der Gesichtsausdruck Rottmanns blieb unverändert. Offensichtlich wusste er von der Übernachtung. Rottmann richtete seinen Blick auf Gerold Falter.

„Weshalb interessiert Sie das?“, fragte Gerold, der den Blick bemerkt hatte und sich in die Enge getrieben fühlte.

„Weil es nicht üblich ist, dass Schüler bei ihren Lehrern übernachten.“ Grohner setzte nach: „Jedenfalls nicht zu der Zeit, als ich zur Schule ging.“

Gerold schwieg.

Jetzt wandte sich Korff an den Schüler: „Ist Ihnen bekannt, dass Johann Possma am Dienstagmorgen auf dem Weg zur Schule tödlich verunglückt ist?“

Gerold blickte Korff ungläubig an und schüttelte den Kopf. Er schien den Bedeutungsgehalt der Frage erst nach und nach zu begreifen.

„Johann ist tot?“, fragte er so leise, dass Korff ihn kaum verstehen konnte.

Korff nickte. „Ja, er ist mit seinem Auto am Ortsausgang von Jöllenbeck von der Straße abgekommen und gegen einen Telegrafenmasten geprallt. Er war sofort tot.“

Korff wartete eine Weile, bis er die Frage nochmal stellte: „Sie haben bei Herrn Possma übernachtet?“

„Ja.“

Behutsam fragte Korff weiter: „Wollen Sie uns das nicht ein wenig ausführlicher erklären?“

„Johann und ich, wir hatten uns angefreundet.“

„Hatten Sie ein Verhältnis miteinander?“

Der Schüler zögerte. „Ich habe Johann gemocht, er mochte mich auch, aber …"

Onno Rottmann schaltete sich ein. „Zwischen Gerold und Possma war nichts. Von Gerolds Seite war das eine bloße Schwärmerei. Possma war sein Lehrer. Der Kerl hätte seinen Job verloren, wenn er sich mit Gerold eingelassen hätte. Dafür hätte ich gesorgt. Ich habe ihm das auch gesagt."

Gerold blickte seinen Freund wütend an. „Du hast mit Johann gesprochen? Das wusste ich nicht. Warum hast du das gemacht? Du hast dich nicht in meine Angelegenheiten zu mischen …"

Dieser sprang auf. Er ging auf Gerold zu und fasste ihn am Arm. „Nicht in deine Angelegenheiten?" Seine Stimme wurde lauter. „Das ist auch meine Angelegenheit, unsere Angelegenheit. Glaubst du etwa, dass ich dabei zugesehen hätte, wenn Possma dich mir weggenommen hätte? Ich habe doch in den letzten Monaten gespürt, dass du …" Er brach ab. „Glücklicherweise hatte Possma kein Interesse an dir", setzte er nach kurzem Zögern nach.

Gerold schwieg. Er ballte seine Fäuste, so als wollte er sich auf Rottmann stürzen. Er unterließ es aber, seine Arme sanken herab.

Grohner nahm den Gesprächsfaden wieder auf: „Gerold, was haben Sie in den letzten Tagen gemacht?"

Es dauerte eine Weile, bis der Schüler antwortete. „Wir waren in der Universität und haben Vorlesungen besucht. Ich interessiere mich für Filmgeschichte und da läuft im Augenblick eine tolle Vorlesung über den Film Noir und deshalb …“

„Sie haben bei Herrn Rottmann gewohnt?“, unterbrach ihn Grohner, der an Einzelheiten der Filmgeschichte weniger interessiert war.

Gerold nickte.

„Sind Sie mit ihm liiert?“

„Bis heute jedenfalls.“

Korff wandte sich an Rottmann. „Herr Rottmann, Sie sind Student? Was studieren Sie?“

„Germanistik und Anglistik.“

„Wie lange kennen Sie Gerold schon?“

„Seit gut einem Jahr.“

„Sie haben auch Johann Possma gekannt?“

Rottmann schüttelte den Kopf. „‚Gekannt‘ ist zu viel gesagt. Ich habe Possma einmal angerufen und ihn gewarnt. Ich habe ihm gesagt, er solle seine Finger von Gerold lassen.“

„Was hat Herr Possma Ihnen geantwortet?“

„Er sagte, er schätze Gerold als Schüler, habe aber keine weitergehenden Interessen an ihm.“

„Haben Sie ihm das geglaubt?“

„Eigentlich schon.“

„Aber ganz überzeugt hat er Sie nicht?“

Ein Schatten zog über Onno Rottmanns Gesicht. „Na ja, was ist schon ganz sicher?“

„Wann hat diese Unterredung stattgefunden?“

Rottmann zuckte mit den Schultern. „An das genaue Datum erinnere ich mich nicht. Das war vor etwa drei oder vier Wochen.“

Korff schwieg jetzt und blickte dabei seinen Kollegen an. Grohner übernahm das Gespräch wieder. Diese Art der Befragungsführung funktionierte zwischen den beiden Kriminalbeamten in der Regel sehr gut. Durch die lange Zusammenarbeit wussten beide Partner intuitiv, wann der andere das Gespräch weiterführen sollte.

Grohner wandte sich an die beiden jungen Männer: „Wir haben Ihnen vorhin nur die halbe Wahrheit gesagt. Herr Possma ist nicht durch einen selbstverschuldeten Unfall ums Leben gekommen. Er ist von der Straße abgekommen, weil jemand seine Bremsen manipuliert hatte.“

Gerold Falters Stimme senkte sich. Nahezu tonlos fragte er: „Johann ist ermordet worden?“

„So ist es. Gerold, Sie haben bei Herrn Possma übernachtet. Ist Ihnen dabei irgendetwas aufgefallen, was mit dem Mord in Verbindung stehen könnte?“

Gerold Falter überlegte kurz und schüttelte entschieden den Kopf. „Nein, nichts.“

„Sie haben uns noch nicht erzählt, wie es zu

dieser Übernachtung bei Ihrem Lehrer gekommen ist."

„Ich habe in den letzten Tagen immer wieder versucht, mit Johann zu sprechen. Er hatte nie Zeit für mich. Deshalb bin ich am Montagabend zu ihm gefahren und habe bei ihm geklingelt. Er hat mich hereingebeten und wir haben uns längere Zeit unterhalten. Ich habe ihm gesagt, was ich für ihn empfinde, doch er hat davon nichts wissen wollen. Er sagte mir, dass er mich zwar mag, ich ihm aber für eine richtige Beziehung zu jung sei. Er hat sich sogar für den ‚kleinen Zwischenfall', wie er es nannte, während der Kursfahrt entschuldigt."

„Weshalb sind Sie nicht zurück nach Hause gefahren?"

„Wir hatten etwas getrunken. Johann wollte mir ein Taxi rufen. Ich habe das abgelehnt und bin auf seinem Sofa eingeschlafen. Ich war enttäuscht von ihm, ich wollte aber trotzdem in seiner Nähe bleiben."

„Und am nächsten Morgen sind Sie nach Bielefeld gefahren und haben die Schule geschwänzt?"

„Ja, ich hätte in den ersten beiden Stunden Geschichte bei Johann gehabt. Ich konnte nicht zu ihm in den Unterricht gehen. Das hätte ich nicht ausgehalten."

„Sie sind zu Herrn Rottmann gefahren und haben die Zeit bis heute bei ihm verbracht, ohne Ihre Eltern zu informieren?“

„Ja, ich musste die Situation erst für mich alleine klären. Ich dachte, Onno könnte mir dabei helfen.“

„Und, konnte er?“

Gerold Falter sah seinen Freund an und als der nicht reagierte, zuckte er nur mit den Schultern.

Korff wartete einen kurzen Moment, bis Gerold Falter seinen Blick von Rottmann gelöst hatte und fragte: „Wissen Ihre Eltern, dass Sie schwul sind?“

„Nein, beziehungsweise meine Mutter scheint etwas zu ahnen. Für meinen Vater wäre es eine mittlere Katastrophe, wenn er es erführe. Deshalb habe ich zu Hause auch noch nicht darüber gesprochen.“

Korff sprach jetzt den aufmerksam zuhörenden Onno Rottmann an: „Herr Rottmann, was haben Sie in der Nacht von Montag auf Dienstag gemacht?“

Rottmann stutzte. Langsam dämmerte ihm, worauf Korff mit dieser Frage zielte. „Sie glauben doch nicht, dass ich ...“

Korff blieb ruhig und freundlich. „Ich kann mir in so einem Fall gar nicht erlauben, etwas zu glauben. Für mich zählt nur belegbares Wissen.

Mit meinem Glauben kommt die Staatsanwaltschaft vor Gericht nicht weiter. Was also haben Sie in der besagten Nacht gemacht?"

„Geschlafen. Hier in meinem Bett."

„Allein, vermute ich?"

„In der Tat. Gerold hat ja bei seinem Lehrer genächtigt." Die Stimme spiegelte die Frustration des verschmähten Geliebten wider.

Korff schaute zu Grohner herüber, der erwiderte seinen Blick. Sie würden sich mit Onno Rottmann und Gerold Falter getrennt unterhalten müssen, am besten im Präsidium.

Er nickte den beiden zu und drehte sich zur Tür. Grohner schloss sich ihm an. Er schien den Sachverhalt ähnlich zu sehen und blieb deshalb kurz in der Tür stehen, wobei er sich noch einmal an Rottmann wandte: „Herr Rottmann, Sie sollten in den nächsten Tagen für uns erreichbar sein."

***

Als Korff und Grohner wieder im Auto saßen, lehnte sich Grohner zurück und atmete tief durch. Er blickte Korff fragend an. „Was hältst du von den beiden?"

„Da oben herrscht jetzt jedenfalls dicke Luft." Korff zeigte auf die Fassade des Wohnheims.

„Ich würde gerne mithören, was die beiden miteinander sprechen."

„Ich auch. Für einen großen Lauschangriff reicht der Tatbestand aber nicht ganz aus, oder?"

Korff lachte. „Im Ernst: Gerold Falter war von dem Tod Possmas tatsächlich überrascht. Ich kann mir nicht vorstellen, dass er irgendetwas mit dem Mord zu tun hat. Er scheint ein Schöngeist zu sein. Ich traue ihm nicht einmal zu, dass er über die praktischen Kenntnisse verfügt, wie man die Bremsanlage eines Autos so manipulieren kann, dass sie bei der ersten echten Belastung versagt."

„Wie siehst du Rottmann?"

„Er ist wohl sehr eifersüchtig. Ihm scheint an der Beziehung mehr zu liegen als Gerold. Rottmann wollte Gerold nicht verlieren, das war ganz deutlich zu spüren. Die Frage ist, wie weit er zu gehen bereit ist, um einen Rivalen auszuschalten."

Grohner nickte bedächtig. „Mhm, Rottmann hat kein Alibi."

„Das macht ihn aber nicht besonders verdächtig. Welcher Alleinstehende hat schon für die Nachtzeit ein Alibi?"

„Tja, auf jeden Fall müssen wir noch einmal mit Gerold Falter sprechen, wenn Rottmann nicht dabei ist."

„Ja, und umgekehrt ebenso."

Grohner, der gerade den Wagen starten wollte, unterbrach Korff, indem er auf die Eingangstür des Wohnheims zeigte. Die beiden sahen, dass Gerold Falter das Wohnheim verließ. Er hatte seine Hände in die Seitentaschen seiner Jeansjacke geschoben, blickte auf den Boden vor sich und wandte sich, als er die Straße erreichte, nach rechts. Dann bog er in die Storchsbrede ein. Offenbar wollte er zur Bushaltestelle Babenhausen-Süd gehen, um einen Bus nach Spenge zu nehmen.

Grohner ließ das Fahrzeug an. Er wendete und folgte dem Schüler in weitem Abstand, bis dieser schnellen Schrittes über die Splittenbrede die Bus- und Straßenbahnhaltestelle erreichte.

Die Kommissare warteten noch einige Minuten in ihrem Auto, bis Gerold Falter den Bus bestieg.

***

Die Lagebesprechung fand um 16:00 Uhr statt. Korff berichtete über das Gespräch mit Gerold Falter, der vor dem Unfall bei Possma übernachtet hatte.

„Und du glaubst, dass dieser Gerold mit der Manipulation der Bremsanlage nichts zu tun hat?“ Pott blickte Korff zweifelnd an.

Korff nickte. „Da würde mich mein kriminalistisches Gespür schon sehr täuschen, wenn sich Gerold tatsächlich an der Bremsanlage zu schaffen gemacht hätte."

Grohner pflichtete Korff bei. „Das ist ein Jüngling, der sich bestimmt noch nie die Finger schmutzig gemacht hat. Er wirkt auf mich, auch nach den Gesprächen mit seinen Mitschülern, eher wie ein Gelehrter."

Pott war noch nicht zufrieden. „Wenn Rottmann vorher gewusst haben sollte, dass Gerold Falter bei Possma übernachtet, könnte Rottmann, sozusagen aus Rache für die verschmähte Liebe, die Bremsen manipuliert haben."

„Auch das glaube ich nicht, da Rottmann damit rechnen musste, dass Gerold Falter am nächsten Morgen mit Possma nach Spenge fährt. Er hätte damit seinen Freund in Gefahr gebracht. Ich hatte den Eindruck, als läge ihm sehr viel an Falter."

„Also müssen wir unser Augenmerk auf andere Aspekte legen? Wo seht ihr Ansatzpunkte?" Pott blickte in die Runde.

Zeinitz ergriff das Wort. „Ich habe beim Einwohnermeldeamt recherchiert. Possma wohnt erst seit etwa einem Jahr in der Turmalinstraße. Zuvor hat er etwas länger als ein Jahr mit Frank Willheydt in Schildesche zusammengewohnt. Davor, von 2002 bis Ende 2010, hat Possma mit drei Kommilitonen in einer Wohnung in der Siegfriedstraße gelebt. Die drei heißen Frederik Schmidt, Benno Bur …"

„Ich glaube, die Namen können wir uns hier sparen", wurde er von Pott unterbrochen, der jetzt ungeduldig mit seinem rechten Fuß wippte. „Es ist zum Verrücktwerden, es bleiben nur die seltsamen Geldbriefe, die in den letzten Tagen bei Possma eingetrudelt sind."

Korff räusperte sich, so dass er alle Blicke auf sich lenkte. „Ich würde vermuten, dass nach deiner Pressekonferenz keine weiteren Briefe mehr eingehen werden", sagte er.

„Was willst du damit sagen?" Potts Stimme hatte einen leicht aggressiven Klang. Anscheinend fühlte er sich durch Korffs Bemerkung angegriffen.

Korff ignorierte die Tonlage. Ruhig fragte er: „Was ist, wenn der von allen als so nett und freundlich beschriebene Johann Possma andere Leute erpresst hat?" Korff blickte in die Runde und gab selbst die Antwort: „Sobald diese Leute erfahren, dass Possma tot ist, werden sie ihm kein Geld mehr zahlen, also werden keine Geldbriefe mehr kommen."

In Grohners Augen wurde Interesse wach. „Wir müssen zunächst fragen, aus welchem Grund Possma andere Leute erpressen konnte? Woher wusste Possma etwas über andere Menschen, was für diese Personen unangenehm war?"

Korff zuckte die Schultern. „Das weiß ich noch nicht. Aber das müssen wir herausfinden."

Pott kratzte sich am Hinterkopf. Er nickte schwerfällig. „Du glaubst also, der Schlüssel zum Fall liegt bei den Geldbriefen? Wie aber können wir diese verdammten Kürzel auflösen?"

Korff lehnte sich zurück und verschränkte die Arme hinter seinem Kopf. „Das weiß ich ebenfalls noch nicht. Wir müssen in Possmas Umgebung fragen, ob seine Freunde, Kollegen und so weiter etwas mit den Kürzeln anfangen können."

***

Dieses Mal sahen sie den Film *Die Liebenden – Von der Last glücklich zu sein*. Vera Reinsfeld hatte den Film vorgeschlagen und Korff hatte Interesse geheuchelt. Dann hatte ihm der Film aber doch gefallen.

Als sie die *Kamera* verließen, bummelten sie Händchen haltend durch die Bahnhofstraße, durchquerten den tristen Jahnplatztunnel und gelangten über die Niedernstraße in die Obernstraße. Dabei unterhielten sie sich über den gerade gesehenen Film.

„Hast du noch Lust auf ein Bier oder ein Glas

Wein?", fragte Korff, als die beiden vor dem *Alt Bielefeld* standen.

Vera Reinsfeld schüttelte den Kopf. „Ich hatte gehofft, du würdest die klassische Frage stellen: ‚Gehen wir zu mir oder zu dir?'"

Korff lachte laut auf. „Das hatte ich heute in der Tat vor", sagte er leise. „Aber ich dachte, es sei anständiger, zuvor noch etwas zu trinken."

„Das können wir doch auch bei dir tun, oder?"

Korff nickte, zog Vera an sich und küsste sie leidenschaftlich. Sie erwiderte den Kuss. Eng umklammert standen sie minutenlang – jedenfalls kam es Korff so vor – vor dem *Alt Bielefeld* und vergaßen die Welt, die sie umgab. Irgendwann gingen sie zurück zur Feilenstraße, wo sie ihre Autos geparkt hatten.

„Diesen Weg hätten wir uns auch sparen können", sagte Korff und blickte Vera an, um in ihrem Gesicht zu lesen. „Wenn ich nur mutiger gewesen wäre."

„Gerade das gefällt mir an dir." Sie lächelte und fasste seine Hand fester.

6. Kapitel

Samstag, den 12. Mai 2012

Korff nahm das Klingeln des Telefons zunächst nur im Halbschlaf wahr. Er drehte sich auf die andere Seite, in der Hoffnung, dass das Klingeln damit ein Ende haben würde. Dieser Wunsch erfüllte sich leider nicht. Er fluchte und seine rechte Hand ertastete auf dem kleinen Nachttischchen das dort abgelegte Handy. Das Display zeigte 2:18 Uhr. Korff drückte auf die grüne Taste.

„Ja?", knurrte er ungehalten.

„Jörg hier. Klaus, es gibt eine weitere Leichensache. Frederik Schmidt, Humboldtstraße."

Es war Zeinitz, der Bereitschaftsdienst hatte. Korff setzte sich auf den Bettrand und fluchte ungeniert in das Handy, doch plötzlich stutzte er. „Frederik Schmidt? Das ist doch einer von den Typen, mit denen Possma mal zusammengewohnt hat?"

„Ja, so ist es."

„Ist gut, ich bin gleich da."

Er legte das Handy zurück aufs Nachttischchen und stand auf.

Auch Vera war wach geworden. Es dauerte einen Augenblick, bis sie begriff, wo sie war. Sie blickte Korff fragend an.

„Ich muss los", sagte er, „wir haben einen weiteren Todesfall."

Vera nickte. „Ich fahre nach Hause."

Korff ging die wenigen Schritte ins Badezimmer und stellte sich kurz unter die Dusche.

Nachdem er sich abgetrocknet und die Zähne geputzt hatte, streifte er die Kleidung vom vergangenen Abend über, trank einen großen Schluck aus der Mineralwasserflasche, die neben dem Bett stand, steckte das Handy ein und griff nach dem Autoschlüssel, der auf einem kleinen Tischchen neben der Garderobe lag. Vera, die sich ebenfalls angezogen hatte, wartete bereits an der Wohnungstür.

Draußen auf dem regennassen Bürgersteig verabschiedeten sich die beiden mit einem Kuss, dem es von Korffs Seite ein wenig an Leidenschaft fehlte, weil er sich bereits gedanklich mit dem Mordfall beschäftigte. „Ich ruf dich an", sagte er, bevor sie sich trennten und zu ihren Autos gingen. Korff wartete, bis er im Rückspiegel sah, dass Vera losfuhr, dann startete auch er seinen Golf.

Das nächtliche Bielefeld hatte seinen Reiz. Der Asphalt glänzte von dem leichten Nieselregen, der bereits vor einiger Zeit eingesetzt haben musste. Das grüne und rote Licht der Ampeln spiegelte sich auf der regennassen Straße. Zwischen der Eisenbahnbrücke an der Herforder Straße und dem Jahnplatz kamen Korff nur wenige Autos entgegen. Eines der Fahrzeuge trug die Werbeaufschrift einer örtlichen Tageszeitung, bei einem anderen Wagen handelte es sich um ein Taxi. An der Ecke Alfred-Bozi-Straße/Stapenhorststraße stand ein sichtlich angetrunkener Mann an der Fußgängerampel. Er hielt sich an der Ampel fest und schwankte dabei deutlich hin und her. Immerhin wartete er die Grünphase ab, um auf die andere Straßenseite zu gehen. Korff nahm seinen Fuß vom Gaspedal und fuhr langsam an dem Mann vorbei, dem seine durchnässten Haare wirr ins Gesicht hingen. Ihre Augen trafen sich für einen kurzen Augenblick. Nachdem Korff den Mann passiert hatte, sah er, dass ihm der Angetrunkene den erhobenen Mittelfinger seiner rechten Hand hinterherstreckte.

Als Korff in die Humboldtstraße einbog, sah er von weitem das Blaulicht des Polizeiautos. Er stellte seinen Golf neben dem Transporter der Spurensicherung ab und stieg aus.

Vor der Eingangstür des Zweifamilienhauses stand ein uniformierter Polizeibeamter, dem Korff beim Betreten des Hauses zunickte. Das Treppenhaus war erleuchtet. Der erste Eindruck, den Korff vom Tatort bekam, war der intensive Leichengeruch. Das bedeutete, dass Schmidt bereits längere Zeit tot sein musste. Korff blieb auf der Türschwelle stehen und streifte sich Einmalschuhe und Latexhandschuhe über.

Frederik Schmidt lag im Flur in unmittelbarer Nähe der Eingangstür. Er war offenbar erstochen worden. Sein helles Leinenhemd war im Brustbereich blutig. Neben der Leiche hatte sich eine große Blutlache gebildet, die allerdings schon angetrocknet war.

„Der Stich hat das Herz getroffen. Der Tote muss innerhalb weniger Sekunden verblutet sein." Dr. Germer, der neben der Leiche kniete, hatte bereits eine erste Untersuchung vorgenommen.

„Wie lange ist er schon tot?"

Germer hob die Schultern. „Das kann ich noch nicht sagen, aber du siehst ja selbst", er zeigte auf den Toten, „drei oder vier Tage werden es schon sein."

Korff schob sich vorsichtig an Dr. Germer vorbei in den Flur. Die Tür zur unteren Wohnung war geöffnet. Im Eingangsbereich der Wohnung traf er Grohner, der sich mit einem älteren Ehepaar unterhielt.

„Der Fall scheint sich auszudehnen", sagte Korff, an Grohner gewandt, „zuerst Possma, jetzt Schmidt. Wer hat den Toten gefunden?"

„Die Vermieter, Herr und Frau Herklotz."

Grohner blickte seine Gesprächspartner an. „Sie waren im Urlaub, sind gestern Abend in Hannover gelandet und gegen ein Uhr nachts in Bielefeld eingetroffen. Sie haben sofort die Polizei verständigt." Frau Herklotz, der man den Schrecken über den Leichenfund noch im Gesicht ablesen konnte, nickte bestätigend.

„Herr Schmidt hat oben gewohnt?"

„Ja." Frau Herklotz hatte geantwortet. Ihr Mann stand verstört neben seiner Frau und schwieg. Vermutlich war sie auch in anderen Lebenslagen für die Kommunikation zuständig.

„Gut, ich gehe mal nach oben." Korff kehrte ins Treppenhaus zurück. Zwischen den beiden Kollegen mussten in solch einer Situation nicht viele Worte gewechselt werden. Jeder wusste genau, was er zu tun hatte.

Die obere Wohnungstür war angelehnt. Hermann Dreyer und seine Mitarbeiter von der Spurensicherung waren bei der Arbeit. Korff blieb im Wohnungsflur stehen und begrüßte den schmalen Mann im weißen Overall.

„Ist dir schon etwas Besonderes aufgefallen?"

Dreyer schüttelte den Kopf. „Die Wohnung ist nicht durchwühlt worden, aber wir gehen davon aus, dass der Täter die Wohnung betreten hat. Im Treppenhaus und hier im Flur haben wir Fußspuren und Erdreste gefunden, die darauf schließen lassen, dass der Täter sich zuvor im Garten aufgehalten hat."

„Den Garten könnt ihr euch erst morgen früh ansehen", stellte Korff fest. „Ob nach den Regenschauern der letzten Tage noch viel zu erkennen sein wird, möchte ich allerdings bezweifeln."

Dreyer nickte.

Korff ging weiter und betrat das Arbeitszimmer des Ermordeten. Der Schreibtisch sah aus, als ob Schmidt gerade aufgestanden wäre, um sich einen Kaffee zu holen. Drei Bücher lagen aufgeschlagen auf dem Tisch, Schmidt hatte mehrere DIN A-4-Seiten mit handschriftlichen Notizen versehen, die sich mit Problemen der EU befassten. Auf der rechten Seite des Schreibtisches stand ein Bildschirm, der mit einem Rechner verbunden war.

Das Regal, das sich hinter dem Schreibtisch befand, enthielt, wie Korff nach flüchtiger Durchsicht feststellen konnte, eine große Sammlung ökonomischer, soziologischer und historischer Bücher.

Korff trat an das Fenster, das zum Garten zeigte. Draußen war es dunkel. ‚Möglicherweise hat der Mörder Schmidt von dort unten eine Zeitlang beobachtet, bevor er ihn ermordet hat', dachte er. ‚Zu dumm, dass es in den letzten Tagen so stark geregnet hat.'

In diesem Augenblick betrat Dreyer das Zimmer.

„Gibt es weitere Erkenntnisse?“, fragte Korff.

„Nein. Ich werde mir jetzt mal das Arbeitszimmer vornehmen.“

Korff wandte sich zur Tür. „Packt den PC gleich ein und bringt ihn mit“, bat er.

„Machen wir.“

„Hütet den Rechner wie euren Augapfel. Ruf Zeinitz an, wenn der PC im Präsidium ist.“

***

Frank Willheydt sah ebenso müde aus wie Korff. Er hatte Korff um die Mittagszeit angerufen. Jetzt war es 15:30 Uhr und die beiden Männer saßen sich im Wohnzimmer von Willheydts Elternhaus in Gütersloh gegenüber. Willheydts Mutter hatte es sich nicht nehmen lassen, dem Gast ihres Sohnes eine Tasse Kaffee und ein Stück Marmorkuchen hinzustellen. Dann hatten sie und ihr Mann das Wohnzimmer verlassen.

Korff nahm einen Schluck aus der Tasse und nickte seinem Gesprächspartner aufmunternd zu. „Wie und wo haben Sie Johann Possma kennengelernt?“

Willheydt lächelte leicht, so als erlebe er die erste Begegnung mit Johann Possma noch einmal. „Wir sind uns das erste Mal auf einer Party über den Weg gelaufen. Ein gemeinsamer Freund gab eine Abschiedsparty, weil er nach dem Examen eine Stelle in Frankfurt antreten wollte."

Korff nahm einen weiteren Schluck. Der Kaffee tat gut. „Sind Sie mit Johann Possma zusammengezogen?"

„Zunächst nicht. Johann hat noch eine längere Zeit mit drei Kommilitonen in einer Wohngemeinschaft zusammengelebt."

„Was waren das für Leute?"

Willheydt zuckte mit den Schultern. „Studenten, normale Studenten. Benno Burscheidt, Frederik Schmidt und Rudi Haubrock. Die vier hatten sich zu Beginn ihres Studiums kennengelernt und sind gemeinsam in eine Wohnung in der Siegfriedstraße gezogen. Sie haben sich gut verstanden und viel Zeit miteinander verbracht."

„Frederik Schmidt ist heute Nacht in seiner Wohnung aufgefunden worden. Er wurde ebenfalls ermordet."

Jetzt wirkte Willheydt wie vom Schlag getroffen.

„Was hat das zu bedeuten? Das kann doch kein Zufall sein, oder?"

„Das ist sehr unwahrscheinlich. Umso mehr besteht die Notwendigkeit, dass wir miteinander reden."

„Ich weiß nicht, wie ich Ihnen helfen kann."

„Das weiß ich auch noch nicht. Ich denke aber, ich sollte so viel wie möglich über Johann Possma, Frederik Schmidt und die anderen erfahren."

Willheydt nickte, war aber nicht wirklich überzeugt. Vielleicht sah er noch immer keinen Sinn in der Befragung.

Korff zögerte unmerklich, bevor er fragte: „War das mehr als eine bloße Wohngemeinschaft ... ich meine, waren die drei anderen auch schwul?"

Willheydt hatte das Zögern bemerkt. Er lächelte. Wahrscheinlich hielt er seinen Gesprächspartner für prüde. „Nein. Benno, Frederik und Rudi sind Heteros. Ich habe Johann erst kennengelernt, als die vier schon zusammenwohnten. Johann sah leider keinen Grund auszuziehen."

„Sie wären lieber mit Johann Possma zusammengezogen?"

Willheydt nickte mehrfach. „Ja, sicher. Ich war wahnsinnig in Johann verliebt. Die vier haben aber an gemeinsamen Projekten gearbeitet, so dass Johann weiter in der Siegfriedstraße wohnen bleiben wollte."

Korff horchte auf. „Was waren das für Projekte?"

„Johann, Frederik, Benno und Rudi haben ein bisschen Geld nebenher verdient. Sie haben mehrere Jahre lang Leute bei der Formulierung ihrer Seminar- und Examensarbeiten unterstützt. Gegen Bares. Das waren die Projekte, von denen ich sprach. Als ich Johann kennenlernte, lief das aber langsam aus. Benno Burscheidt ist als erster ausgezogen. Ich wollte in sein Zimmer einziehen. Frederik und Rudi waren aber dagegen."

„Weshalb?"

„Sie wollten keine Paarbeziehung in der Wohngemeinschaft. Unter dieser Prämisse waren sie ursprünglich angetreten. Johann hat das akzeptiert."

Korff kam noch einmal auf das von Willheydt angesprochene Projekt zurück: „Von der Mitarbeit an Examensarbeiten kann man sich doch keinen so teuren Wagen, Gemälde und wertvolle Bücher leisten, oder?"

„Keine Ahnung. Johann hat damals noch kein Auto gefahren. Ich weiß aber, dass Johann mehrere Male größere Summen erhalten hat. Davon sind wir in den Urlaub gefahren."

„Wie hoch waren diese Summen?"

„Das weiß ich nicht. Mehrere Hundert Euro werden es schon gewesen sein." Er zögerte. „Unsere Urlaube waren nicht sehr üppig", ergänzte er. Willheydt schien sich nicht sonderlich für den Nebenverdienst der Wohngemeinschaftsmitglieder interessiert zu haben.

Korff sagte: „Bei den Summen muss es sich

auch um andere Arbeiten gehandelt haben, nicht nur um studentische Seminararbeiten. Haben die vier auch an der Entstehung von Dissertationen oder Masterarbeiten mitgewirkt?"

„Ich glaube schon. Johann hat mehrfach gesagt, dass er eigentlich mehrere Doktortitel führen dürfte. Es hat ihn aber nicht interessiert. Im Gegenteil – er hat sich immer über Leute lustig gemacht, die sich mit einem Titel vorstellten. Er sagte häufig, nicht alle Promovierten könnten wirklich wissenschaftlich arbeiten."

„Sie sagten am Donnerstag am Telefon, dass Sie und Herr Possma sich getrennt hätten, kurz nachdem Sie nach München gezogen sind."

Willheydt nickte.

„Hatten Sie danach noch Kontakt?"

„Ja, sicher. Wir haben uns zu unseren Geburtstagen angerufen und auch sonst gelegentlich telefoniert. Wir waren ja nicht zerstritten."

„Wann hatten Sie den letzten Kontakt?"

Willheydt unterdrückte mit Mühe ein Gähnen. „Vor zwei Monaten, im März. Ich habe Johann angerufen, um ihm zu seinem Geburtstag zu gratulieren. Er war allein zu Hause und wir haben uns lange unterhalten."

„Worüber haben Sie gesprochen?"

„Über meine Arbeit im Orchester und natürlich über Johanns Tätigkeit an der Schule."

„Was hat Ihnen Herr Possma darüber erzählt?"

„Dass ihm die Arbeit mit den Schülern sehr viel Spaß mache, dass er mit seiner Situation sehr zufrieden sei, obwohl …" Willheydt stockte kurz.

Korff wiederholte: „Obwohl?"

„Na ja, Johann hatte da ein Problem mit einem Schüler, der ihn verfolgte, weil er sich in ihn verliebt hatte."

„Hat Ihnen Herr Possma den Namen dieses Schülers genannt?"

„Nein. Johann erzählte nur, dass er mit diesem Schüler bei einer Kursfahrt unverzeihlicherweise kleinere Zärtlichkeiten ausgetauscht habe. Es sei eigentlich nichts passiert, der Schüler laufe ihm aber seitdem nach und nerve ihn damit."

„Hat er Ihnen noch weitere Dinge aus der Schule erzählt, zum Beispiel etwas über Konflikte mit Kollegen, Konflikte mit der Schulleitung oder ähnliches?"

Willheydt schüttelte den Kopf. „Soweit ich weiß, ist Johann mit seinen Kollegen und seinem Chef gut klargekommen. Er hat viel von seinen Kollegen erzählt und dass er sich häufig mit einigen von ihnen getroffen hat. Johann wirkte auf mich ein wenig einsam und schien sich deshalb auf die Abwechslung in der Schule zu freuen."

„Hatte er einen neuen Partner gefunden?"

„Ich glaube nicht. Er hätte mir bestimmt davon erzählt. Johann war sehr wählerisch. Bei ihm musste alles passen, bevor er sich neu liiert hätte."

Korff erhob sich. „Vielen Dank für die freundliche Bewirtung. Wenn ich weitere Fragen haben sollte, melde ich mich bei Ihnen." Er zögerte. „Wissen Sie schon, wann die Beerdigung Ihres Freundes stattfindet?"

Willheydt machte ein bekümmertes Gesicht. „Ja, erst am Donnerstag. Ich muss dann aber bereits wieder in München sein."

***

Als Korff in seinem Auto saß und zurück nach Bielefeld fuhr, spürte auch er die Müdigkeit, die seine Aufmerksamkeit zu beeinträchtigen drohte. Er hörte wieder einmal Mozarts Oper *Entführung aus dem Serail*. Er summte die Arie „Frisch zum Kampfe, frisch zum Streite" mit, um wach zu bleiben und ließ dabei das Gespräch mit dem müden Willheydt, dem der Jetlag noch immer zu schaffen machte, Revue passieren.

Vielleicht hatte die Unterredung mit Willheydt Entscheidendes zu Tage gefördert. Zwischen Possma und Schmidt musste eine Verbindung bestehen, die beide das Leben gekostet hatte. Wenn überhaupt, würde nur ein baldiges Gespräch mit den beiden anderen Mitbewohnern, mit Benno Burscheidt und Rudi Haubrock, Aufklärung bringen.

Er griff zum Handy. Am anderen Ende meldete sich der ebenfalls sehr müde klingende Zeinitz.

„Jörg, wir müssen uns gleich treffen, am besten um 18:00 Uhr. Versuche Pott und Rolf Grohner zu erreichen. Noch eins: Hast du bereits die aktuellen Adressen von Burscheidt und Haubrock ermittelt?"

„Die kenne ich schon. Beide wohnen noch in Bielefeld."

„Gut, bis gleich." Korff drückte den roten Knopf und beschleunigte seinen Wagen.

***

Pott blickte etwas griesgrämig in die kleine Runde, die sich im Besprechungszimmer versammelt hatte. In seinem Gesicht war abzulesen, dass er über die Unterbrechung seiner Samstagsruhe keineswegs begeistert war. Neben Korff hatten sich noch Grohner und Zeinitz eingefunden, der an einem Becher mit Kaffee nippte.

Nachdem sich die anfängliche Unruhe gelegt hatte, ergriff Korff das Wort: „Wie ihr alle wisst, ist Frederik Schmidt vor drei oder vier

Tagen ermordet worden. Der genaue Todeszeitpunkt muss erst noch ermittelt werden. Frederik Schmidt hat zuletzt als Assistent an der Fakultät für Soziologie hier an der Universität gearbeitet. Es gibt gewisse Anhaltspunkte dafür, dass die beiden Morde an Possma und Schmidt von demselben Täter verübt worden sind." Korff machte eine Pause, um seine Worte wirken zu lassen. „Possma und Schmidt haben sich gekannt. Sie haben mehrere Jahre lang eine Unterkunft in der Siegfriedstraße geteilt."

Zeinitz ergänzte: „Possma und Schmidt waren von 2002 bis 2010 in der Siegfriedstraße gemeldet. Haubrock und Burscheidt, die beiden anderen Mitbewohner, haben die Wohnung ebenfalls im Jahre 2002 bezogen, sind aber bereits im Januar beziehungsweise im Juli 2009 ausgezogen."

Da sich sonst niemand zu Wort meldete, fuhr Korff fort: „Possma, Schmidt und die beiden anderen Mitbewohner scheinen Mitstudenten bei der Anfertigung ihrer Examensarbeiten oder Dissertationen, also beim Erwerb akademischer Titel, geholfen zu haben – gegen Entgelt."

„Woher haben wir diese Informationen?" Pott blickte Korff fragend an.

„Von Frank Willheydt, einem früheren Freund Possmas."

„Sind die Informationen bezüglich der Dissertationen und Examensarbeiten vertrauenswürdig?“

„Absolut. Willheydt war damals mit Possma liiert und hat die Informationen somit aus erster Hand.“

Pott spitzte seine Lippen zu einem leisen Pfiff. „Diese Sucht nach Titeln grassiert offensichtlich nicht nur unter deutschen Politikern.“

Zeinitz zuckte mit den Schultern. „Warum sollte das Phänomen nur unter Politikern zu finden sein? Das sind doch auch nur Menschen. Und Menschen haben nun mal einen gewissen Geltungsdrang.“

Pott wandte sich an Korff. „Du glaubst also, dass die beiden Morde auf das Konto desselben Täters gehen – trotz der gänzlich verschiedenen modi operandi?“

„Dafür spricht einiges.“

„Und das Motiv? Was könnte das Motiv für die beiden Morde sein?

Grohner zuckte die Achseln. „Darüber können wir vorerst nur spekulieren. Vielleicht haben Possma und Schmidt etwas gesehen oder herausgefunden, was den Täter beunruhigt hat oder wodurch er sich gefährdet sah. Vielleicht haben sie den Täter erpresst.“

„Das würde bedeuten, dass Possma und Schmidt

nach der Auflösung der Wohngemeinschaft weiterhin in Kontakt standen?"

„Ja, möglicherweise. Das wird sich aber leicht recherchieren lassen." Korff fuhr fort: „Es kann aber auch sein, dass das Motiv noch in der gemeinsamen Zeit in der Wohngemeinschaft zu suchen ist. Vielleicht hat es etwas mit der Abfassung der Examensarbeiten oder Dissertationen zu tun."

Grohner fragte: „Was würde passieren, wenn bekannt würde, dass jemand bei der Anfertigung seiner Dissertation oder Masterarbeit auf fremde Hilfe zurückgegriffen hat?"

Zeinitz zuckte mit den Schultern. „Das hängt sicherlich im Einzelfall von der Beweislage ab", sagte er. „Die Universität müsste überprüfen, ob sie den verliehenen Titel oder Abschluss wieder aberkennt. Der Fall Guttenberg hat gezeigt, dass das passieren kann und dass das mit erheblichen Konsequenzen für die berufliche Zukunft des Betreffenden verbunden sein kann. Die berufliche Existenz bzw. die Karriere wäre gefährdet."

Korff nickte. „Das würde bedeuten, dass jemand, wenn er diese Gefahr erkennt, sich mit allen Mitteln, gegebenenfalls auch mit einem Mord …"

„Oder mit zwei Morden", ergänzte Zeinitz.

„… gegebenenfalls auch mit zwei Morden,

gegen diese existentielle Bedrohung zur Wehr setzen würde", führte Korff seinen Gedanken zu Ende.

Pott war nicht überzeugt. „Das liegt doch, wie wir eben gehört haben, mehr als zwei Jahre zurück, oder?"

Korff nickte. „Aber es ist die einzige konkrete Spur, die wir bislang haben." Er zögerte. „Mehr noch. Solange wir keinen besseren Ermittlungsansatz haben, sollten wir vorrangig diese Spur verfolgen."

Pott hatte aus dem Fenster geblickt, wo der bewaldete Kamm des Teutoburger Waldes zu sehen war. Nach Korffs Worten löste Pott seinen Blick vom Fenster und sah seine Mitarbeiter an. „Ich weiß nicht so recht. Wenn wir uns zu früh auf diese eine Spur konzentrieren und alle anderen außer Acht lassen, ist das nicht gut." Er zögerte und musste dann einräumen: „Ich sehe im Augenblick aber auch keinen anderen Ermittlungsansatz."

„Gut." Korff schob seinen Stuhl zurück. „Es ist möglich, dass auch Haubrock und Burscheidt gefährdet sind. Wir müssen so schnell wie möglich zu ihnen Kontakt aufnehmen."

Die kleine Runde löste sich jetzt auf. Korff und Grohner gingen zum Kaffeeautomaten und holten sich einen Kaffee. Die zunehmende Müdigkeit lähmte sie. Sie standen schweigend neben dem Automaten und nippten vorsichtig an dem heißen Kaffee.

Als sie etwas später ihr gemeinsames Büro betraten, beendete Zeinitz gerade ein Telefongespräch.

„Ich habe gerade mit Burscheidt telefoniert. Er ist jetzt zu Hause und hat Zeit", verkündete er, nachdem er aufgelegt hatte. „Haubrock habe ich vorher erreicht. Er kommt morgen Vormittag um 11:00 Uhr hier vorbei. Er muss gleich zu einer Geburtstagsfeier."

Korff warf Grohner einen kurzen Blick zu. „Wir fahren zu Burscheidt." Er wandte sich an Zeinitz: „Jörg, kümmere dich bitte darum, dass unsere Kollegen vom Streifendienst heute Abend und heute Nacht die Wohnungen von Burscheidt und Haubrock im Auge behalten. Übrigens, ist Schmidts Computer bereits hier bei uns?"

„Ja, er steht neben meinem Schreibtisch." Zeinitz zeigte mit dem Zeigefinger nach unten. Auch er sah müde aus. Nach dem nächtlichen Bereitschaftsdienst hatte er keine Minute geschlafen.

Korff spürte das auch bei ihm vorhandene Schlafdefizit immer stärker. Er hatte ein schlechtes Gewissen, als er zu Zeinitz sagte: „Falls du noch dazu in der Lage bist, setz dich gleich dran und versuche herauszufinden, ob Schmidts Rechner Dateien enthält, die uns bei unseren Ermittlungen weiterhelfen können."

***

Es regnete mal wieder. Korff hatte seinen Wagen weiter oben in der Kiskerstraße abgestellt. Benno Burscheidt wohnte mit seiner Familie in einer Altbauwohnung, nicht weit vom „Klösterchen", wie die Bielefelder ihr Franziskus Hospital nannten, entfernt. Als Korff und Grohner das Haus erreicht hatten, waren sie bereits ziemlich nass.

„Ja, bitte?", klang die Stimme eines Mannes aus der Sprechanlage, kurz nachdem Korff auf den Klingelknopf gedrückt hatte.

„Korff, Kriminalpolizei. Herr Burscheidt, wir würden uns gerne mit Ihnen unterhalten."

Statt einer Antwort ertönte der Summton und Korff und Grohner konnten die Eingangstür aufdrücken. „Zweite Etage", hörten sie noch aus der Sprechanlage, als sie sich daran machten, die breite, geschwungene Holztreppe zu erklimmen, die links neben der Eingangstür ihren Anfang nahm. Durch farbige Milchglasfenster fiel Licht ins Treppenhaus, dessen Wände mit dunkelgrünen und braunen Jugendstilornamenten verziert waren.

Benno Burscheidt, ein mittelgroßer, leicht übergewichtiger Mann mit bereits ausgedünntem Haupthaar, trug Jeans und Polo-Shirt. Er erwartete seine Besucher am Eingang zu seiner Wohnung, die durch eine kunstvoll gefertigte Holzverkleidung vom Treppenhaus abgetrennt war.

„Schön haben Sie es hier." Korff, der sich in einer architektonisch wenig attraktiven Neubauwohnung eingerichtet hatte, war beeindruckt.

Burscheidt lächelte. „Ja, wir mögen diese alten Wohnungen mit den großen Räumen und den hohen Decken. Ich habe schon während des Studiums in einem Altbau gewohnt." Er wies mit seinem rechten Arm nach innen und führte seine beiden Besucher quer über den Flur in ein mit alten Möbeln geschmackvoll eingerichtetes Wohnzimmer.

„Mein Mitarbeiter hat Sie ja bereits telefonisch darüber informiert, dass Ihre früheren Kommilitonen und Freunde Johann Possma und Frederik Schmidt ermordet worden sind", eröffnete Korff das Gespräch, nachdem man Platz genommen hatte.

Burscheidt blickte Korff an und nickte. „Ja, schrecklich. Für mich immer noch unfassbar." Seine Augen verrieten Betroffenheit.

„Wir tappen, was den Täter anbelangt, noch

im Dunkeln. Wir versuchen zunächst einmal etwas mehr über Johann Possma und Frederik Schmidt herauszubekommen. Sie haben die beiden gut gekannt?"

„Sicher, wir waren ein paar Jahre lang eng befreundet und haben zu viert zusammengewohnt. Seit etwa drei Jahren haben wir uns aber nicht mehr so häufig gesehen."

„Was war die Ursache dafür?"

„Wir haben unser Studium abgeschlossen." Er lachte leise. „Das hat auch lange genug gedauert. Johann ist etwas später mit seinem Freund zusammengezogen. Frederik hatte ein Promotionsstipendium bekommen und hat deshalb eine Zeitlang in Merseburg gewohnt, wo er im Archiv geforscht hat. Unsere gemeinsame Wohnung hatten wir zu dem Zeitpunkt aber schon aufgegeben. Ich war schon etwas früher ausgezogen. Ich hatte eine feste Freundin, wir haben geheiratet."

Grohner schaltete sich ein: „Haben Sie Johann Possma oder Frederik Schmidt in den letzten Tagen oder Wochen getroffen oder haben Sie mit ihnen telefoniert?"

„Frederik habe ich bestimmt ein halbes Jahr nicht mehr gesehen. Johann traf ich vor ein paar Wochen …"

„Können Sie sich noch genauer an die Begegnung erinnern?“, unterbrach ihn Grohner. „Worüber haben Sie sich unterhalten?“

„Über Gott und die Welt. Johann hat mir erzählt, dass sein Freund Frank nach München gezogen ist und dass sie sich getrennt haben.“

„Hat Herr Possma von einer neuen Beziehung berichtet?“

„Nein, ich glaube, da war auch nichts. Johann machte nicht den Eindruck, als habe er einen neuen Partner.“

Korff kam zum Thema: „Frank Willheydt, der frühere Lebensgefährte Ihres Freundes Possma, sprach davon, dass Sie, Frederik Schmidt, Johann Possma und Rudi Haubrock bis vor etwa zwei Jahren Auftragsarbeiten für Magisterstudenten und Promovenden angefertigt haben, gegen Bares, versteht sich.“

Burscheidt schwieg. Er blickte Korff nachdenklich an. Nur sein Blick verriet, dass er innerlich angespannt war. Nach einiger Zeit sagte er, die einzelnen Worte sorgsam abwägend: „Sie werden verstehen, dass ich mich zu dieser Aussage nicht äußern werde. Nur so viel: Frank Willheydt hat deutlich übertrieben. Wenn überhaupt, dann haben wir guten Bekannten Tipps für die Abfassung ihrer Arbeiten gegeben, Ratschläge sozusagen, ohne dafür bezahlt worden zu sein.“

Korff versuchte die Situation zu entspannen.

„Im Unterschied zu Ihnen bin ich kein Jurist, ich weiß nicht, ob das Anfertigen von Examensarbeiten oder Dissertationen für Dritte als Beihilfe zum Betrug zu werten ist. Ich versichere Ihnen aber auch, dass uns dieses Delikt, wenn es überhaupt eines ist, im Augenblick nicht im Mindesten interessiert."

Benno Burscheidt zog die Schultern hoch und schwieg weiter. Grohner versuchte es auf eine andere Weise: „Herr Burscheidt, wir reden jetzt nicht über Sie, wir sprechen über Johann Possma. Wir möchten doch von Ihnen nur die Namen derjenigen Kunden, für die Sie Arbeiten angefertigt haben. Wir werden die Angelegenheit ganz diskret angehen."

„Ich kann mich an keine Namen erinnern. Ich glaube auch nicht, dass ich Ihnen bei Ihren Ermittlungen weiterhelfen kann." Burscheidt stand auf und deutete auf eine Anrichte, auf der mehrere Flaschen standen. „Darf ich Ihnen einen Cognac anbieten?"

Korff schüttelte den Kopf. „Sie wollen uns also nicht helfen?"

Burscheidt blieb stumm. Stattdessen wies er noch einmal auf die Anrichte. „Der Cognac ist wirklich gut."

Korff spürte, dass eine Fortsetzung des Gespräches zwecklos war. Er erhob sich, blickte Grohner auffordernd an und zog eine Visitenkarte aus seiner Brieftasche. „Falls Sie es sich anders überlegen sollten, hier haben Sie meine Nummer."

Burscheidt nahm die Karte und legte sie kommentarlos auf die Anrichte, bevor er Korff und Grohner, der ebenfalls aufgestanden war, zur Wohnungstür begleitete.

Im Flur fragte Grohner unvermittelt: „Herr Burscheidt, wo sind Sie in der Nacht von Montag auf Dienstag gewesen?"

Burscheidt blieb ganz ruhig. „Oh", sagte er, „da muss ich Sie enttäuschen, falls Sie mich auf der Liste Ihrer Verdächtigen haben." Er wartete auf eine Reaktion Grohners. Als die nicht kam, erklärte er: „Ich war mit meiner Frau am verlängerten Wochenende bei meinen Schwiegereltern in Bad Zwischenahn. Mein Schwiegervater hat seinen 60. Geburtstag gefeiert. Wir sind bis Dienstag geblieben und haben mit aufgeräumt."

Auf dem Treppenabsatz wandte sich Korff noch einmal an Burscheidt: „Ihre beiden Kommilitonen sind ermordet worden. Haben Sie keine Angst, dass Ihnen Ähnliches passieren könnte?"

Burscheidt runzelte die Stirn. „Weshalb sollte ich? Ich bin sicher, dass Sie da auf einer völlig falschen Spur sind."

Korff hob die Schultern. „Haben Sie einen besseren Vorschlag?", fragte er.

„Habe ich nicht, das ist aber auch nicht meine Aufgabe, Ihnen Tipps zu geben."

Grohner nickte. „Da haben Sie Recht. Seien Sie trotzdem vorsichtig."

***

Korff schloss die Tür zu seiner Wohnung auf, ließ sie hinter sich zufallen, sprintete durch den Flur ins Wohnzimmer und schaltete den Fernseher ein. Das Pokalfinale zwischen dem FC Bayern München und Borussia Dortmund im Berliner Olympiastadion lief bereits seit einigen Minuten. Die erste Situation, die Korff auf dem Bildschirm sehen konnte, war, dass Arjen Robben zum Elfmeter anlief und den Ball zum 1:1 in die Maschen schob. Der Dortmunder Torwart Roman Weidenfeller war machtlos.

Korff fluchte, ließ sich auf das Sofa fallen, erhob sich aber wieder und ging zum Kühlschrank, holte eine Flasche Bier und setzte sich erneut. Nach dem Ausgleich hatte die Dortmunder Mannschaft etwas mehr vom Spiel. Er nahm einen Zug aus der Flasche und machte es sich bequem. Er musste sich anstrengen, dem Spiel weiter zu folgen. Die Müdigkeit wurde immer stärker. Schließlich schlief er ein.

Korff wurde wach, als das Spiel zu Ende war.

Es dauerte eine Weile, bis er aus den Interviews, die jetzt übertragen wurden, herausbekam, dass die Dortmunder 5:2 gewonnen hatten.

Er lehnte sich zurück, sehr zufrieden mit dem Ergebnis, aber enttäuscht darüber, dass er das Spiel nicht hatte genießen können.

Das Telefon klingelte. Vera Reinsfeld war am anderen Ende. „Hallo Klaus, ich wollte mal hören, wie es dir geht." Ihre Stimme klang freundlich und entspannt.

Korff brauchte für seine Antwort ein paar Zehntelsekunden zu viel. Vera fragte: „Was ist mit dir? Geht es dir nicht gut?"

„Doch. Es geht mir gut. Ich bin allerdings erst vor gut einer Stunde heimgekommen, habe mich auf mein Sofa gesetzt und bin vor dem Fernseher eingeschlafen."

„Und ich habe dich geweckt? Entschuldige bitte." Korff glaubte, aus Veras Stimme Besorgnis heraushören zu können.

„Nein, natürlich war ich schon wach", beeilte sich Korff zu erklären, „ich muss mich nur etwas konzentrieren, damit ich einen klaren Kopf bekomme."

Aus dem Telefon war ein leises Lachen zu hören. „Ich wollte dich eigentlich nur fragen, ob du Lust hast, mich morgen Nachmittag in Herford zu besuchen. Vielleicht können wir gemeinsam etwas unternehmen? Du hast doch morgen frei, oder?“

„Ich hoffe. Wir sitzen immer noch an dem Fall des ermordeten Lehrers. Vergangene Nacht ist ja ein zweiter Mord dazugekommen.“

„Und, keine heiße Spur?“

„Nein, als ‚heiß‘ würde ich unsere bisherigen Erkenntnisse nicht bezeichnen.“

„Na, dann leg dich mal schlafen. Bis morgen gegen vier?“

Korff nickte, merkte aber gleichzeitig, dass Vera ihn nicht sehen konnte. „Wenn es möglich ist, komme ich“, versprach er. „Ich freue mich auf dich.“

7. Kapitel

Sonntag, den 13. Mai 2012

Als Korff die Tür zu seinem Büro öffnete, hörte er, wie Zeinitz sagte: „Da rief der Hase: ‚Große Lust habe ich ja nicht, aber ich habe es den Kindern versprochen'."

Korff sah, dass sich Grohners Gesichtszüge zu einem breiten Grinsen verzogen. Korff mochte Witze, vermied es aber lieber, selber welche zum Besten zu geben. Er konnte das nicht besonders gut, außerdem musste man sich dann immer merken, wem man welchen Witz bereits erzählt hatte.

Grohner nickte seinem Kollegen zu und informierte Korff: „Ich habe vorhin mit Dr. Germer gesprochen. Er ist sich ziemlich sicher, dass Schmidt am Mittwochabend oder in der Nacht von Mittwoch auf Donnerstag ermordet worden ist. Eine genaue Uhrzeit kann er natürlich nicht angeben, dafür wurde der Tote zu spät gefunden." Nach einer kurzen Weile fuhr er mit seinem Bericht fort: „Dr. Germer meint, dass der Mord an Schmidt mit einer Art Degen verübt worden sein muss. Der Stichkanal sei sehr schmal, ein Dolch oder Messer komme nicht in Betracht, allenfalls ein sehr schmales Stilett. Der Stich hat genau ins Herz getroffen und dabei die linke Herzkammer zerfetzt. Schmidt muss binnen weniger Sekunden verblutet sein."

„Seltsam. Solch eine Tatwaffe ist mir bislang noch nicht begegnet."

Grohner ergänzte seinen Bericht: „Der Stichkanal endet an der Wirbelsäule. Der Stich muss mit ziemlicher Wucht ausgeführt worden sein. Germer hat jedenfalls an der Wirbelsäule des Ermordeten ein kleines Stück von der Klinge gefunden, das muss beim Aufprall abgebrochen sein."

Grohner blickte in die Runde. „Es wird ja immer klarer, dass die Morde mit den von Possma, Schmidt, Haubrock und Burscheidt angefertigten Magisterarbeiten und Dissertationen zusammenhängen."

Korff pflichtete ihm bei. „Beim Doppelkopf würde man sagen: Der Mord an Schmidt war der ‚Klärungsstich'".

Grohner musste gegen seinen Willen lachen. „Ja. Umso dringlicher ist es, dass wir eine vollständige Liste aller von Schmidt, Possma, Haubrock und Burscheidt angefertigten Auftragsarbeiten erhalten."

Korffs Blick fiel auf Zeinitz. Er sah wieder etwas erholter aus. „Hast du dir gestern Abend noch Schmidts Computer ansehen können?"

„Ja, aber nur kurz."

Auf Korffs fragenden Gesichtsausdruck hin sagte Zeinitz: „Der Computer hatte keine Festplatte mehr. Der Täter muss sie ausgebaut haben."

„Mist."

Korff hatte sich aber schnell wieder gefangen. „Hätte mich auch gewundert, wenn der Täter hier einen solchen Fehler gemacht hätte."

Zeinitz wandte sich an Korff: „Rolf hat mir von eurem gestrigen Gespräch mit Burscheidt berichtet. Sehr gesprächig ist der Typ ja nicht gewesen."

Korff nickte bestätigend. „Burscheidt mauert."

„Weshalb tut er das? Hat er etwas zu verbergen?"

Grohner hob die Schultern. „Wir wissen es nicht. Er ist Jurist. Vielleicht will er sich nicht belasten. Immerhin haben er und seine Freunde anderen Menschen dabei geholfen, akademische Titel zu erwerben. Das ist nicht redlich und vielleicht sogar strafbar."

„Wir müssen uns noch einmal mit diesem Burscheidt unterhalten. Am besten, wir laden ihn vor. Vielleicht ist er hier etwas mitteilsamer. Ich bin sicher, dass er die Namen sämtlicher Kunden kennt, für die Possma und Co. Arbeiten angefertigt haben."

„Sehr wahrscheinlich. Wir haben aber nichts

in der Hand, womit man ihn zwingen könnte, den Mund aufzumachen."

Zeinitz schaltete sich in das Gespräch ein. „Was haltet ihr davon, wenn wir ihm etwas Angst machen?"

„Wie meinst du das?"

„Na ja, wir lassen ihn von unseren Leuten beschatten. Und zwar so, dass Burscheidt es merkt. Er muss ja nicht erfahren, dass er von der Polizei bewacht wird. Mich kennt er noch nicht. Burscheidt muss glauben, dass er von derselben Person verfolgt wird, die auch Possma und Schmidt ermordet hat. Das wird ihm gehörig Angst einjagen und ihn sicherlich gesprächiger machen."

Grohner schnalzte mit der Zunge. „Das ist gut. Und wir schlagen zwei Fliegen mit einer Klappe."

In diesem Augenblick klopfte es. Auf Korffs energisches „Herein" öffnete sich die Tür und ein spindeldürrer, sicherlich mehr als 2 Meter großer und sich etwas linkisch bewegender Mann betrat das Dienstzimmer. Er stellte sich als Rudi Haubrock vor.

Nachdem die Kommissare ihren Gast begrüßt und ihm einen Platz angeboten hatten, eröffnete Korff das Gespräch: „Herr Haubrock, Sie waren mit Johann Possma und Frederik Schmidt befreundet?"

„Ja, ich habe eine Zeitlang mit ihnen zusammengewohnt, gemeinsam mit Benno Burscheidt."

Grohner war aufgestanden und wartete an der Tür. „Möchten Sie auch einen Kaffee?", fragte er Haubrock, „ich hole welchen."

„Gern, ganz schwarz."

Nachdem Grohner den Raum verlassen hatte, wandte sich Korff an den Zeugen: „Wann haben Sie Johann Possma zuletzt gesehen?"

„Vor gut einer Woche. Wir trafen uns abends zufällig in der Stadt, auf dem Boulevard, und haben zusammen ein Bier getrunken."

„Worüber haben Sie gesprochen?"

„Ich habe ihm von meinem kleinen Sohn erzählt. Johann hat über sein Lehrerdasein geredet."

„Was hat er gesagt?"

„Ich weiß nicht mehr so genau … Dass ihm sein Job Spaß macht. Er hat auch einige lustige Begebenheiten aus dem Unterricht erzählt." Haubrock legte eine kurze Pause ein. „Ich habe mich gewundert, dass Johann im Lehrerdasein seine Erfüllung gefunden hat. Eigentlich hatte er mehr drauf. Der hätte auch Karriere an der Universität machen können, bei seinen Fähigkeiten."

„Hat er Ihnen irgendwelche Hinweise gegeben, die die Morde erklären können?" Auf Haubrocks fragendes Gesicht erläuterte Korff: „Hat

Herr Possma zum Beispiel darüber berichtet, dass er bedroht worden ist?“

„Nein, überhaupt nicht. Im Gegenteil, Johann machte einen sehr ausgeglichenen und zufriedenen Eindruck.“

Grohner betrat den Raum. Er balancierte ein Tablett, auf dem vier Kaffeebecher standen. Nachdem er die Becher verteilt hatte, setzte er sich.

Korff wandte sich wieder seinem Besucher zu: „Was war Johann Possma für ein Mensch?“

„Von uns vieren war er sicher der Begabteste. Johann war vielseitig interessiert, auch an Kunst. Er war sehr belesen und sammelte Erstausgaben von Büchern. Er erhielt häufig Anrufe von anderen Sammlern, die ihn um seine Meinung baten.“

„Ist das Sammeln von Erstausgaben nicht ein teures Hobby?“

„Ich glaub schon. Jedenfalls hatte er einzelne Ausgaben, die mehr als 3 000 Euro wert sind.“

„Haben Sie sich einmal gefragt, wie Possma dieses teure Hobby finanziert hat? Als Student hat man ja nicht viel Geld, oder?“

„Soweit ich weiß, hatte Johann etwas geerbt. Seine Eltern waren früh verstorben.“

Es entstand eine kurze Pause. Grohner griff den Faden wieder auf und kam zum Kern der Sache: „Stimmt es, dass Sie zusammen mit Johann Possma, Frederik Schmidt und Benno Burscheidt akademische Arbeiten für Kunden angefertigt haben?“

„Ja, wir haben eine Zeitlang davon gelebt. Diskretion war Ehrensache.“

„Davon kann man leben?“

Haubrock nickte. „Als Student braucht man nicht viel. Mit 15 000 Euro bin ich ein Jahr lang gut ausgekommen, zweimal 14 Tage Urlaub inklusive. Johann, Frederik, Benno und ich, wir können gut schreiben.“ Er machte eine Pause und schob nach: „Schreiben ist besser, als irgendwo am Fließband zu arbeiten.“

‚Wohl wahr‘, dachte Korff, ‚unter gewissen Umständen aber auch etwas gefährlicher.‘ Er nippte an seinem Kaffee, der nur noch lauwarm war.

„Wir hatten unser Studium ohnehin breit angelegt, wir waren neugierig und an vielen Dingen interessiert. Das Regelstudium mit acht Semestern war nichts für uns. Unser kleiner Nebenjob hat uns in die günstige Lage versetzt, in andere Fächer hineinzuschauen und quasi so eine Art Studium generale zu betreiben.“

Grohner stellte seinen leeren Kaffeebecher zur Seite. „Wie sind Ihre Kunden auf Sie aufmerksam geworden?“

Haubrock lächelte. „Durch Mund-zu-Mund-Propaganda. Wir haben anfangs einigen Kommilitonen bei ihren Seminar- und Bachelor- oder Masterarbeiten geholfen. Es dauerte nicht lange und wir brauchten uns über fehlende Aufträge nicht mehr zu beklagen. Wir haben schnell erkannt, dass man davon einigermaßen leben kann.“ Haubrock trank einen Schluck Kaffee und fuhr fort: „Wir konnten dadurch unser Studentenleben weiterführen, morgens etwas länger schlafen, Partys, gelegentlich auch billige Urlaubsreisen, natürlich immer mit einem Laptop und einigen Büchern im Gepäck.“

„Wie lief so ein Geschäft mit Ihren Kunden konkret ab?“

„Für uns war es am besten, wenn ein Kunde noch ohne Thema für seine Bachelor- oder Masterarbeit beziehungsweise für seine Dissertation zu uns kam. Wir haben ihn beraten und ihm ein für uns gut zu bearbeitendes Thema genannt. Daraufhin ist er zu einem Dozenten gegangen und hat mit ihm, wenn möglich, dieses oder ein ähnliches Thema abgesprochen. Wir haben uns dann an die Arbeit gemacht und für den Kunden eine Gliederung angefertigt, mit der er die weiteren Gespräche mit seinem Doktorvater führen konnte. Es waren ja alles Arbeiten, mit denen niemand eine hochwissenschaftliche Karriere anstrebte. Die Professoren haben deshalb die Latte auch nicht so hoch gelegt.“

Korff beugte sich vor. „Wissen Sie noch, für wen Sie und Ihre Kommilitonen Masterarbeiten oder Dissertationen geschrieben haben?“

„Insgesamt werden es etwa zehn bis zwölf Personen gewesen sein. Die Mehrzahl der Arbeiten hat Johann skizziert, einzelne Teile haben wir geschrieben, einige Kapitel haben wir auch gemeinsam verfasst. Zeitweise haben wir an zwei oder drei Arbeiten gleichzeitig geschrieben. Johann war Eidetiker, ihm fiel das Schreiben besonders leicht.“

Grohner hakte nach: „Eidetiker? Was soll das heißen?“

Haubrock lächelte leicht. „Johann hatte ein fotographisches Gedächtnis. Der konnte sich fast alles merken, Zahlen, Fakten, einfach alles. Außerdem konnte er nahezu druckreif formulieren.“

Korff nickte. Possma schien ein großes Arbeitspensum absolviert zu haben. „Und, ist immer alles glatt gegangen? Gab es nie Beschwerden der Auftraggeber?“

Durch diese Frage fühlte sich Haubrock offenbar in seiner Berufsehre angegriffen. Heftig erklärte er: „Das waren durchaus seriöse Arbeiten, vielleicht nicht bis ins Letzte recherchiert, aber mit der Zeit bekommt man auch einige Routine. Es waren keine Meisterwerke, aber dennoch

Masterarbeiten oder Dissertationen, die die akademischen Bedingungen für eine wissenschaftliche Arbeit voll erfüllt haben." Plötzlich lachte er. Er schien sich an eine lustige Begebenheit zu erinnern. „Für eine der Dissertationen hat der Auftraggeber sogar ein „summa cum laude" bekommen, das ist die bestmögliche Benotung. Dieser Auftraggeber war allerdings auch von adliger Herkunft. Vielleicht hat der Doktorvater da nicht so strenge Maßstäbe angelegt."

„Gab es Professoren, mit denen Sie … ich will es mal vorsichtig formulieren … besonders gut zusammenarbeiten konnten?"

Haubrock schüttelte energisch den Kopf. „Nein. Ich glaube auch nicht, dass so etwas in Bielefeld möglich ist. Bielefeld liegt ja nicht in Bayern oder Österreich."

„Was wollen Sie damit sagen?"

„Nun ja, es gibt Gerüchte, dass man an manchen bayerischen und österreichischen Universitäten Professoren findet, die da etwas gefälliger sind." Haubrock hob beide Hände. „Wie gesagt, Gerüchte."

Von der Straße drang der Lärm einer Feuerwehrsirene in das Zimmer. Zeinitz, der der Befragung bislang still zugehört hatte, erhob sich und schloss das Fenster. Während er den Fenstergriff nach unten schob, bemerkte er: „Ich wüsste zu gern, was Leute dazu veranlasst, sich eine Doktorarbeit schreiben zu lassen."

Haubrock lehnte sich zurück. „Das kann ich Ihnen sagen. Wenn jemand in den Vorstand einer Bank oder eines größeren Unternehmens eintreten oder Partner einer renommierten Rechtsanwaltskanzlei werden möchte, macht sich ein Doktortitel immer gut. Das kann der entscheidende Push für eine berufliche Karriere sein." Er nahm noch einen Schluck aus seinem Kaffeebecher. „Es ist ja nicht so, dass die Leute, die zu uns kamen, keine Dissertation hätten schreiben können, intellektuell, meine ich. Diese Leute standen mitten im Beruf, waren durchaus erfolgreich, hatten aber einfach keine Zeit mehr, eine Arbeit anzufertigen. Sie hatten auch keine besonderen wissenschaftlichen Ambitionen, sie wollten lediglich den Titel, der sie beruflich noch weiter voranbringen sollte."

Zeinitz blieb neben Haubrock stehen und fragte: „Ich hätte also mit einem abgeschlossenen Studium zu Ihnen kommen können und Sie hätten für mich eine Doktorarbeit angefertigt?"

Haubrock nickte. „Theoretisch ja, praktisch wäre das allerdings von Ihren Finanzen abhängig gewesen."

„Was haben Sie denn so verlangt?"

„Na ja, für eine Dissertation haben wir zwischen 30 000 und 35 000 Euro erhalten, je nach Schwierigkeitsgrad und möglichen Vorarbeiten, Bachelor- oder Masterarbeiten waren natürlich etwas preiswerter zu haben.“

Grohner fragte: „Haben Sie wissenschaftliche Arbeiten für alle Fachbereiche angefertigt?“

„Natürlich nicht. Unsere Dienstleistung bezog sich nur auf die Fachbereiche Jura, Germanistik, Soziologie, Volkswirtschaft, Pädagogik, Theologie, Philosophie und Geschichte. Johann hatte Romanistik, Geschichtswissenschaft und Philosophie studiert, Benno ist Jurist, Frederik war Soziologe und Ökonom und ich habe ein Theologie-, Germanistik- und Pädagogikstudium absolviert. Sie werden verstehen, dass die Anfertigung von Arbeiten in Fächern wie Theoretischer Physik oder auch in den weicheren Naturwissenschaften, wo man zum Beispiel lange Messreihen durchführen und auswerten muss, nicht so leicht möglich ist.“

Korff kam nun zum Kernpunkt der Befragung: „Können Sie uns die Namen Ihrer Kunden nennen?“

Haubrock nickte, schränkte jedoch ein: „Ich habe kein Buch geführt, ich weiß nicht, ob ich mich noch an alle Namen erinnern kann. Ich bin ja auch gemeinsam mit Benno etwas früher aus der Gruppe ausgeschieden.“

„Versuchen Sie es.“ Korff schob Haubrock einen Block und einen Stift zu.

Haubrock überlegte einen kurzen Augenblick und begann zu schreiben. Nach einigen Minuten ließ er den Stift fallen und schob Korff den Block herüber.

Korff warf einen langen Blick auf das beschriebene Blatt und runzelte die Stirn. „Acht Namen? Vorhin haben Sie von zehn bis zwölf Arbeiten gesprochen.“

„Vielleicht waren es auch nur acht oder zehn Leute, denen wir geholfen haben. An andere kann ich mich im Augenblick nicht erinnern. Vielleicht fallen mir später noch weitere Namen ein.“ Er zögerte kurz. „Nach meinem Ausscheiden aus der Gruppe sind vermutlich noch weitere Arbeiten entstanden.“

„Wie kommen Sie darauf?“

„Johann bat mich, als ich schon ausgezogen war, um eine kurze Gliederung für ein Kapitel aus einer längeren Arbeit, mit der er sich gerade beschäftigte.“

„Worum ging es dabei?“

„Wenn ich mich recht entsinne, ging es um bildungsökonomische Ansätze. Ich glaube, ich habe die Gliederung noch irgendwo in meinem Computer.“

„Vielleicht können Sie einmal nachschauen

und mir, wenn Sie fündig werden, die Gliederung einmal schicken."

„Klar."

Korff reichte das Blatt an Grohner weiter und wandte sich wieder an Haubrock. „Hier stehen zum Teil auch nur Namen, ohne Adressen. Es wäre schön für uns, wenn wir noch die Adressen Ihrer Kunden bekommen könnten."

„Mit mehr kann ich Ihnen zurzeit leider nicht dienen. Die Adressen der Kunden sind mir unbekannt. Johann hat in der Regel die Verhandlungen geführt. Die meisten Kunden kamen aber hier aus der Gegend." Er zögerte. „Wenn mir noch etwas einfällt, melde ich mich bei Ihnen."

„Ist gut." Korff reichte Haubrock seine Visitenkarte. Sie wissen ja, wie Sie uns erreichen können. Herr Haubrock, eine letzte Frage: Wovon leben Sie zurzeit?"

Haubrock blickte Korff etwas erstaunt an und bequemte sich zu einer Antwort: „Ich weiß zwar nicht, inwieweit das zur Klärung des Falles beitragen kann …" Er zögerte einen Augenblick, bevor er fortfuhr. „Meine Frau ist Richterin am Landgericht. Ich kümmere mich zurzeit um unser Kind. Wir erwarten in Kürze ein zweites. Ich bin also Hausmann. Das ist zwar eine schlechtbezahlte, aber doch wohl durchaus ehrenwerte Tätigkeit."

Korff lächelte. „Das würde ich auch niemals in Frage stellen."

***

Es war später Nachmittag. Vera Reinsfeld wohnte in einem Einfamilienhaus in der Augustastraße.

‚Gute Wohnlage', dachte Korff, nachdem er aus seinem Auto gestiegen war, ‚ruhige Straße, gepflegte Häuser. Ein Wohnhaus in dieser Straße zu erwerben bedarf schon einiger finanzieller Mittel'. Er klingelte.

Vera Reinsfeld öffnete die Tür. „Schön, dass du da bist", sagte sie, drückte Korff einen flüchtigen Kuss auf die Lippen und ließ sich von ihm umarmen. „Was hältst du davon, wenn wir zunächst saunieren und uns danach gemeinsam ein Essen zubereiten?", flüsterte sie ihm ins Ohr.

„Klingt gut." Korff war angenehm überrascht. Er hatte eher damit gerechnet, dass Vera ihn zu einem längeren Spaziergang durch die Herforder Innenstadt einladen würde.

Wenige Minuten später saßen die beiden in der Kellersauna, die Vera bereits vorgeheizt hatte. Es war ein kleiner, mit Holz verkleideter Schwitzraum, in dem maximal vier Personen Platz gefunden hätten. Die Sitzbänke waren zweistufig angeordnet.

Vera setzte sich auf die obere Bank. Sie machte auch unbekleidet eine gute Figur. „Ich habe früher mit meinem Mann regelmäßig sauniert, alleine habe ich keinen Spaß daran." Sie deutete auf den Saunaofen. „Ich glaub, das letzte Mal habe ich die Sauna vor mehr als einem halben Jahr angeheizt."

Korff grinste, um die Ernsthaftigkeit seiner Frage abzuschwächen. „Gehört das hier zu deinem Standardprogramm, wenn du Männerbesuch empfängst?"

Vera Reinsfeld hatte sein Grinsen bemerkt und lachte. „Als Polizist hast du mich natürlich sofort durchschaut. Lass dich von meinem weiteren Programm überraschen. Du wirst staunen."

Nach zwei Saunagängen, die durch nach Zitrusfrüchten duftende Aufgüsse gekrönt waren, trockneten sich die beiden ab. Vera Reinsfeld hatte Korff einen blauen Bademantel hingelegt, der ein wenig knapp ausfiel, als er ihn anzog. Korff vermutete, dass der Bademantel Veras Ehemann gehört hatte, vermied es aber danach zu fragen.

„Ich brauche jetzt etwas Deftiges", sagte Vera, als sie die Kellertreppe hochgegangen waren und in der Küche standen. „Kennst du westfälische Kartoffelpfannkuchen?"

Korff schüttelte den Kopf. „Meine Mutter stammt aus Schlesien, die hat nie solche gebacken, und meine Exfrau war Hamburgerin …"

„Da hast du etwas verpasst. Ich hoffe, du kannst Kartoffeln schälen." Sie schob ihm ein kleines Plastikeimerchen hin, in dem sich etwa ein Dutzend Kartoffeln befand.

„Kein Problem." Korff griff nach dem Küchenmesser und machte sich an die Arbeit. Vera nahm die geschälten Kartoffeln und rieb sie vorsichtig und mit viel Geschick durch eine Küchenreibe. Als Korff und sie mit ihrer Arbeit fertig waren, zerschlug Vera drei Eier, gab diese, etwas Salz und drei gehäufte Esslöffel Mehl zu den zerriebenen Kartoffeln hinzu und verrührte alles miteinander.

Sie stellte die Bratpfanne auf den Herd und goss etwas Sonnenblumenöl auf den Boden der Pfanne. Während sich das Öl erhitzte, setzte Vera Kaffee auf. „Zu Kartoffelpfannkuchen trinkt man Kaffee", verkündete sie, „keinen Alkohol, allenfalls zum Abschluss."

Als das Öl so heiß war, dass es anfing kleine Blasen zu werfen, füllte Vera mit einer Kelle die Kartoffeln in handtellergroßen Portionen in die Pfanne. Das Öl zischte laut, als es damit in Berührung kam. Es dauerte nicht lange und die Kartoffelpfannkuchen nahmen eine goldbraune Farbe an. Das war das Zeichen dafür, dass sie gewendet werden mussten. Bald darauf waren die Pfannkuchen fertig zubereitet.

Vera stellte Teller und eine Schale mit Apfelmus auf den Tisch und erklärte: „Damit bestreicht man die Pfannkuchen."

Die beiden setzten sich. Korff nahm sich einen Pfannkuchen und garnierte ihn mit etwas Mus. Der Pfannkuchen schmeckte köstlich.

Während sie aßen, erzählte Vera von ihren Eltern. „Eigentlich dachte ich, dass meine Eltern eine gute Ehe führen. Vor ein paar Tagen haben sie sich heftig gestritten. Sie haben mir nicht verraten, worum es ging. Meine Mutter ist von meinem Vater total enttäuscht. Jetzt will sie sich nicht mehr neben ihm beerdigen lassen."

Korff musste sich zusammenreißen, um nicht laut loszulachen. Vera schüttelte bekümmert den Kopf. „Das ist nicht witzig. Wenn du meine Mutter kennen würdest, wüsstest du, dass sie äußerst starrköpfig sein kann. Mein Vater liebt meine Mutter und ist richtig geknickt."

„Das wird sich schon wieder einrenken. Wenn sie es so lange miteinander ausgehalten haben, werden sie schon wieder zueinander finden. Wie alt sind deine Eltern?"

„Sie sind beide über 70. Da sollte man doch eigentlich erwarten können, dass sie vernünftig miteinander umgehen, oder?"

Korff nickte.

„Ich werde morgen Abend auf jeden Fall zu ihnen fahren und versuchen den Bruch zu kitten." Nach einer kurzen Pause fügte Vera hinzu: „Ich werde ihnen sagen, dass ich gar nicht wüsste, wen von den beiden ich bei einer Scheidung vertreten sollte." Jetzt lachte sie.

Auch Korff fiel in das Lachen ein. Er hatte fünf Kartoffelpfannkuchen geschafft und lehnte sich gesättigt zurück.

Vera blickte ihn an. „Einen Aquavit zum Abschluss?"

„Gerne."

Vera stand auf, holte zwei Gläser und eine Flasche aus dem Eisfach. Korff nahm ihr die mit einer dünnen Eisschicht überzogene Flasche aus der Hand und goss ein. Die beiden prosteten sich zu.

„Wie geht dein Standardprogramm weiter?", fragte Korff, nachdem er wohliges Brennen im Magen verspürte.

Vera erhob sich. „Wir machen jetzt erst einmal die obligatorische Wohnungsbesichtigung. Wir fangen beim Schlafzimmer an. Das wolltest du heute doch bestimmt noch kennenlernen?", fragte sie.

„In der Tat", sagte Korff, „nichts lieber als das." Er zog Vera an sich und küsste sie. Hand in Hand stiegen sie die Treppe in das obere Stockwerk hinauf.

***

Als Korff erwachte, lag er allein im Bett. Er lauschte. Von unten nahm er Stimmen und andere Geräusche wahr. Er blickte auf seine Armbanduhr, die er auf dem Nachttisch abgelegt hatte. Es war kurz vor 19:00 Uhr. Er hatte nur etwa eine halbe Stunde geschlafen. Er zog sich rasch den Bademantel an und ging die Treppe hinunter.

Als er das Wohnzimmer betrat, sah er, dass Vera die Küche aufgeräumt hatte und jetzt vor dem Fernseher saß. Sie verfolgte die Wahlsondersendung im Dritten.

„Du hast geschnarcht", sagte sie und lächelte ihn an. „Ich bin nach hier unten geflüchtet."

„Entschuldige, ich war total müde. Die Sauna war anstrengend, das Essen und dann …"

„Das ‚Und dann' auch?"

„Das war eine angenehme Anstrengung, die ich gerne auf mich genommen habe", sagte er und grinste.

„Hast du eigentlich gewählt?", fragte sie und zeigte auf den Fernseher. Eine Moderatorin interviewte gerade einen Korff unbekannten Politiker der LINKEN, der seine Enttäuschung über den Wahlausgang kaum kaschieren konnte. „Wir haben die Bevölkerung mit unserem Programm nicht richtig erreicht. Die Sozialdemokraten haben die Wahl gewonnen. Somit bleibt alles beim Alten. Die soziale Gerechtigkeit wird auf der Strecke bleiben."

Korff schüttelte schuldbewusst den Kopf. „Hab ich vergessen. Ich hab nur das ‚Und dann' mit dir im Kopf gehabt."

Nach dem Gespräch mit Haubrock war Korff in seine Wohnung gefahren, hatte geduscht und sich danach auf den Weg nach Herford gemacht. Die Landtagswahl hatte er vorübergehend aus den Augen verloren. Erst als er in der Herforder Innenstadt die Wahlplakate bewusst wahrgenommen hatte, war ihm klargeworden, dass er erstmalig eine Wahl verpassen würde.

Vera schaltete den Fernseher aus.

Korff sah sie erwartungsvoll an. „Was steht jetzt auf dem Programm?"

„Ich weiß nicht", sagte sie zögernd und lächelte kokett. „Hatte ich dir eigentlich schon das Schlafzimmer gezeigt?"

8. Kapitel

Montag, den 14. Mai 2012

Über Nacht war das Thermometer um vier oder fünf Grad nach oben geklettert. Die Regenwolken hatten sich verzogen und einem blauen Himmel Platz gemacht. Auf dem Weg ins Präsidium hörte Korff eine Radiosendung, in der die Landtagswahl vom Vortag analysiert wurde.

Als Korff das Büro betrat, saß Grohner bereits an seinem Schreibtisch und las in der Zeitung.

„Jetzt haben wir klare Verhältnisse, oder?" Korff deutete auf die Überschrift des *Westfalen-Blattes.* Die Schlagzeile verkündete: „Rot-Grün triumphiert" und thematisierte damit den Ausgang der gestrigen Landtagswahl in Nordrhein-Westfalen. Da Korff wusste, dass Grohner mit der CDU sympathisierte, konnte er sich diese kleine Stichelei nicht verkneifen. Nach dem gewonnenen Pokalfinale seines BVB am Samstag gegen den FC Bayern München hatte die Landtagswahl für Korff keine allzu große Bedeutung gehabt, Grohner hingegen hatte in den letzten Tagen mehrfach über die Wahl gesprochen und dabei immer wieder auf ein gutes Abschneiden der CDU gehofft.

„Hör auf." Grohner winkte ab. „Schlimmer hätte es nicht kommen können."

Korff zeigte ein zweites Mal auf die Zeitung.

„Damit dürften sich die Chancen für den Spenger Schulleiter erhöht haben, nach Düsseldorf ins Schulministerium zu wechseln."

Das Telefon klingelte. Grohner, der das Gespräch angenommen hatte, hörte einen Augenblick zu, nickte unmerklich und sagte: „Herr Korff steht neben mir. Einen Augenblick."

Grohner reichte das Telefon an Korff weiter und formte mit seinen Lippen unhörbar das Wort „Burscheidt".

„Ja, Korff hier."

„Burscheidt. Herr Korff, ich muss unbedingt noch einmal mit Ihnen sprechen. Ich glaube, ich werde verfolgt."

„Wie kommen Sie zu dieser Vermutung?"

„Ich hatte bereits gestern den Eindruck, dass ein Mann hinter mir her ist. Als ich gestern Abend das Haus verließ, ist mir ein Mann bis in die Innenstadt gefolgt, und als ich zu meiner Wohnung zurückkehrte, habe ich ihn wieder bemerkt. Ich habe die Wohnungstür sorgfältig verschlossen und sogar noch einen Tisch vor die Tür geschoben. In der Nacht ist zwar nichts passiert, aber heute Morgen …"

Korff unterbrach ihn: „Können Sie den Mann beschreiben?"

„Ja. Er ist Ende 20, ziemlich groß, eher schlank. Er wirkt sehr sportlich …"

„Das trifft auf viele Männer zu“, unterbrach ihn Korff erneut. „Geht es noch ein wenig genauer?“

„Er hat dunkle Haare, keine besonderen Kennzeichen im Gesicht.“ Burscheidt zögerte. „Ich habe ihn aber auch nicht von Nahem gesehen.“

„Ich glaube, es ist besser, wenn ich jemanden vorbeischicke, der Sie abholt. Wenn Sie der Mann weiter beobachtet, wird er das als Warnung ansehen. Falls er sich in der Nähe Ihrer Wohnung aufhält, kann mein Kollege seine Personalien überprüfen.“ Korff machte eine Pause. Während er Grohner zublinzelte, sagte er: „Öffnen Sie die Wohnungstür erst, nachdem Ihnen mein Kollege seinen Namen genannt hat. Er heißt Grohner und war Samstag mit mir bei Ihnen.“

Korff legte das Telefon zurück in die Station. Er blickte Grohner an und zeigte mit dem Daumen seiner rechten Hand nach oben. „Es hat gewirkt. Burscheidt hat bemerkt, dass er beschattet wird. Er schließt daraus, dass der Täter ihn verfolgt und nur auf eine gute Gelegenheit wartet, um ihn zum Schweigen zu bringen.“

Grohner lachte leise. „Ich fahre mit einem Streifenwagen rüber und hole Burscheidt von zu Hause ab. Das wird ihn zusätzlich beeindrucken.“

„Bis gleich.“

***

Burscheidt machte einen etwas fahrigen Eindruck. Er hatte nach Grohner das Büro betreten und stand zögernd in der Mitte des Raumes. Er schien leicht zu schwitzen, jedenfalls wischte er mit seiner rechten Hand mehrfach über seine Stirn.

Korff blickte ihn mit ausdrucksloser Miene an. „Herr Burscheidt, ich bin kein Anhänger von Versteckspielen. Wir haben inzwischen herausgefunden, dass Herr Possma, Herr Schmidt, Herr Haubrock und Sie eine ganze Anzahl von Examensarbeiten und Dissertationen gegen Bezahlung angefertigt und damit ihr Studium finanziert haben."

Burscheidt zögerte. Er blickte sich um, so als suche er eine Sitzgelegenheit.

Korff deutete auf einen Stuhl, Burscheidt setzte sich. „Herr Burscheidt, wenn Sie uns jetzt alles sagen, was Sie wissen, hat Ihr Verfolger keinen Grund mehr, Sie zu behelligen. Ich wiederhole gerne noch einmal, was ich Ihnen bereits in Ihrer Wohnung gesagt habe: es geht uns lediglich um die Aufklärung von zwei Mordfällen."

„Gut. Ich glaube, Sie haben Recht."

Korff seufzte unhörbar. ‚Na also, die Beschattung Burscheidts hatte ihren Zweck erfüllt.' Laut sagte er: „Wir möchten Sie darum bitten, eine Liste mit allen Ihnen bekannten Klienten anzufertigen, da es möglich ist, dass sich darunter der Mörder Ihrer früheren Kommilitonen befindet."

Burscheidt nickte. Grohner schob ihm einen Block und einen Kugelschreiber hin. Burscheidt begann mit der Arbeit. Zwischendurch zögerte er, dachte nach und schrieb weiter. Nach etwa fünf Minuten hatte er seine Arbeit beendet. Zehn Namen standen jetzt auf der Liste.

„Hier, diese Liste hat Rudi Haubrock für uns angefertigt." Korff legte die beiden Aufstellungen nebeneinander. Burscheidts Liste enthielt einen Namen mehr, ansonsten waren die beiden Listen identisch.

Grohner umkringelte den zehnten Namen. „Wer ist dieser Volker Gessenberg?"

Burscheidt blickte auf die beiden Zettel. „Wenn ich mich richtig erinnere, ein Bielefelder Rechtsanwalt. Er hatte eine Dissertation angefangen, sie aber aufgrund beruflicher Inanspruchnahme seinerzeit nicht mehr beenden können. Johann und ich haben letzte Hand angelegt und die Arbeit innerhalb von zwei oder drei Monaten abgeschlossen. Keine große Aktion. Wir haben dafür 10 000 Euro kassiert. Gessenberg fand, das wäre übertrieben. Er wollte uns zunächst runterhandeln, hat letzten Endes aber doch gezahlt."

„Kam so etwas oft vor?"

„Nein, fast alle Kunden haben anstandslos gezahlt. Es kam schon mal vor, dass wir das Geld in zwei oder drei Raten erhalten haben, aber …“

Grohner unterbrach ihn: „Es gab also keinen Streit mit Ihren Klienten?“

„Nein. Wir hatten ja klare Absprachen.“

„Welches Bild hatten Sie von Ihren Klienten?“

„Die meisten unserer Kunden haben wir verachtet. Das waren keine wirklichen Akademiker. Die hatten keinen Respekt vor einer wissenschaftlichen Leistung. Sie glaubten, dass sie sich akademisches Ansehen erkaufen könnten.“

„Aber Sie haben Ihren Klienten doch bei ihrem Betrug geholfen und damit auch gegen die Regeln der Wissenschaft verstoßen.“

Man sah Burscheidt an, dass er sich unwohl fühlte. „Ja, das haben wir. Sie können mir glauben, dass mir das zunehmend schwerer gefallen ist. Ich bin deshalb auch im Juli 2009 aus der Wohnung ausgezogen. Johann und Frederik hatten da weniger Skrupel, für sie war diese Arbeit auch eine Art Selbstbestätigung. Johann betonte immer, er müsse eigentlich in das Guiness-Buch der Rekorde. So viele Doktortitel wie er habe sonst niemand auf der Welt.“

Korff und Grohner lächelten.

Burscheidt schlug mit der flachen Hand leicht gegen seine Stirn. „Noch etwas: Johann hatte so eine Marotte. Das fällt mir jetzt gerade wieder ein. Ich glaube nicht, dass das wichtig ist, aber …" Er machte eine kleine Pause und grinste, so als erinnere er sich an eine bestimmte Begebenheit. „Ich will Ihnen damit nur zeigen, dass Johann auch einen Sinn für Humor besaß. Er hinterließ in jeder seiner Arbeiten, für die er verantwortlich zeichnete, ein auf den ersten Blick nicht so ohne weiteres erkennbares Signum."

„Was meinen Sie damit?"

Burscheidt lachte leise. „Na ja, wenn man die Anfangsbuchstaben der ersten elf Kapitel einer Arbeit aneinander reiht, so ergeben sich die beiden Wörter ‚Fecit Possma'. Johann wollte damit jederzeit nachweisen können, dass er der Verfasser der betreffenden Arbeit war."

Korff konnte seine Verwunderung nicht verbergen: „Weshalb hat er das gemacht?"

Burscheidt zuckte die Achseln. „Keine Ahnung, vermutlich ein Ausdruck seines besonderen Humors oder seines Geltungsdrangs. Einmal hat sich Johann fürchterlich darüber aufgeregt, dass einer seiner Kunden seine Arbeit vor der Veröffentlichung an einigen Stellen noch mal überarbeitet hat. Dadurch war seine ‚Marke' zerstört oder unvollständig."

***

„Was heißt ‚Fecit Possma'?" Grohner blickte seinen Kollegen fragend an, als Burscheidt das Büro verlassen hatte.

Korff, der während seiner Schulzeit an einer Latein-AG teilgenommen hatte, erklärte: „Fecit ist dritte Person Singular Perfekt von facere, was so viel bedeutet wie ‚machen' oder ‚tun'. ‚Fecit Possma' heißt also: ‚Possma hat es gemacht'."

Grohner schüttelte den Kopf. „Ein seltsamer Mensch, dieser Possma, hinterlässt Spuren in jeder Arbeit, die er angefertigt hat."

„Als Ausdruck seiner Eitelkeit? Vielleicht wollte er sich selbst beweisen, dass er …"

Grohner unterbrach seinen Kollegen. „Das glaube ich nicht. Was ist, wenn er … Ich will sagen, Possma hatte damit doch seine Kunden in der Hand, oder?"

Korff brauchte einige Zeit, den sich jetzt aufdrängenden Gedanken reifen zu lassen. „Du meinst …? Die Briefumschläge … Das passt zusammen. Na klar, die Markierung ‚Fecit Possma' bildete die Basis für eine Erpressung."

Grohner kratzte sich unterhalb seiner rechten Wange. „Ja, wenn die Kunden tatsächlich Karriere gemacht oder gut bezahlte Stellen bekommen haben, konnte er die Leute erpressen. Wenn er die betreffenden Arbeitgeber darüber informiert hätte, dass die Universitätsabschlüsse oder

Doktortitel nicht regulär erworben worden waren, hätte das seinen früheren Klienten sicherlich Schwierigkeiten bereitet, vielleicht sogar ihren Karrieren einen empfindlichen Knick verpasst."

„Davon kann man ausgehen."

Grohner lehnte sich zurück und verschränkte dabei seine Arme hinter dem Kopf. „Possma hat mit den Erpressungen sicherlich jeden Monat etwa 3000 Euro zusätzlich ‚verdient', wenn man davon ausgeht, dass er acht bis zehn Leute um jeweils 300 bis 400 Euro erleichtert hat. Da er nicht unverschämt war und nicht immer mehr verlangte, konnte er damit rechnen, dass ihm dieses Zubrot über einen längeren Zeitraum sicher war, weil die Erpressten damit gut leben konnten."

Korff schlug vor: „Lass uns doch mal die von Burscheidt erstellte Liste mit den Initialen vergleichen, die auf den in den letzten Tagen bei Possma eingegangenen Geldumschlägen standen."

Er zog die in Plastiktüten verpackten Geldumschläge hervor, legte die Burscheidtsche Liste daneben und deutete nach wenigen Sekunden auf einen Namen. „Hier. KJ, das könnte für Klaus Janssen stehen."

Auch Grohner war fündig geworden. „Und hier: BK. Bei BK wird es sich vielleicht um Bernward Kentschke handeln."

Die beiden Kriminalbeamten entdeckten sechs weitere Übereinstimmungen zwischen der Liste und den Umschlägen. Die Initialen PM standen vermutlich für Peter Mertens und HFF für Hanjo Freiherr von Falkenberg, BD für Brigitte Drugalski, SÖ für Sven Öttkamp und WQ für Wilhelm Quester.

Korff zeigte auf die Liste. „Also dann, wir sollten uns diese Leute einmal ansehen. Erpressung ist ein gutes Motiv für einen Mord, oder?"

Grohner nickte. „Sicher. Wir müssen vorher aber noch herausfinden, wo diese Leute wohnen bzw. wo sie arbeiten."

***

Dr. Klaus Janssen, Direktor bei der Bielefelder Hypo-Bank, war ein gepflegter Mann: mittelgroß, schlank, mit dunklen, graumelierten Haaren und sorgsam manikürten Fingernägeln.

Janssens Sekretärin hatte zunächst versucht, Korff und Grohner davon zu überzeugen, dass „der Herr Direktor" jetzt keine Zeit für sie hätte. Als die beiden Kriminalbeamten etwas nachdrücklicher bezüglich ihres Gesprächswunsches geworden waren, hatte sich die Sekretärin, nach vorheriger Rücksprache mit ihrem Chef, dazu entschieden, die beiden vorzulassen.

Das luxuriös ausgestattete Büro lag im 1. Stock des Bankgebäudes und war gut und gerne 50 Quadratmeter groß. Der dunkle Schreibtisch des Bankdirektors war voluminös. Große Pflanzenkübel flankierten eine Sitzecke mit schwarzen Ledersesseln. An den Wänden hing moderne Kunst. Die einzig individuelle Note waren die neben dem Schreibtisch an der Wand angebrachten Fotos, die Janssen als Golfspieler zeigten.

„Bitte nehmen Sie Platz." Janssen wies auf die schweren Ledersessel.

„Sie kennen Herrn Johann Possma?", eröffnete Grohner ohne Umschweife das Gespräch, nachdem sie saßen.

Korff beobachtete den Bankdirektor genau. Janssen zögerte mit der Antwort. Stattdessen fragte er: „Möchten Sie etwas trinken? Kaffee, Tee?"

Korff und Grohner lehnten ab.

„Kennen Sie Johann Possma?", wiederholte Grohner seine Frage.

„Ja." Janssen schien sich zu einer wahrheitsgemäßen Antwort durchgerungen zu haben. „Ich habe Herrn Possma gekannt. Ich habe in der Zeitung von dem Unfall beziehungsweise dem Mord gelesen. Schlimme Sache. Ich weiß aber nicht, wie ich Ihnen helfen kann."

„Wie haben Sie Herrn Possma kennengelernt?"

„Er kam vor etwa vier Jahren in die Bank und

wollte einen Kredit für den Ankauf eines Gemäldes. Ich war damals Leiter der Kreditabteilung. Ich wurde hinzugezogen, weil der Sachbearbeiter nicht recht wusste, wie er entscheiden sollte, da Herr Possma keine größeren Sicherheiten besaß. Herr Possma und ich kamen dadurch miteinander in Kontakt."

„Um welchen Betrag ging es?"

Janssen überlegte kurz. „Wenn ich mich recht erinnere, wollte Herr Possma ein Gemälde von Peter August Böckstiegel kaufen, eine Erntelandschaft. Ein schönes Bild, es war ihm zu einem günstigen Preis angeboten worden. Etwas Geld hatte Herr Possma selbst. Für den Restbetrag benötigte er einen Kredit in Höhe von 15 000 Euro."

Grohner nickte kurz. Er fragte: „Waren Herr Possma und Sie nach dieser Begegnung miteinander bekannt oder befreundet?"

Janssen zögerte bei seiner Antwort einen Augenblick zu lange. „Nein. Mein Studium lag ja schon einige Jahre zurück und da ich mich seinerzeit dazu durchgerungen hatte, eine bereits vor Jahren angefangene Dissertation zu Ende zu bringen, habe ich Herrn Possma um einige Tipps gebeten. Er stand am Ende seines Studiums und kannte die aktuellen Gepflogenheiten der Universität."

„Hat es sich nur um Tipps gehandelt oder hat Herr Possma die Doktorarbeit für Sie geschrieben?“

Die beiden Kriminalbeamten merkten, dass Janssen seine Ruhe verlor. „Wo denken Sie hin? Ich hatte bereits unmittelbar nach meinem Studium an einer Dissertation gearbeitet, die wollte ich lediglich fertigstellen. Herr Possma hat mich dabei nur beraten.“

Korff griff erstmalig in das Gespräch ein. „Haben Sie ein Exemplar Ihrer Doktorarbeit hier?“

Janssen schüttelte den Kopf. „Nein, sie ist nur in kleiner Auflage bei einem Wissenschaftsverlag erschienen, nichts Weltbewegendes. Wieso haben Sie Interesse daran?“

Korff überging die Frage. „Wir haben in Herrn Possmas Briefkasten dieses Cuvert gefunden.“ Er zog einen braunen DIN A5-Umschlag aus seinem Jackett, der in einer Plastiktüte steckte. „In dem Couvert befanden sich vier 100-Euro-Scheine. Als Absender war das Kürzel KJ angegeben.“

Die beiden Kommissare warteten.

Janssen schwieg. Er fühlte sich sichtlich unwohl. Er blickte etwas fahrig zur Tür, so als erwarte er von dort Hilfe.

„Kennen Sie diesen Umschlag?“, bohrte Korff weiter.

Janssen schwieg noch immer. Korff sah ihn

scharf an und hielt ihm die Plastiktüte mit dem Umschlag vor das Gesicht. „Herr Janssen, ich bin sicher, dass die Fingerabdrücke, die wir auf dem Umschlag gefunden haben, zu Ihnen gehören."

Die beiden Beamten merkten, dass Janssen mit diesem Druck nicht umgehen konnte. „Ja", sagte er mit etwas heiserer Stimme, „das Geld stammt von mir. Johann Possma hat mich erpresst. Das …" Er zeigte auf den Umschlag. „Das ist meine monatliche Zahlung. Ich zahle schon seit etwa einem Jahr. Johann Possma hat mich kontaktiert, als ich Direktor dieser Bank wurde."

„Wie lief das konkret ab?"

„Er suchte mich in der Bank auf, gratulierte mir zu meiner Beförderung und meinte, dass ich ab jetzt etwas für ihn tun könne, da er ja zuvor, durch seine Unterstützung bei der Erstellung meiner Dissertation, auch etwas für mich getan habe. Um es kurz zu machen: Er ‚bat' mich, ihm jeden Monat einen Betrag in Höhe von 400 Euro per Post zu schicken."

„Und Sie haben eingewilligt?"

„Was hätte ich tun sollen? Possma war sehr freundlich. Der geforderte Betrag bedeutete für mich kein wirkliches Opfer. Durch meine Beförderung zum Bankdirektor verdiene ich deutlich mehr pro Monat. Deshalb habe ich mich darauf eingelassen."

Grohner hatte zuletzt schweigend zugehört. Jetzt fragte er: „Was hatte Possma gegen Sie in der Hand? Ich meine, wie konnte er beweisen, dass er an der Entstehung Ihrer Dissertation beteiligt war?"

„Er ist bei der Arbeit sehr geschickt gewesen. Wenn man jeweils den Anfangsbuchstaben der ersten elf Kapitel zusammensetzt, so ergeben sich zwei Wörter, die auf Possma als Verfasser der Arbeit verweisen."

„Fecit Possma?"

„Ja, genau." Janssen konnte seine Verwunderung nicht verbergen. „Woher wissen Sie das?"

„Sie sind nicht der einzige Klient Possmas, dem es so ergangen ist. Wir stehen aber noch am Anfang unserer Ermittlungen."

Der Bankdirektor richtete sich auf. Die Sorge war ihm ins Gesicht geschrieben. Ihm war klar geworden, dass die Angelegenheit zu einer existenziellen Bedrohung für ihn werden konnte. „Was ist mit den Namen der Erpressten? Werden die Ergebnisse Ihrer Ermittlungen bekannt werden?"

Grohner schüttelte den Kopf. „Wir werden die Erpressungsopfer schon zu schützen wissen – sofern sie mit dem Mord nichts zu tun haben." Er blickte Janssen an. „Herr Janssen, würden Sie uns abschließend noch sagen, wo Sie in der Nacht von Montag auf Dienstag gewesen sind?"

„Weshalb fragen Sie?“

„Weil Sie durch die Erpressung ein Mordmotiv hatten.“

Janssens Antwort kam jetzt rasch, so als wollte er den soeben geäußerten Verdacht so schnell wie möglich aus der Welt räumen: „Ich war in meiner Wohnung, im Bett. Ich habe geschlafen.“

„Gibt es jemand, der das bezeugen kann? Ihre Frau vielleicht?“

Janssen schüttelte den Kopf. „Meine Frau und ich, wir leben getrennt. Ich war allein zu Hause.“

Korff und Grohner sahen sich an. Dann sagte Korff: „Gut, Herr Janssen, das war's vorerst.“

Die beiden erhoben sich aus den Sesseln. Sie wurden von Janssen zur Tür begleitet, verabschiedeten sich von der Sekretärin und standen kurze Zeit später auf einer Empore, von der aus sie einen Blick auf die offenen Geschäftsräume der Bank hatten, in denen sich der Publikumsverkehr abspielte. Die Kommissare gingen die breite Treppe hinunter. Grohner fragte: „Hast du dir mal Janssens Büro näher angesehen? Das könnte mir auch gefallen. Da hat das Innenministerium noch Nachholbedarf.“

Korff sagte mit ernstem Gesichtsausdruck: „Ich werde gleich mal mit Pott sprechen, sobald wir zurück sind. Er wird sicherlich bereit sein, etwas für dich zu tun.“

Auch Grohner blieb ernst: „Wenn du schon mal mit Pol Pot sprichst: Eine Sekretärin dazu wäre auch nicht schlecht."

„Ich werde sehen, was sich machen lässt. Aber mal im Ernst: So ganz koscher scheint mir der Janssen nicht zu sein."

„Ich weiß nicht. Er hat sich schwer damit getan, mit der Wahrheit herauszurücken. Wenn öffentlich bekannt würde, dass er seinen Titel erschlichen beziehungsweise gegen Bares erworben hat, würde er sicherlich sein schönes Büro verlieren. Bei Banken ist Vertrauen das größte Kapital."

„Hast du dir einmal seine gepflegten Hände angesehen? Kannst du dir vorstellen, dass Janssen unter einem Wagen liegt und an einer Bremsleitung werkelt?"

Grohner schüttelte den Kopf. „Nur schwer."

Die beiden standen jetzt vor dem Bankgebäude. Sie wandten sich nach links, wo sie ihren Wagen im Parkhaus Ritterstraße abgestellt hatten.

Kurz bevor sie den Wagen erreicht hatten, blieb Korff stehen. „Wer steht als nächster auf unserer Liste?"

„Rechtsanwalt Dr. Bernward Kentschke."

Korff sagte nach kurzem Zögern: „Das können wir morgen erledigen. Wir sollten zuvor noch einmal mit Rudi Haubrock sprechen, es gibt da noch einige offene Fragen.“

***

Rudi Haubrock wohnte mit seiner Familie in einem Reihenhaus im Süden Heepens. Korff und Grohner stellten ihr Auto in einer Parkbucht vor dem Haus ab. Grohner klingelte an der Haustür.

Es dauerte nur wenige Sekunden, bis Haubrock auf das Klingeln der beiden Kriminalbeamten hin die Tür öffnete. Er legte sofort einen Finger auf seine Lippen. Halblaut sagte er zu seinen Besuchern: „Mein kleiner Sohn ist krank und schläft gerade. Wir setzen uns am besten auf die Terrasse.“

Haubrock führte die beiden Kommissare über den Flur und durch das Wohnzimmer auf die Terrasse, auf der ein weißer Campingtisch und weiße Plastikstühle standen. Die drei Männer setzten sich. Von der Terrasse aus blickte man auf den durch eine niedrige Hecke nur unzureichend geschützten Garten des Nachbargrundstücks, in dem ein älterer Mann mit einem Spaten die Rasenkanten abstach. Er trug eine blaue Arbeitshose und ein weißes Unterhemd, und blickte neugierig zu den drei Männern auf der Terrasse herüber.

„Was führt Sie zu mir?“ Haubrock sah die beiden Kriminalbeamten an. „Ich habe Ihnen alles erzählt, was ich weiß.“

Korff machte eine unbestimmte Geste mit seiner rechten Hand. „Wir müssen inzwischen davon ausgehen, dass Johann Possma seine Kunden erpresst hat. Wir haben von Ihrem früheren Kommilitonen Herrn Burscheidt erfahren, dass Herr Possma die Arbeiten mit einer Art unsichtbaren Stempel oder Siegel versehen hat. Die Anfangsbuchstaben der ersten elf Kapitel jeder von ihm betreuten Arbeit ergeben die beiden Wörter ‚Fecit Possma‘. Er hatte damit seine Auftraggeber in der Hand, sobald die Arbeiten publiziert waren.“

Haubrock blickte seine beiden Besucher ungläubig an. Er wollte etwas sagen, schwieg aber. Er schien diese Information erst einmal verdauen zu müssen. Nach einer ganzen Weile fragte er: „Und Frederik? Was ist mit Frederik? Das würde ja bedeuten, dass auch Frederik an der Sache beteiligt war.“

„Ja, die Möglichkeit besteht. Es kann aber auch sein, dass der Mörder angenommen hat, Frederik Schmidt verfüge über Informationen, die auf die Identität des Mörders schließen lassen, was in Wahrheit gar nicht zutreffen muss.“

Haubrock schwieg.

Grohner schaltete sich in das Gespräch ein. „Sie kennen Herrn Possma und Schmidt genauer. Wie schätzen Sie die beiden ein? Halten Sie es für möglich, dass Herr Possma allein oder Herr Possma und Herr Schmidt gemeinsam ihre Kunden erpresst haben?"

„Wenn Sie mich vor den Morden danach gefragt hätten, hätte ich das nicht für möglich gehalten. So aber, nach den beiden Morden …" Haubrock brach ab. Nach einer kurzen Pause setzte er wieder an: „Ich weiß es nicht. Ich kann es immer noch nicht glauben." Zur Bekräftigung seiner Aussage schüttelte Haubrock heftig den Kopf.

„Glauben Sie, dass Herr Schmidt an der Erpressung beteiligt gewesen ist?"

„Das ist für mich noch unwahrscheinlicher. Frederik war immer so überaus korrekt. Er wollte nicht einmal in die Nähe einer Gesetzesüberschreitung kommen. Johann und ich, wir haben gelegentlich mal abends einen Joint durchgezogen, Frederik hat sich daran nie beteiligt."

Korff wandte sich an Haubrock: „Seit gestern Abend stehen Sie unter Beobachtung der Polizei, da wir in Erwägung ziehen müssen, dass auch Ihr Leben gefährdet ist."

Haubrock blickte die beiden Polizeibeamten verwirrt an. „Warum sollte ich in Gefahr sein?

Alles was ich weiß, habe ich Ihnen doch gesagt. Mir sind bislang noch keine weiteren Namen eingefallen."

Korff erklärte: „Das weiß der Mörder aber nicht. Der wird vielleicht vermuten, dass Sie über Kenntnisse verfügen, die zu ihm führen können."

Grohner übernahm wieder das Gespräch: „Wir haben vorhin mit Klaus Janssen gesprochen, einem Ihrer Klienten. Er hat uns erzählt, er habe seine Dissertation weitgehend selbst geschrieben und von Ihnen nur ein wenig Beratung und redaktionelle Hilfe erhalten. Entspricht das den Tatsachen?"

„Janssen behauptet also, dass er seine Dissertation schon weitgehend fertig hatte und wir nur mehr oder weniger redaktionelle Arbeit geleistet hätten?" Haubrock grinste. „Gestatten Sie, dass ich lache?"

Korff musste lächeln. „Gern. War es nicht so?"

„Keineswegs. Janssen hatte überhaupt keinen Plan. Er kam mit einem Vortrag zu uns, den er mal irgendwo gehalten hatte und fragte, ob man diesen Vortrag nicht zu einer Dissertation ausbauen könne. Wir haben uns damals nur erstaunt angesehen und innerlich die Augen verdreht."

„Und, wie lief das Gespräch weiter?"

Haubrock hob die Schultern. „Keine Ahnung.

Ich habe an den weiteren Besprechungen nicht mehr teilgenommen. Soweit ich weiß, haben sich Johann und Frederik mit Janssen zusammengesetzt. Zuerst werden sie sich über die finanzielle Seite unterhalten haben, das war so üblich", erläuterte er, „danach werden sie ihm ein Thema formuliert haben und ihn damit zu einem von Janssens alten Professoren geschickt haben."

„Wie wurde die Bezahlung abgewickelt?"

„Unsere Kunden litten keine finanzielle Not. Wir haben das in etwa so gemacht, wie das bei Häuserbauten üblich ist. Wir haben zwischendurch Abschlagszahlungen verlangt, natürlich in bar."

„Das heißt, die Gesamtsumme wurde nicht erst bei Abgabe der Arbeit fällig?"

„Nein, wir mussten doch auch unseren Lebensunterhalt bestreiten."

„Ist einmal ein Auftrag misslungen? Ich will sagen, wurde mal eine Dissertation oder Magisterarbeit von einem Professor zurückgewiesen, weil sie den Qualitätsstandards nicht entsprach?"

Haubrock schüttelte den Kopf. „Wir waren schon ganz gut, das können Sie mir wirklich glauben." Er zögerte und setzte dann nach: „Ach, Sie meinen, ein unzufriedener Kunde könnte sich, nachdem wir ihm das Geld für eine misslungene

Magisterarbeit oder Dissertation abgenommen haben, für seinen finanziellen Verlust revanchiert haben?“

Korff nickte.

„Nein, einen solchen Fall können Sie ausschließen. Unsere Kunden waren immer mit uns zufrieden. Von unseren Arbeiten ist keine abgelehnt worden, zumindest nicht, solange ich dabei war.“

„Sagt Ihnen der Name Gessenberg etwas?“

„Ja, natürlich, der Rechtsanwalt.“ Haubrock schlug mit der rechten Hand zweimal gegen seinen Hinterkopf. „Den habe ich auf meiner Liste vergessen. Ich habe mit ihm aber auch nichts zu tun gehabt. Johann und Benno haben ein paar Mal über ihn gesprochen. Ich glaube, der wollte zuerst nicht zahlen.“

***

Als Korff und Grohner um 16:00 Uhr wieder im Präsidium eintrafen, lag der Bericht der Spurensicherung vor. Dreyer und seine Leute hatten festgestellt, dass sich der Täter längere Zeit im Garten des von Schmidt bewohnten Hauses aufgehalten hatte. Sie hatten unter einem Busch, der den Regen weitgehend abgehalten hatte, noch einen fast vollständig erhaltenen Fußabdruck gefunden, der darauf schließen ließ, dass der Täter die Schuhgröße 46 hatte. An einem Baum, unweit des Busches, hatten Dreyer und seine Leute Faserreste von einer Jacke sichergestellt, die vermutlich dadurch entstanden waren, dass sich der Täter an den Baum gelehnt hatte, während er das Opfer beobachtete. Fingerabdrücke waren zuhauf in der Wohnung gefunden worden. Ob welche davon vom Täter stammten, musste zunächst ungeklärt bleiben. Weitere Spuren hatte der Täter nicht hinterlassen.

Korff gab den Bericht an Grohner weiter. „Die haben nur wenig herausgefunden. Bei dem Täter scheint es sich um einen Mann zu handeln, zumindest legt das der Schuhabdruck nahe."

Zeinitz, der sich auch im Büro aufhielt, meldete sich zu Wort: „Ich habe heute Nachmittag mit Frau Drugalski gesprochen." Er spitzte seine Lippen und gab einen leisen Pfiff von sich. „Eine gutaussehende Karrierefrau, straight, Anfang, höchstens Mitte 30, Schuhgröße allenfalls 42."

„Was ist mit ihr?"

„Sie ist Personalchefin bei Kiel & Flocke, einem pharmazeutischen Betrieb in Hillegossen. Sie hat mittlerweile eingeräumt, bei der Abfassung ihrer Dissertation auf die Hilfe von Schmidt und Burscheidt zurückgegriffen zu haben. Es handelte sich um eine Arbeit aus dem

Grenzbereich zwischen Rechts- und Wirtschaftswissenschaften."

„Hat sie ein Alibi?"

Zeinitz nickte. „Ja, vermutlich. Die Nacht von Montag auf Dienstag will sie im Rahmen eines verlängerten Wochenendes mit ihrem Freund in einem Wellnesshotel im Sauerland verbracht haben." Zeinitz zögerte. „Das muss ich aber noch überprüfen. Ich habe ihren Freund bisher noch nicht erreicht, er befindet sich auf einer Geschäftsreise. Ich werde mich aber gleich im Hotel nach Frau Drugalski erkundigen. So wie sie aussieht, wird sich zumindest das männliche Personal an sie erinnern."

Korff, dem das von Zeinitz angestimmte Loblied auf die tolle Karrierefrau ein wenig auf die Nerven ging, stellte sachlich fest: „Frau Drugalski scheidet also aus dem Kreis der Verdächtigen aus?"

„Sehr wahrscheinlich."

„Gut."

Korff informierte Zeinitz kurz über die Befragungen von Janssen und Haubrock. Abschließend besprachen die drei Kommissare ihre Aufgaben für den nächsten Tag. Korff und Grohner wollten die Rechtsanwälte Bernward Kentschke und Gerald Gessenberg sowie Peter Mertens, den Geschäftsführer eines Transportunternehmens, aufsuchen, Zeinitz sollte sich zusammen mit einem Kollegen aus dem KK 12 um Hanjo von Falkenberg und den Versicherungskaufmann Sven Öttkamp kümmern.

9. Kapitel

Dienstag, den 15. Mai 2012

Dieses Mal versuchte die Sekretärin nicht, Korff und Grohner abzuwimmeln, als die beiden sich anmeldeten und um eine weitere Unterredung mit Bankdirektor Dr. Janssen baten.

Dr. Janssen war besonders liebenswürdig und kam Korff und Grohner auf halbem Wege entgegen, als sie sein Büro betraten. Nachdem Janssen die beiden Besucher zur Sitzecke dirigiert hatte, verlor Korff keine Zeit: „Herr Possma hat seinerzeit mit drei Kommilitonen zusammengewohnt. Einer der beiden hieß Frederik Schmidt. Über ihn haben wir bislang noch nicht gesprochen."

„Ja, und?"

„Herr Schmidt ist vor ein paar Tagen ebenfalls ermordet worden." Korff wartete und blickte Janssen aufmerksam an. „Kannten Sie Herrn Schmidt?"

„Ja, ich habe einige Male mit ihm gesprochen."

„Wo waren Sie am Mittwochabend beziehungsweise in der Nacht von Mittwoch auf Donnerstag?"

Der Bankdirektor zögerte. Er strich mit seiner rechten Hand über seine vermutlich sehr teure Seidenkrawatte und gab zurück: „Zu Hause. Ich war zu Hause."

„Kann das jemand bezeugen?"

„Nein."

„Das ist ein denkbar schlechtes Alibi. Haben Sie nichts Besseres zu bieten?"

Janssen schüttelte den Kopf. „Es hat nun mal nicht jeder für jeden Zeitpunkt …" Er unterbrach seinen eigenen Satz, lächelte kurz und sagte: „Wenn ich die Gepflogenheiten unseres Rechtsstaates richtig kenne, so müssen *Sie* doch *mir* nachweisen, dass ich zum betreffenden Zeitpunkt am Tatort gewesen bin."

„Da haben Sie Recht."

Grohner übernahm die Gesprächsführung: „Herr Dr. Janssen, hatten Sie den Eindruck, dass Herr Schmidt über die Erpressungen von Herrn Possma informiert war beziehungsweise, dass auch er davon profitiert hat?"

Janssen hob die Schultern. „Das weiß ich nicht. Ich habe an Herrn Schmidt jedenfalls keine Zahlungen geleistet."

„Haben Sie ihn nach Abschluss Ihrer geschäftlichen Vereinbarung noch einmal gesehen?"

„Nein." Die Antwort kam ohne Zögern.

Korff erhob sich. „Herr Dr. Janssen, falls sich noch weitere Fragen ergeben sollten, melden wir uns noch einmal bei Ihnen."

***

Korff und Grohner standen vor dem Bankgebäude. Der Verkehr floss gemächlich über den Niederwall. Eine Straßenbahn der Linie 3 kam vom Jahnplatz und hielt vor dem Rathaus. Die Türen schwangen auf und die Fahrgäste strömten aus dem Wagen.

„Und jetzt?", durchbrach Grohner das kurze Schweigen.

Korff deutete auf das in der Nähe liegende *Alex*. „Jetzt trinken wir einen Kaffee und machen danach Rechtsanwalt Dr. Bernward Kentschke unsere Aufwartung."

Die beiden Männer betraten das Café, das um diese frühe Uhrzeit bereits gut besucht war, und fanden einen Tisch am Fenster, so dass sie einen Blick auf Rathaus und Theater hatten. An der gegenüberliegenden Wand im Hintergrund des Raumes war ein Bildschirm angebracht, auf dem eine DVD die Illusion eines Kaminfeuers verbreitete. Korff und Grohner bestellten Kaffee und Brötchen.

Grohner wies auf den mittleren Thekenbereich mit den in Reihen präzise aufgestellten Bier-, Sekt- und Proseccoflaschen. „Ich habe den Eindruck, dass wir noch ziemlich im Nebel herumstochern", sagte er.

Korff nickte bedächtig. „Janssen macht auf mich nicht den Eindruck eines kaltblütigen Mörders. Er ist sicherlich geldgierig und karrieregeil, aber vermutlich kein Mörder."

„Er hat aber ein Motiv. Wenn sich herausstellen sollte, dass …" Grohner unterbrach sich, weil Kaffee und Brötchen serviert wurden. Er griff nach einem Brötchen und bestrich es mit Butter und Marmelade. Kauend sagte er: „Ich bin auf die anderen Kunden von Possma und Co. gespannt, das ist wahrscheinlich alles die gleiche Sorte von Menschen."

Der Kaffee schmeckte ausgezeichnet. Korff spürte plötzlich das Verlangen nach einer Zigarette. Er hatte vor etwa fünf Jahren mit dem Rauchen aufgehört, gelegentlich, so wie heute, wurde der Wunsch nach einer Zigarette übermächtig. Bislang hatte Korff dem Verlangen aber noch nicht nachgegeben.

„Hast du einmal darüber nachgedacht, ob nicht Burscheidt oder Haubrock auch ein Motiv haben könnten?"

„Nein, aber Freunde bringt man nicht so leicht um. Und Possma, Schmidt, Burscheidt und Haubrock scheinen ja tatsächlich richtige Freunde gewesen zu sein. Außerdem hat Burscheidt, wie du weißt, ein Alibi. Jörg hat das überprüft."

„Ja, ich weiß. Und Haubrock?"

„Haubrock hat nur die Bestätigung seiner

Frau, einer Richterin. Aber wo soll sich ein Familienvater des Nachts sonst aufhalten?"

***

Dr. Bernward Kentschke war Partner in der renommierten Bielefelder Rechtsanwaltskanzlei Dr. Grohé, Dr. Kentschke und Schwinn, die in der Neustädter Straße residierte.

„Herr Dr. Kentschke lässt bitten." Die gepflegte Sekretärin unbestimmbaren Alters jenseits der 30 legte den Hörer auf und deutete auf eine Bürotür im Hintergrund des großen Empfangsraumes. Dabei schob sie sich mit einer tausendfach erprobten Handbewegung eine Haarsträhne hinter ihr linkes Ohr.

Korff und Grohner setzten sich in Bewegung. „Dr. Bernward Kentschke" stand auf dem Türschild; die Buchstaben waren kunstvoll in ein DIN A5-großes Messingschild eingraviert worden.

Der Rechtsanwalt, ein etwa 40-jähriger schmaler Mann mit sorgfältig nach hinten gekämmtem Haar, erhob sich von seinem massiven Schreibtisch, als Korff und Grohner den Raum betraten. Korff schätzte den zierlichen Rechtsanwalt auf etwas weniger als 1,70 Meter, dennoch besaß der Jurist viel Ausstrahlung.

„Polizei? Was führt Sie zu mir, meine Herren?“, fragte er jovial und wies mit einer ausladenden Handbewegung auf eine mit dunklem Leder bespannte Sitzgruppe, die vor einem Bücherregal mit juristischer Fachliteratur stand.

„Wir möchten uns mit Ihnen über Johann Possma unterhalten“, leitete Korff das Gespräch ein, als sich die drei gesetzt hatten.

Kentschke schwieg und sah die beiden Kriminalbeamten freundlich lächelnd an.

„Sie kennen Herrn Possma?“, setzte Grohner nach.

„Nicht sonderlich gut, wir sind uns ein paar Mal begegnet.“

„Bei welchen Gelegenheiten?“

„Vorzugsweise geschäftlich. Über den Inhalt unserer Unterredungen kann ich Ihnen natürlich keine Auskunft geben. Sie verstehen: anwaltliche Schweigepflicht.“

Korff hakte nach: „Sie haben Herrn Possma also juristisch beraten oder vertreten?“

„Gelegentlich.“

„Das ist interessant. Wir haben eher den Eindruck, dass Sie Herrn Possmas Hilfe in Anspruch genommen haben.“ Korff zog die Plastikhülle mit dem leeren Geldumschlag aus der mitgebrachten Mappe und legte ihn auf das Tischchen, das zu der Sitzgruppe gehörte.

„Was ist das?“ Kentschke zeigte auf den Umschlag.

Grohner verlor die Geduld. Er beugte sich vor und blickte Kentschke mit ausdrucklosem Gesicht an. „Wir sollten uns dieses Geplänkel ersparen, Herr Dr. Kentschke“, sagte er leise. „Wir haben den Umschlag kriminaltechnisch untersuchen lassen und eine Menge Fingerabdrücke identifizieren können. Ich gehe davon aus, dass auch Ihre Abdrücke dabei sind. Die Buchstaben BK“ – Grohner zeigte auf die in der einen Ecke des Umschlages erkennbaren Initialen – „sind doch Hinweis genug, oder?“

Kentschke schwieg und ließ seine Augen zwischen den beiden Kriminalbeamten hin und her wandern. Dann fragte er: „Was wollen Sie von mir?“

Grohner beugte sich noch weiter vor. Seine Stimme bekam einen schneidenden Ton: „Wir möchten uns mit Ihnen über Herrn Possma unterhalten. Sie haben sicherlich gelesen, dass Johann Possma vor einer Woche ermordet worden ist.“

Kentschke blieb unbeeindruckt. „Nein, habe ich nicht. Ich habe in der letzten Woche von Montag bis Freitag an einem juristischen Kongress in Karlsruhe teilgenommen und bin erst am Freitagabend zurückgekehrt.“

„Ist Ihnen Herr Possma bei der Abfassung Ihrer Dissertation … behilflich gewesen?“ Grohner war sich sicher, dass Kentschke das unmerkliche Zögern bei seiner Frage registriert hatte.

Kentschke schüttelte den Kopf. Er antwortete ruhig: „So würde ich das nicht formulieren. Ich habe seinerzeit ein rechtssoziologisches Thema bearbeitet. An einigen Stellen der Dissertation gab es gewisse Probleme, deshalb brauchte ich einen Fachmann, mit dem ich mich austauschen konnte. Im Übrigen habe ich weniger mit Herrn Possma, sondern mehr mit einem Kollegen von Herrn Possma zusammengearbeitet, der Soziologe ist.“

„Falls es sich dabei um Herrn Schmidt gehandelt hat, Herr Schmidt ist ebenfalls tot. Er wurde in der vergangenen Woche in der Nacht von Mittwoch auf Donnerstag ermordet.“ Korff hatte sich wieder in das Gespräch eingeschaltet.

Diese Mitteilung schien Kentschke getroffen zu haben. Er schüttelte ungläubig den Kopf. „Ermordet? Schmidt?“, fragte er mit verminderter Lautstärke.

Korff wartete eine Weile, bevor er sich an den Rechtsanwalt wandte: „Herr Kentschke, sind Sie von Herrn Possma erpresst worden?“

Kentschke spitzte die Lippen. Seine nächsten

Worte wägte er genau ab. Schließlich sagte er: „Herr Possma hat mich gebeten, ihm monatlich eine kleine Summe Geld für einen wohltätigen Zweck, ich glaube für ein Kinderhilfswerk, zur Verfügung zu stellen. Dieser Bitte bin ich gerne nachgekommen."

„Haben Sie darüber eine Spendenquittung erhalten?"

„Nein, dazu war die gespendete Summe zu unbedeutend."

Korff lächelte – aber nur innerlich. Kentschke war ein Fuchs. Er konnte sich ausrechnen, dass die Kriminalbeamten nach einem Motiv für die Morde suchten. Wenn er sich hier als Erpressungsopfer zu erkennen gab, würde er automatisch zum Kreis der Tatverdächtigen gehören. So aber konnte er sich als selbstlosen Wohltäter darstellen. Es war an der Zeit diesem Versteckspiel ein Ende zu machen.

Grohner musste zu ähnlichen Gedankengängen gekommen sein. „Sagen Ihnen die Worte ‚Fecit Possma' etwas?", fragte er.

Die beiden Kriminalbeamten sahen, dass Kentschke um Fassung rang. Mit ruhiger Stimme sagte er schließlich: „Ich habe Herrn Possma monatlich 400 Euro gezahlt. Kein sehr hoher Betrag. Er hatte mich in der Hand, weil er meine Dissertation vor der Drucklegung überarbeitet und ihr dabei das Siegel ‚Fecit Possma' aufgedrückt hat. Ich habe das damals nicht gemerkt. Erst als er mich aufsuchte und um eine kleine Spende bat, hat er mich darüber informiert."

„Wie lief diese Erpressung ab?"

„Herr Possma suchte mich auf und erklärte mir durchaus freundlich, dass er seine damalige Tätigkeit als eine Art zusätzliche Rente betrachte, die ihm dauerhafte Einkünfte verschaffen solle. Ich habe zunächst abgelehnt, weil ich befürchtete, dass er seine Forderungen nach und nach erhöhen würde."

„Und?"

„Das hat er nicht getan. Er blieb bescheiden. Er bat mich, ihm die vereinbarte Summe monatlich mit der Post zu schicken. Sie können mir glauben: Ich hätte mit unserem Arrangement dauerhaft leben können. Es gab keinen Grund, Herrn Possma nach dem Leben zu trachten, zumal ich davon ausgehen musste, dass er sich gegen einen solchen Fall abgesichert hatte."

„Was meinen Sie damit?"

„Sie sind hier, das ist doch der Beweis für meine Vermutung. Herr Possma wird im Falle seines überraschenden Ablebens verfügt haben, dass die Namen der von ihm erpressten Personen der Polizei bekannt werden."

Korff und Grohner sahen sich kurz an, dann

fragte Korff: „Was hat Sie dazu veranlasst, auf Herrn Possmas Forderungen einzugehen?“

Kentschke lächelte. „Seine liebenswürdige Art. Ich bin bei meinen Abwägungen zu dem Ergebnis gelangt, dass ich, falls er seine Forderungen immer weiter erhöhen sollte, notfalls immer noch ablehnen könnte. Wie gesagt, die 400 Euro haben mir nicht wehgetan.“

„Seit wann bestand Ihr … Arrangement mit Herrn Possma?“

Kentschke überlegte kurz. „Ziemlich genau seit drei Jahren. Ich hatte geerbt und mich gerade in die Kanzlei Grohé und Meerbell eingekauft.“

„Wie hätten Ihre Partner reagiert, wenn öffentlich geworden wäre, dass Sie sich Ihre Doktorarbeit haben schreiben lassen?“

Kentschke reagierte heftig. „Ich habe mir die Arbeit nicht von jemandem schreiben lassen, so wie Sie das hier formulieren. Ich werde gegen jeden gerichtlich vorgehen, der das behauptet. Auch Sie sollten sich das merken. Ich habe nur eine externe Beratung in Anspruch genommen, gegen Honorar. Ihr Herr Possma hat mich dabei ausgetrickst. Aber davon abgesehen: Es gab da einen Passus in unserem Vertrag, wonach ich in einem solchen Fall aus der Kanzlei hätte ausscheiden müssen, um Schaden von der Kanzlei zu wenden.“

„Herr Dr. Kentschke" – Grohner betonte den Titel des Rechtsanwalts besonders und merkte, dass Kentschke sich nur mühsam beherrschte – „wir können also davon ausgehen, dass Sie für die Zeitpunkte der Morde Alibis besitzen?"

„Das können Sie." Die Stimme des Anwalts klang gereizt.

„Wer kann uns Ihre Angaben bestätigen?"

Kentschke nannte den Beamten mehrere Namen anderer Seminarteilnehmer und den Namen des Hotels, in dem er für die Dauer der Tagung gewohnt hatte. „Abends haben wir gewöhnlich an der Hotelbar gesessen und uns gepflegt unterhalten", endete seine Mitteilung.

„Herr Dr. Kentschke, wir danken Ihnen für das Gespräch." Auch Korff ließ keinen Allgemeinplatz aus und erhob sich. Grohner tat es ihm gleich. „Sie werden verstehen, dass wir Ihre Angaben überprüfen müssen."

Kentschke begleitete die beiden Kommissare zur Tür. Sein Lächeln, das er seinen beiden Besuchern zum Abschied präsentierte, war so freundlich wie das Zähnefletschen einer Raubkatze.

***

„Keine ungeschickte Verteidigungslinie", sagte Grohner, als die beiden wieder im Auto saßen.

„Er hat vermieden, sich mit einem Motiv in Verbindung zu bringen."

Korff pflichtete ihm bei. „An dem haben sich sicherlich schon einige Staatsanwälte die Zähne ausgebissen. Wahrlich kein Sympathieträger."

„Aber er scheint ein Alibi zu haben."

Korff kaute auf seiner Unterlippe. „Was zu überprüfen wäre. Mit einem schnellen Wagen kann man es zudem in sieben Stunden von Karlsruhe nach Bielefeld und zurück schaffen. Er hätte in der Nacht von Montag auf Dienstag die Bremsen an Possmas Porsche manipulieren und zwei Nächte später Schmidt umbringen können."

„Hm. Das ist aber doch sehr unwahrscheinlich. Jörg soll die Alibis überprüfen. Wenn sich Kentschkes Angaben bestätigen, ist er meines Erachtens raus aus der Sache, oder?"

„Höchstwahrscheinlich hast du Recht."

„Wer steht noch auf unserer Liste?"

„Volker Gessenberg, Rechtsanwalt in Werther."

„Der Sparsame? Von dem hat Possma in der letzten Woche keinen Geldbrief erhalten."

„Was Gessenberg in deinen Augen verdächtig macht?

Grohner startete den Motor. „Ich weiß nicht. Jörg hat herausgefunden, dass Gessenberg eine Zeitlang Partner in einer renommierten Anwaltskanzlei war, vor etwa einem Jahr aber ausgeschieden ist. Vielleicht hat er sich nicht erpressen lassen?“

***

Dr. Volker Gessenberg betrieb seine Rechtsanwaltspraxis in Werther. Korff und Grohner stellten ihr Fahrzeug auf dem C.-F.-Venghauss-Platz ab.

Neben der Eingangstür des großen Fachwerkhauses befand sich ein mit schwarzen Buchstaben beschriftetes weißes Emaille-Schild, das verkündete, dass hier „Dr. Volker Gessenberg Rechtsanwalt“ seiner Profession nachging. Die beiden Kommissare stiegen eine schmale Treppe bis in den ersten Stock empor. Eine halbtransparente Tür aus Milchglas versperrte den Eingang zu den Büroräumen. Grohner klingelte. Ein Türsummer ertönte und eine etwa 30-jährige Frau blickte von ihrem Schreibtisch auf, als die beiden Kriminalbeamten eintraten. Sie legte ihre Lesebrille auf den Tisch und lächelte.

Korff zeigte seinen Ausweis und stellte sich und Grohner vor. Als ihn die Frau etwas verwundert anblickte, sagte er: „Wir würden gern mit Herrn Dr. Gessenberg sprechen.“

Die Frau erhob sich. Sie steuerte eine dunkelbraune Holztür an, verschwand kurz, kam aber nach wenigen Augenblicken wieder heraus.

„Herr Dr. Gessenberg ist jetzt für Sie zu sprechen."

Die beiden Kommissare betraten ein kleines, modern eingerichtetes Arbeitszimmer. Vor der gegenüberliegenden Wand stand ein Schreibtisch, unmittelbar vor dem Schreibtisch waren zwei Ledersessel platziert worden.

„Wobei kann ich Ihnen helfen?" Gessenberg, ein drahtiger Mittvierziger, der vermutlich in der Woche mehrere Male seine Joggingschuhe schnürte, hatte an dem Schreibtisch gesessen und sich erhoben, als die beiden Männer sein Arbeitszimmer betraten. Er wies auf die beiden Sessel.

Korff verzichtete auf jegliches Warm-up: „Sie kennen Johann Possma?"

Gessenberg wirkte überrascht. Er nickte. „Ja, natürlich. Ich schließe ihn aber nicht jeden Abend in mein Nachtgebet mit ein."

„Herr Possma ist tot."

„Halleluja. Das ist für mich der ultimative Beweis dafür, dass Gott existiert und dass er gerecht ist. Jetzt trete ich wieder in die Kirche ein."

Volker Gessenberg hob seine Hände und faltete sie oberhalb seines Kopfes, während er theatralisch gen Himmel blickte.

„Sie wussten nicht, dass Johann Possma tot ist?“

Gessenberg lächelte. „Doch, ich habe es aus der Zeitung erfahren. Ich konnte mir diese Szene aber nicht verkneifen.“

„Weshalb?“

Gessenberg zuckte die Achseln. „Possma war kein guter Mensch, im Gegenteil. Ich würde ihn ganz unakademisch als Arschloch bezeichnen.“

„Was veranlasst Sie zu dieser Beurteilung?“

Gessenberg lehnte sich zurück und blickte Korff lächelnd an. „Das ist meine Privatsache.“

Grohner wandte sich dem Rechtsanwalt zu und sagte: „Herr Gessenberg, vor unserem Besuch bei Ihnen haben wir ein wenig recherchiert. Sie waren bis vor einem halben Jahr bei der in Bielefeld hoch angesehenen Kanzlei De Vries und Partner beschäftigt. Sie haben die Kanzlei im September letzten Jahres unter etwas dubiosen Umständen verlassen. In der Presse hieß es, die Trennung sei in beiderseitigem Einvernehmen erfolgt. Etwa zur gleichen Zeit sind Sie bei den Rotariern ausgeschieden. Sie sind damit“, Grohner blickte sich demonstrativ um, „von der Bundesliga in die Regionalliga abgestiegen, oder?“

Gessenberg hatte mehrfach genickt, so als wolle er die Ausführungen Grohners bestätigen. Bei Grohners letztem Satz hatte Gessenbergs Gesicht allerdings eine rötliche Färbung angenommen. Er hatte sich aber unter Kontrolle. Leichthin sagte er: „Tja, so kann man es beschreiben. Rechtsanwalt ist kein Mangelberuf. In einer Kleinstadt wie Werther sind die Reviere weitgehend abgesteckt. Wenn man eine neue Praxis eröffnet, sind die ersten Jahre schwer, sehr schwer."

„Weshalb sind Sie nicht mehr bei De Vries?"

„Es gab gewisse Meinungsverschiedenheiten, irgendwann war die Vertrauensbasis nicht mehr gegeben. Ich habe mich deshalb selbstständig gemacht."

„Hat Johann Possma etwas damit zu tun?"

Gessenbergs Augen verengten sich. „Wie kommen Sie darauf?"

„Machen Sie ihn für Ihren Abstieg verantwortlich?"

Gessenberg schwieg. Er blickte seine beiden Besucher abschätzend an. In ihm arbeitete es. Er wirkte wie ein Vulkan, kurz vor dem Ausbruch.

„Herr Dr. Gessenberg", Korff hatte den akademischen Titel besonders betont, „Sie haben mit Johann Possma zusammengearbeitet. War er Ihnen bei der Abfassung Ihrer Dissertation behilflich?"

Gessenberg stand auf, ging zum Fenster und wandte den beiden Kommissaren den Rücken zu. Er schien über die Tragweite seiner möglichen Antwort nachzudenken, so dass es einige Sekunden dauerte, bis er sich wieder umdrehte. „Ja, er hat mir etwas geholfen und mich dabei reingelegt."

„Fecit Possma?"

Gessenberg ließ sich seine Überraschung nicht anmerken. „Genau. Damit hatte er mich in der Hand."

„Wie viel hat er von Ihnen verlangt?"

„300 Euro pro Monat."

„Und, war Ihnen das zu viel?"

Gessenberg schüttelte den Kopf. „Natürlich nicht. Ich habe mich darauf aber nicht eingelassen, weil er seine Forderungen wahrscheinlich kontinuierlich erhöht hätte. Ich wäre ihm mein Leben lang ausgeliefert gewesen."

„Und, wie hat Herr Possma auf Ihre Weigerung reagiert?"

„Mir gegenüber blieb er freundlich. Er hat aber ein Exemplar der gedruckten Dissertation an De Vries geschickt und darauf verwiesen, dass er mit der Angelegenheit an die Öffentlichkeit gehen werde, sollte De Vries weiter mit mir zusammenarbeiten wollen."

„Wie ist De Vries damit umgegangen?"

Gessenberg lachte verbittert. „Wie sollte er reagieren? Er und seine Partner wollten keinen Skandal. Sie fürchteten um den guten Ruf ihrer

Kanzlei. Sie haben mich gebeten, die Sozietät zu verlassen und haben mir eine kleine Abfindung gezahlt. Ich habe mich davon selbstständig gemacht."

„Und Possma?"

„Possma hat mich irgendwann angerufen und mir kaltschnäuzig gesagt, er würde sich später noch einmal melden, sobald meine Kanzlei in Werther gut liefe. Vielleicht könnten wir dann noch einmal ins Geschäft kommen. Ich hätte sicherlich aus der Angelegenheit gelernt und würde in Zukunft etwas kooperativer sein."

„Haben Sie Johann Possma gehasst?"

„Auch wenn ich mich jetzt verdächtig mache: Ja, ich habe ihn gehasst und habe ihm alles erdenklich Schlechte gewünscht. Wundert Sie das?"

Korff schüttelte den Kopf. „Solche Wünsche sind nicht verboten. Wenn man sie aber in die Tat umsetzt, beginnt unsere Arbeit."

Gessenberg zuckte mit den Schultern. „Sie können mir glauben, ich habe mit Possmas Tod nichts zu tun. Auch wenn ich den Tod dieses Menschen nicht betrauere."

Korff nickte leicht. „Haben Sie neben Herrn Possma noch jemanden aus seinem Kollegenkreis kennengelernt?"

„Ja, ich hatte gelegentlich Gespräche mit Herrn Schmidt."

Korff räusperte sich und blickte seinen Kollegen an. Grohner verstand das Zeichen. Nun wandte er sich an den Rechtsanwalt: „Jetzt kommen wir zur entscheidenden Frage, Herr Dr. Gessenberg. Wo waren Sie in der Nacht von Montag auf Dienstag in der vergangenen Woche?"

Gessenberg schien mit dieser Frage gerechnet zu haben. Er öffnete die Tür zum Vorzimmer und rief halblaut: „Elvira, würdest du bitte einmal zu uns kommen?"

Die Frau aus dem Vorzimmer trat wenige Augenblicke später ein. Sie blickte den Rechtsanwalt fragend an.

Gessenberg nickte der Eintretenden zu und wandte sich an die beiden Kriminalbeamten: „Sie haben meine Frau ja bereits kennengelernt." Er bat seine Frau: „Elvira, würdest du den beiden Herren bitte sagen, wo ich in der Nacht von Montag auf Dienstag vergangener Woche gewesen bin?"

Elvira Gessenberg dachte kurz nach, bevor sie antwortete: „Montag vor einer Woche, ja, natürlich. Wir sind beide zu Hause gewesen, in unserer Wohnung in Bielefeld."

Grohner nickte, als ob er die Aussage bestätigen wollte. „Na sehen Sie, Herr Dr. Gessenberg, es hat ja alles seine Ordnung." Er zögerte. „Gibt es vielleicht noch weitere Zeugen?"

Gessenberg schüttelte den Kopf und versuchte die Situation zu entschärfen: „Leider nicht. Ich bin monogam und pflege die meisten Abende noch allein mit meiner Frau zu verbringen. Wir sind erst seit zwei Jahren verheiratet."

Grohner, Korff und Elvira Gessenberg lachten.

Grohner war aufgestanden und betrachtete zwei an der Wand befestigte Stichwaffen aus der Nähe, bevor er zum Fenster ging und hinaussah. Ohne Gessenberg anzublicken fragte er: „Fechten Sie immer noch?"

„Nein." Gessenberg runzelte die Stirn und machte eine etwas fahrige Handbewegung. „Ich habe es bald nach dem Studium aufgegeben. Mein Beruf hat mir dazu keine Zeit mehr gelassen. Ich trainiere noch gelegentlich im Verein, um nicht ganz aus der Übung zu kommen. Warum interessiert Sie das?"

Grohner ließ die Frage unbeantwortet und deutete auf die beiden Stichwaffen. „Sind das Florette?"

Gessenberg schüttelte den Kopf. „Nein, das sind Degen."

„Worin besteht eigentlich der Unterschied zwischen Degen, Säbel und Florett? Ich habe es nie verstanden, wenn im Fernsehen darüber berichtet wurde."

Gessenberg richtete sich auf. Er schien etwas verwundert über den Themenwechsel zu sein. „Der Degen ist eine Stichwaffe“, dozierte er, „es zählen nur Treffer, die mit der Spitze der Waffe angebracht werden, mit dem Säbel darf man auch schlagen und kann dadurch Treffer erzielen. Außerdem gibt es noch Unterschiede in Bezug auf die Trefferfläche beim Gegner.“

„Gut, Herr Dr. Gessenberg, wir wollen Ihre Zeit nicht länger in Anspruch nehmen. Falls sich für uns noch weitere Fragen ergeben sollten, kommen wir noch einmal vorbei.“

Beim Herausgehen deutete Korff auf die großformatigen Fotos, die an der Wand hinter Gessenbergs Schreibtisch angebracht waren. Sie zeigten unter anderem Gessenberg im Fechtanzug mit zwei anderen Degenfechtern in der typischen Pose der drei Musketiere mit gekreuzten Degen. Gessenbergs Gesicht war verschwitzt, seine Haare klebten an seiner Stirn.

Die Kommissare verabschiedeten sich. Frau Gessenberg geleitete die beiden zur Tür.

Als Korff und Grohner zu ihrem Wagen gingen, verzog Grohner sein Gesicht. „Die Aussage von der Ehefrau war nach meinem Empfinden etwas zu glatt, fast schon einstudiert. Ich bin sicher, dass da irgendetwas nicht stimmt.“

„Du hast Recht, das wirkte wie abgesprochen.

Gessenberg hat ein starkes Motiv. Possma hat seine berufliche Karriere zerstört oder zumindest beschädigt und ihm gedroht, ihn auch weiterhin zu behelligen."

Korff und Grohner standen vor ihrem Auto und blickten auf die Ravensberger Straße. Korff deutete auf das Haus, das sie gerade verlassen hatten: „Die Art der tödlichen Verletzung bei Schmidt könnte von einem Degenstich herrühren, so steht es jedenfalls im Obduktionsbericht."

Grohner nickte. „Germer und seine Leute sollten sich die beiden Degen einmal ansehen und überprüfen, ob die Tatwaffe darunter ist."

„Ja. Hast du Gessenberg auf dem Foto erkannt?"

„Mmh, er scheint sogar der Mannschaftskapitän, oder wie man das im Fechtsport nennt, gewesen zu sein. Jedenfalls hielt er einen Pokal in seinen Händen."

„Glaubst du, dass Schmidt mit einer der beiden Waffen ermordet worden ist?"

Grohner schüttelte den Kopf. „Ausschließen will ich das nicht, die beiden Waffen sind allerdings sehr aufwändig befestigt. Aber wer zwei Waffen besitzt, verfügt ja eventuell noch über eine dritte oder vierte."

„Durchaus möglich." Die beiden Männer blickten sich an.

Grohner schloss die Wagentür auf. „Tja, aber wie können wir ihm den Mord, oder besser: die beiden Morde nachweisen?“

Korff lächelte und schwang sich in das Fahrzeug. „Nach Frederik Schmidt haben wir Gessenberg ja noch nicht befragt. Wir werden ihn also noch einmal aufsuchen müssen.“

***

Das nächste Ziel befand sich in Hillegossen, wo Peter Mertens eine stattliche Villa bewohnte. Der Altbau besaß einen ausgedehnten Vorgarten, dem man ansah, dass für seine Pflege viel Zeit und Energie aufgewendet wurden. Dr. Peter Mertens war Geschäftsführer des Transportunternehmens EuTransLog, das sich nach der Jahrtausendwende europaweit einen Namen gemacht hatte.

Als Korff und Grohner vor dem schmiedeeisernen Tor standen, welches das Haus von der Straße abgrenzte, informierte Korff seinen Kollegen: „Mertens hat eine Doktorarbeit über die Anfänge und die Bedeutung des Markennamens angefertigt.“ Dann drückte er auf die Klingel.

Wenige Augenblicke später ging das Tor auf und die beiden Kriminalbeamten machten sich auf den Weg zur Eingangstür, die von einer dunkelhaarigen, dezent geschminkten, etwa 40-jährigen Frau geöffnet wurde, die eine schwarze Stoffhose und ein silberfarbenes T-Shirt trug. Sie blickte die beiden Männer fragend an.

„Mein Name ist Korff, das ist mein Kollege Grohner." Korff deutete auf seinen Begleiter und zeigte der Frau dabei seinen Dienstausweis. „Wir würden gerne mit Ihrem Mann sprechen."

Die Dunkelhaarige schüttelte leicht den Kopf. „Das geht nicht. Mein Mann befindet sich zurzeit auf einer Geschäftsreise in den USA."

„Seit wann ist er unterwegs?"

Die Frau überlegte kurz. „Er ist am Dienstag letzter Woche geflogen."

„Worum geht es bei der Geschäftsreise?"

Die Frau guckte etwas irritiert, so als ob sie sich fragte, was das die beiden Polizeibeamten, die vor ihr standen, anging. Schließlich bequemte sie sich zu einer Antwort: „Die Firma meines Mannes plant ein geschäftliches Engagement in den USA. Mein Mann und zwei Mitarbeiter erkunden die Lage vor Ort und führen Gespräche mit ortsansässigen Unternehmen zwecks Zusammenarbeit."

„Wann kommt Ihr Mann wieder zurück?"

Frau Mertens hob die Schultern. „Das hängt von den Ergebnissen der Gespräche ab, vermutlich aber am Wochenende."

„Gut. Frau Mertens, Sie können Ihrem Mann ausrichten, dass wir uns Anfang kommender Woche bei ihm melden werden."

Jetzt ging die Frau in die Offensive: „Wollen Sie mir nicht sagen, aus welchem Grund Sie mit meinem Mann sprechen möchten? Sie kommen hier so einfach herein und …"

Grohner schob sich nach vorn. Er lächelte leicht. „Es handelt sich um eine Angelegenheit, die nur Ihren Mann betrifft. Wir können das nur mit Ihrem Mann besprechen. Sie müssen sich aber keine Sorgen machen."

Die beiden Kommissare merkten an der Reaktion der Frau, dass diese durch ihr Auftreten und ihre Erklärungen nicht gerade beruhigt worden war.

***

Als Korff und Grohner wieder in ihrem Wagen saßen und Grohner ihn über die Detmolder Straße Richtung Bielefeld lenkte, sagte er: „Wenn sich herausstellen sollte, dass Mertens wirklich am Dienstag vor einer Woche in die USA geflogen ist, müssen wir ihn von der Liste der Verdächtigen streichen."

„Würde ich auch sagen. Mertens könnte allenfalls die Bremsanlage von Possmas Auto manipuliert haben, für den Mord an Schmidt kommt er nicht in Frage."

Korff zögerte, dann fragte er: „Was aber ist, wenn es sich um zwei Mörder handelt, die sich abgesprochen haben und von denen jeder für einen der beiden Morde ein felsenfestes Alibi besitzt?"

Grohner stöhnte auf. „Daran sollten wir keine Gedanken verschwenden. Solche Täter gibt es hier in Ostwestfalen nicht."

„Dein Wort in Gottes Ohr."

10. Kapitel

Mittwoch, den 16. Mai 2012

In dem Besprechungszimmer herrschte nicht gerade Hochstimmung. Pott blätterte in der Ermittlungsakte und schob sie zur Seite, als Grohner den Konferenzraum betrat und sich rasch auf einen leeren Stuhl setzte. Er wirkte ein wenig gehetzt.

„Entschuldigt bitte, meine Schwiegermutter ist heute Nacht ins Krankenhaus gekommen, meine Frau ist bei ihr und ich musste mich heute Morgen zunächst um die Kinder kümmern."

Korff wusste, dass Grohners Schwiegermutter im vergangenen Jahr bereits zwei leichte Schlaganfälle erlitten hatte. Er sah Grohner fragend an, um mehr über den Zustand seiner Schwiegermutter zu erfahren. Grohner zuckte nur mit den Schultern.

„Gut, fangen wir jetzt an." Pott blickte in die Runde. „Wie ist der aktuelle Stand?"

Jörg Zeinitz ergriff als erster das Wort: „Auf den Listen, die Haubrock und Burscheidt angefertigt haben, befinden sich die Namen von elf Personen. Für drei Personen sind Masterarbeiten angefertigt worden. Von diesen Leuten sind keine Geldbriefe eingegangen. Ich denke, wir können diese Personen zunächst vernachlässigen, zumal sich niemand von ihnen in einer Position befindet, die eine Erpressung lohnenswert erscheinen lässt."

Grohner ergänzte den Bericht: „Dissertationen sind für Janssen, Kentschke, Gessenberg und Mertens sowie für Quester, Öttkamp und Baron von Falkenberg geschrieben worden. Und es gibt noch eine Frau, Brigitte Drugalski." Er schrieb die Namen auf das Flip-Chart.

Zeinitz meldete sich erneut zu Wort und berichtete: „Ich habe vorgestern mit Frau Drugalski und gestern mit Herrn von Falkenberg gesprochen. Beide besitzen handfeste Alibis."

„Was haben Sie über den Baron von Falkenberg erfahren?", wollte Pott wissen, der, wie Korff aus anderen Zusammenhängen bekannt war, Adlige immer noch beeindruckend fand.

„Ich habe von Falkenberg, übrigens ein älterer Herr, pensioniert, so um die Mitte 60, in seiner durchaus bürgerlichen Wohnung in Detmold aufgesucht. Er war sehr freundlich und hat mir erzählt, dass er aus Schlesien stammt und auf der Basis von Familienarchivalien eine Geschichte der Flucht verfasst hat. Diese habe er Possma gezeigt und der habe daraus und aus weiteren Interviews mit anderen Teilnehmern des Trecks eine sozialgeschichtlich angelegte Arbeit gemacht, die höchste Anerkennung gefunden habe. Falkenberg hat damals noch als Justiziar bei einer großen Detmolder Firma gearbeitet, so dass er durchaus in der Lage war, die monatlichen Zahlungen an Possma zu leisten. Nachdem er von dem Fall Guttenberg gehört und gelesen hatte, wollte er nicht ebenfalls in die Schlagzeilen geraten und hat deshalb brav gezahlt."

„Hat er ein Alibi?" Pott blickte Zeinitz fragend an.

Zeinitz nickte. „Ja, sein Alter. Der Baron ist gesundheitlich sehr angeschlagen und zudem gehbehindert. Er kann sich ohne Gehhilfe nur schlecht bewegen." Grohner strich die Namen von Falkenberg und Drugalski durch.

Für einen kurzen Augenblick herrschte Schweigen, das Zeinitz durchbrach, indem er seinen Bericht fortsetzte: „Ich habe auch das Alibi von Kentschke überprüft. Wir müssen auch Kentschke aus dem Kreis der Verdächtigen ausschließen. Janssen dagegen hat kein belastbares Alibi." Grohner versah auch den Namen Kentschke mit einem Strich.

„Das gilt übrigens auch für Gessenberg", warf Grohner ein. Korff ergänzte: „Auch Gessenberg hat kein überzeugendes Alibi, wenn man von der Aussage seiner Frau einmal absieht. Gessenberg ist zudem Fechter, er könnte Schmidt die tödliche Wunde zugefügt haben."

Pott wedelte mit einem Blatt Papier, um die Aufmerksamkeit der anderen auf sich zu ziehen. „Dr. Germer hat übrigens bestätigt, dass Schmidt durch einen Degenstich getötet worden ist. Das heißt doch, dass wir auf einer ganz heißen Spur sind. Wir sollten …“

Korff unterbrach ihn: „Wir sollten zunächst die Liste der Kunden Possmas systematisch weiter durchgehen. Unser Besuch bei Mertens hat ergeben, dass sich Peter Mertens seit gut einer Woche auf Geschäftsreise in den USA befindet. Er ist am 8. Mai abgeflogen. Wenn wir davon ausgehen, dass beide Morde vom selben Täter begangen worden sind, so scheidet Mertens damit ebenfalls aus dem Kreis der Verdächtigen aus.“ Grohner trat wieder zum Flip-Chart und zog einen Strich durch den Namen Mertens.

Pott wies auf das Flip-Chart. „Habt ihr schon etwas über Quester und Öttkamp herausgefunden?“

Zeinitz nickte. „Sven Öttkamp habe ich gestern zusammen mit dem Kollegen Lammers besucht. Öttkamp ist Versicherungskaufmann und war bis Mittwochmittag auf einer Kreuzfahrt in Skandinavien, die er als Prämie für besondere geschäftliche Erfolge gewonnen hatte. Er war vom Tod Possmas nicht sonderlich beeindruckt. Er hat zugegeben, dass ihm Schmidt bei seiner

Dissertation Hilfestellung geleistet hat und dass er von Possma erpresst worden ist. Er hat die von ihm bezahlten Beträge allerdings als ‚Peanuts' bezeichnet. Wilhelm Quester ist Unternehmensberater. Er hat abgestritten, Possma überhaupt zu kennen und besteht darauf, seine Dissertation selbstständig verfasst zu haben. Er konnte auch kein Alibi für die Tatzeiten vorweisen."

„Gut, bleiben also Gessenberg, Janssen und Quester."

Grohner schüttelte den Kopf. „Wir dürfen bei unseren Überlegungen nicht vergessen, dass Haubrock und Burscheidt schon früher aus der Wohnung in der Siegfriedstraße ausgezogen sind und wohl auch nicht zum inneren Kreis der Gruppe gehört haben. Possma und Schmidt scheinen die Köpfe der Gruppe gewesen zu sein. Es ist möglich, dass noch weitere Arbeiten entstanden sind, an denen Haubrock und Burscheidt nicht beteiligt waren und von denen die beiden nichts erfahren haben."

Korff nickte. „Das stimmt. Haubrock hat so etwas angedeutet. Er hat nach seinem Ausscheiden aus der Gruppe noch eine Auftragsarbeit für Possma erledigt."

Pott blickte erneut in die Runde. „Was wissen wir über Gessenberg?"

Grohner berichtete von dem Gespräch mit

Gessenberg. Abschließend sagte er: „Gessenberg hat ein starkes Motiv für die Morde. Er fühlt sich von Possma ausgetrickst. Possma hat ihn, da er nicht zahlen wollte, bei seinen Partnern in der Rechtsanwaltskanzlei denunziert, so dass Gessenberg die Kanzlei verlassen und sich selbstständig machen musste. Das war für ihn ein ziemlicher Abstieg."

Pott ergriff wieder das Wort: „Also Gessenberg?"

Korff zuckte mit den Schultern. „Könnte sein. Allerdings wirkte er auf mich nicht wie ein Mörder. Er hat Possma gehasst und gibt das sogar offen zu. Wir haben es in diesem Fall mit einem intelligenten Mörder zu tun. Es waren keine Morde im Affekt, sondern gut durchdachte und geplante Aktionen. Weshalb sollte sich Gessenberg verdächtig machen, indem er zugibt, Possma gehasst zu haben? Weshalb sollte er uns nach dem Mord an Schmidt durch seine Büroausstattung darauf aufmerksam machen, dass er aktiver Degenfechter war?"

Pott fiel Korff ins Wort: „Deine Gefühle und Empfindungen in allen Ehren, trotzdem sollten wir uns zunächst schwerpunktmäßig mit Gessenberg beschäftigen. Wir sollten Erkundigungen in der Nachbarschaft von Possma und Schmidt einholen, den Nachbarn Fotos von Gessenberg zeigen und nachfragen, ob er in der letzten Zeit in der Gegend gesehen worden ist. Wir müssen herausfinden, was er für ein Auto fährt und ob dieser Wagen in der Nähe der Wohnungen der beiden Opfer gesehen worden ist. Ihr wisst schon …“

Grohner nickte. „Gut, wir kümmern uns darum.“

***

Der strahlend blaue Himmel sorgte bei Korff für eine ausgesprochen gute Laune. Die Temperaturen hatten über Nacht einen weiteren Sprung nach oben getan, der Frühling machte seinem Namen endlich alle Ehre.

Korff stellte seinen Wagen auf dem großen Parkplatz unmittelbar vor der Universität ab und stieg gemeinsam mit Zeinitz die Treppen zum Haupteingang hinauf. Korff hatte sich dazu entschlossen, die von Possma und seinen Partnern „betreuten“ Dissertationen in Augenschein zu nehmen, insbesondere wollte er sich Gessenbergs Arbeit genauer anschauen. Zeinitz, der einige Semester Jura studiert hatte, bevor er in den Polizeidienst eingetreten war, hatte Korff darüber informiert, dass in den Bibliotheken der Universitäten, an denen Dissertationen eingereicht werden, Belegexemplare geführt werden mussten.

In der großen Eingangshalle orientierte sich Zeinitz kurz, dann stieg er, Korff im Schlepptau, eine weitere Treppe hinauf. „Wir müssen in das Informationszentrum“, sagte er.

Am Terminal der Fakultätsbibliothek für Linguistik und Literaturwissenschaft wies ihnen eine freundliche Bibliotheksmitarbeiterin den Weg zum Informationszentrum, wo die beiden von einem Studenten zu den Regalen geführt wurden, in denen die Dissertationen der letzten Jahre aufgestellt waren. Korff und Zeinitz setzten sich an einen Tisch, der sich nahe den Regalen befand. Korff zog die Liste mit den sieben Namen aus der Innentasche seines Jacketts und legte sie auf den Tisch.

„Lass uns mal schauen“, sagte er.

Es dauerte eine Zeitlang, bis Zeinitz zum ersten Male fündig wurde. „Von Schlesien nach Detmold. Eine Sozialgeschichte der Flucht“ hieß die Dissertation von Hanjo von Falkenberg, entstanden im Jahre 2004.

Nach und nach stießen sie auf weitere Arbeiten und legten sie vor sich auf den Tisch. Es waren allesamt keine voluminösen Bücher, die jedoch durch eine Gemeinsamkeit auffielen: Wenn man das Inhaltsverzeichnis aufschlug und den jeweils ersten Buchstaben der verschiedenen Kapitelüberschriften aneinanderreihte, ergaben sich die beiden Wörter „Fecit Possma".

Zeinitz, der in den vier Semestern seines Studiums in die wissenschaftliche Arbeitsweise eingeführt worden war, blätterte in den Vorworten der Dissertationen. „Kein Hinweis auf Possma oder ein anderes Mitglied der Wohngemeinschaft", sagte er. Er hielt Korff das Buch vor die Nase. „Normalerweise bedankt sich der Verfasser für Hinweise oder Unterstützung, die er von anderen erhalten hat."

„Das hätte ich in diesen Fällen aber auch nicht erwartet", entgegnete Korff und grinste.

Mit Ausnahme der Arbeit von Hanjo von Falkenberg waren die Dissertationen in geringer Auflage bei kleinen Verlagen erschienen, die sich auf die Publikation von Dissertationen spezialisiert hatten.

Nach etwa einer Stunde, in der sie die einzelnen Dissertationen einer genaueren Prüfung unterzogen hatten, gab Korff einen lauten Seufzer von sich, der ihm unfreundliche Blicke von anderen Besuchern des Informationszentrums einbrachte.

„Sehr ergiebig war unsere Tätigkeit nicht. Lass uns zurück ins Präsidium fahren." Korff stand auf. Er war unzufrieden, da er sich von dem Besuch in der Universität mehr erhofft hatte.

Noch bevor sie die Ausgangstür des Informationszentrums passiert hatten, kam Korff eine Idee, die ihn unterschwellig bereits seit einiger Zeit beschäftigt hatte. Er drehte sich zu Zeinitz um. „Kannst du mir die Dissertation von Theodor Dröge heraussuchen?"

Zeinitz blickte Korff überrascht an: „Theodor Dröge, das ist doch der Leiter des Busche-Münch-Gymnasiums in Spenge, oder?"

„Ja."

Zeinitz zuckte mit den Schultern. „Wenn Dröge nicht in Bielefeld promoviert hat, ist es eher unwahrscheinlich, dass die Unibibliothek ein Exemplar seiner Dissertation besitzt."

Sie gingen zurück. Zeinitz setzte sich an einen der Recherchecomputer, die im Informationszentrum aufgestellt waren. Nach weniger als einer Minute verkündete er: „Ein Exemplar von Dröges Dissertation muss sich hier im Informationszentrum befinden. Das bedeutet, dass …"

„Dass die Dissertation wahrscheinlich hier in Bielefeld entstanden ist", vollendete Korff den Satz.

Zeinitz nickte, stand auf und ging suchend an den Regalen entlang. Er fand die Dissertation sehr rasch. Das blau broschierte Buch trug den Titel „Reproduktion und Produktion sozialer Ungleichheit. Der Faktor Bildung".

Zeinitz reichte das Buch an Korff weiter. Korff schlug das Buch auf. Erstaunt erblickte er das Publikationsjahr. Die Dissertation war im Jahre 2010 gedruckt worden.

„Ich wusste gar nicht, dass Dröge erst vor zwei Jahren promoviert hat. Ein umtriebiger Mann." Korff war beeindruckt. Doch plötzlich konkretisierte sich der Verdacht.

„Lass mal schauen." Korff blätterte bis zum das Inhaltsverzeichnis der Arbeit. Das erste Kapitel hieß „Fragiles Ungleichgewicht: Vermögensverteilung in Deutschland", das zweite Kapitel lautete: „Erbschaften – unverdientes Vermögen?" Korff las die weiteren Kapitelüberschriften. Dann nickte er bedächtig. Fügte man die ersten Buchstaben der Kapitelüberschriften aneinander, so ergaben sich auch bei dieser Dissertation die Wörter „Fecit Possma".

Korff nahm das Buch und ging zur Tür. Zeinitz folgte ihm. Als sie vor dem Ausleiheterminal standen, drehte sich Korff zu seinem Kollegen um. „Können wir das Buch ausleihen?"

„Ja sicher, ich habe noch meinen alten Bibliotheksausweis." Zeinitz tippte auf seine Gesäßtasche.

„Gut." Korff reichte ihm das Buch.

Zeinitz kramte seinen Bibliotheksausweis hervor und erledigte die Formalitäten.

„Lass uns noch einen Kaffee trinken“, schlug Korff vor, als sie vor dem Eingang der Bibliothek standen.

„Was ist los mit dir?“ Zeinitz blickte Korff forschend an. „Du bist gedanklich etwas abwesend, oder?“

„Es könnte sein, dass wir den Fall soeben gelöst haben.“

„Du meinst, Dröge hat die Morde begangen?“

„Ja. Die einzelnen Puzzleteile könnten zusammenpassen.“

Die beiden gingen die Treppe hinunter und strebten der Cafeteria zu. An der Theke entschied sich Korff für ein Stück Mohnkuchen und einen Kaffee, Zeinitz nahm ein belegtes Brötchen zum Kaffee. Sie fanden einen Tisch am Fenster, von wo sie einen Blick auf den Eingangsbereich der Universität hatten. Jenseits der Straße waren die Parkdecks zu erkennen.

Nachdem er einen Schluck Kaffee getrunken und einmal von seinem Brötchen abgebissen hatte, fragte Zeinitz: „Und du glaubst, dass Dröge unser Mann ist?“

Korff nickte. „Ja, zumindest spricht nichts dagegen.“

„Hm, dass nichts dagegen spricht, ist aber keine tragfähige Beweisgrundlage.“ Zeinitz blieb skeptisch.

„Dröge hatte ein Motiv. Er hat sich eine Dissertation anfertigen lassen, um Karriere zu machen. Als Schulleiter muss man nicht promoviert sein. Wenn man allerdings Minister werden will, kann das schon hilfreich sein. Dann taucht Possma plötzlich als Lehrer an seiner Schule auf und erpresst ihn."

Zeinitz runzelte die Stirn. „Woher willst du wissen, dass Possma Dröge erpresst hat? Wir haben dafür keine Beweise. Wir haben keinen Umschlag mit dem Kürzel TD gefunden."

„Ich gehe einmal davon aus. Dass wir keinen Umschlag von Dröge gefunden haben, kann auch ein Beweis dafür sein, dass Dröge wusste, dass er keinen Umschlag mehr zu schicken brauchte, weil Possma tot war beziehungsweise sterben würde."

Korff trank einen Schluck Kaffee, überlegte einen weiteren Augenblick und entwickelte seine Gedanken weiter: „Possma stellt Dröges Autorität in der Schule in Frage. Ein Lehrer hat von einem etwas lauteren Gespräch zwischen Dröge und Possma am Montagvormittag, das heißt am Tag vor Possmas Unfall, berichtet. Dröge will hoch hinaus. Er kann das nicht, wenn er immer in Gefahr schwebt, von Possma enttarnt zu werden. Wir haben bei Minister Guttenberg gesehen, dass eine politische Karriere in einem solchen Fall schnell beendet ist. Also musste Dröge eine Entscheidung treffen. Und er hat sie getroffen."

„Was ist mit dem Mord an Schmidt?"

„Dröge wird gewusst oder gemerkt haben, dass Schmidt ebenfalls über seine falsche Doktorarbeit informiert war. Deshalb hat er auch ihn aus dem Weg geräumt."

„Und was ist mit Haubrock und Burscheidt?"

„Die hat Dröge nicht kennengelernt, die waren offenbar bereits aus der Wohnung in der Siegfriedstraße ausgezogen, als Dröge Kontakt zu Possma aufgenommen hat."

„Ja, so könnte es gewesen sein."

Sie schwiegen einen Augenblick, bis Zeinitz, inzwischen halbwegs überzeugt, zum eigentlichen Punkt kam. „Nehmen wir mal an, deine Vermutung stimmt. Wie können wir Dröge die Morde nachweisen?"

Korff nahm einen weiteren Schluck Kaffee. „Das ist das Problem. Wir haben einen Fußabdruck, Größe 46. Der könnte von Dröge stammen. Dröge ist größer als 1,90 m, er wird dementsprechend große Füße haben. Wir haben Fingerabdrücke am Unfallwagen und unter dem Holm auf der Fahrerseite Abdrücke von einem Wagenheber. Wenn wir den dazu passenden Wagenheber finden, sind wir schon ein Stück weiter.

Vielleicht passen Fingerabdrücke in Schmidts Wohnung zu Dröge."

Zeinitz schob sich den Rest des Brötchens in den Mund. Nach einigen hastigen Kaubewegungen fragte er: „Und der Mord an Schmidt? Ist Dröge ebenfalls Degenfechter?"

„Das müssen wir herausfinden. Haubrock hat gesagt, dass die Gruppe ihre Klienten durch Mund-zu-Mund-Propaganda bekommen hat. Vielleicht ist Dröge ja von Gessenberg an Possma verwiesen worden. Wir werden Gessenberg fragen. Dröge und Possma müssen sich ja bereits gekannt haben, bevor Possma seine Arbeit am Busche-Münch-Gymnasium aufgenommen hat."

***

Pott war von dem Kurswechsel in den Ermittlungen nicht gerade erbaut. Korff hatte die kleine Runde, die sich im Besprechungszimmer versammelt hatte, über seine neuen Erkenntnisse und die damit verbundene neue Täterhypothese informiert.

„Das ist mir zu spekulativ." Pott schüttelte den Kopf. „Wir haben nicht den geringsten Beweis für Dröges Täterschaft. Dröge ist hier in Bielefeld ein angesehener Kommunalpolitiker. Es wird eine Menge Staub aufwirbeln, wenn wir ihn des

Mordes verdächtigen, ohne ihm die Tat nachweisen zu können."

„Ich habe vor unserer Sitzung mit Rechtsanwalt Gessenberg telefoniert. Er kennt Dröge aus seinem Fechtclub. Ich will damit sagen: Auch Dröge kann mit einem Degen umgehen. Gessenberg hat Dröge im Jahre 2009 an Possma verwiesen. Damals wurde Gessenberg von Possma noch nicht erpresst."

„Hm." Pott war etwas irritiert. „Dennoch haben wir keine hinreichenden Beweise." Der Kriminaloberrat wandte sich an Grohner: „Haben wir schon neue Erkenntnisse über Gessenberg?"

„Bislang nicht. Wir haben niemanden ausfindig machen können, der Gessenbergs Auto in der Nähe der Wohnungen von Possma oder Schmidt gesehen hat, geschweige denn Gessenberg selbst." Nach einer kurzen Pause ergänzte er: „Gessenbergs Finanzen sind nicht bedrohlich schlecht. Er kommt finanziell zurecht."

Pott war unschlüssig. Er stand auf, ging zum Fenster und blickte hinaus. Er schien verschiedene Dinge abzuwägen. Nach einiger Zeit wandte er sich wieder Korff zu: „Was schlägst du vor?"

„Dröge fährt einen Volvo V70. Weber und die Kollegen von der Spurensicherung sollen einmal überprüfen, ob der serienmäßige Volvo-Wagenheber die Druckstellen unter Possmas Porsche verursacht haben kann. Wenn das zusammenpasst, sind wir schon einen Schritt weiter und können Dröge um seine Fingerabdrücke bitten. Und wenn seine Fingerabdrücke mit den Fingerabdrücken am Porsche übereinstimmen, dürfte es doch für eine Hausdurchsuchung reichen, oder?"

„Gut, einverstanden." Pott gab sich geschlagen. „Aber bis dahin: absolute Diskretion!"

„Natürlich."

***

Es dämmerte bereits, als Korff Westerenger erreichte. Karin Herzog wohnte in einer Doppelhaushälfte unweit der Kirche. Als die Schulsekretärin die Haustür öffnete und Korff erblickte, war sie einen Augenblick irritiert.

Korff lächelte freundlich und versuchte die Situation zu entspannen. „Frau Herzog, Sie müssen nicht erschrecken, weil ich Sie zu Hause aufsuche. Ich habe lediglich einige Fragen an Sie, die sich erst im Laufe des Tages ergeben haben."

Karin Herzog öffnete die Tür ganz. „Kommen Sie bitte herein."

Sie führte Korff in ein geschmackvoll eingerichtetes Wohnzimmer, in dem ihr Mann saß und in der Tageszeitung las. Die großen Fenster, die bis auf den Fußboden reichten, machten den

Raum hell. Große Zimmerpflanzen sorgten für eine wohnliche Atmosphäre.

Karin Herzog stellte die beiden Männer einander vor. Dann sagte sie zu Korff: „Nehmen Sie doch bitte Platz."

Korff setzte sich. Da der Ehemann keinerlei Anstalten machte, das Wohnzimmer zu verlassen, überlegte Korff einen Augenblick, ob er darum bitten sollte, das Gespräch mit Karin Herzog alleine zu führen, verwarf den Gedanken aber, weil sie ihrem Mann hinterher ohnehin von dem Verlauf der Unterhaltung berichten würde.

„Frau Herzog, ich habe noch einige Fragen zu Herrn Possma und zu Ihrer Arbeit in der Schule." Korff legte eine Pause ein. Er wollte mit einigen allgemeinen Fragen beginnen, ohne sofort mit der Tür ins Haus zu fallen. „Es kommt darauf an, dass Sie mir wahrheitsgemäß und ausführlich antworten."

Karin Herzog nickte.

„Seit wann arbeiten Sie als Schulsekretärin?"

„Seit etwa einem halben Jahr."

„Wie stellt sich für Sie die Zusammenarbeit mit Schulleiter Dr. Dröge dar?"

„Gut, sehr gut. Herr Dr. Dröge ist ein angenehmer Chef, sehr vorausschauend, menschlich und höflich. Er hat mir gestern zu meinem Geburtstag sogar eine CD geschenkt."

Sie deutete auf eine hellblaue CD mit dem Titel „*Brothers in Arms*“ von der Band *Dire Straits*, die auf dem Wohnzimmertisch lag. „Ich hatte Herrn Dr. Dröge gegenüber einmal erwähnt, dass ich die Musik von *Dire Straits* sehr mag.“

„Ich möchte mir die CD-Hülle einmal ausleihen. Sie bekommen Sie in ein paar Tagen wieder zurück.“

Karin Herzog blickte etwas verwundert und wollte nach der CD greifen, um sie Korff zu übergeben.

„Warten Sie.“

Korff zog eine Plastiktüte aus seiner Jacketttasche und verstaute die CD-Hülle in der Tüte, ohne die Hülle mit den Händen zu berühren. „Welches Bild haben Sie von Herrn Possma gewonnen?“, fragte er dabei.

Karin Herzog überlegte kurz und sagte: „Ich hatte ja nur ein halbes Jahr lang mit ihm zu tun. Er wirkte auf mich sehr jugendlich, obwohl er schon gut 30 Jahre alt und damit nur wenig jünger war als ich. Ich hatte den Eindruck, dass er das Leben leicht nahm. Er scherzte und lachte viel und mokierte sich ständig über bestimmte Kollegen, aber auf eine liebenswürdige Art.“

Korff machte sich Notizen. Karin Herzogs Mann saß in seinem Sessel und verfolgte das Gespräch ohne irgendeine Regung.

„Frau Herzog, können Sie sich an ein Gespräch erinnern, das am Montag, dem 7. Mai, dem Tag vor Herrn Possmas tödlichem Unfall, zwischen Herrn Dr. Dröge und Herrn Possma stattgefunden hat?"

Karin Herzog zögerte. „Ich weiß nur, dass Herr Possma bei Herrn Dr. Dröge war und dass die beiden sich unterhalten haben. Worum es dabei ging, kann ich nicht sagen. Das Gespräch fand ja im Büro von Herrn Dr. Dröge statt."

Korff blickte Karin Herzog mit ernster Miene an. „Ich habe gehört, dass es zeitweise sehr laut gewesen sein soll. Herr Dr. Dröge soll sich mit Herrn Possma gestritten haben."

Es schien Karin Herzog nicht angenehm zu sein, darüber zu reden. Erst nach einer Weile sagte sie: „Das stimmt. Ich konnte Herrn Dr. Dröges Stimme im Sekretariat hören. Als Herr Possma den Raum verlies, sagte er noch zu Herrn Dr. Dröge: ‚Sie wissen genau, dass Sie damit nicht durchkommen werden'. Dabei hat er mich freundlich angelächelt."

„Wissen Sie noch, was Herr Dr. Dröge laut gesagt hat?"

„Nein, es waren ja nur Satzfetzen, das Wort ‚niederträchtig' ist aber gefallen."

Korff ergänzte seine Notizen. Danach erhob er sich. „Frau Herzog, ich muss Sie bitten, über unser heutiges Gespräch absolutes Stillschweigen zu bewahren, insbesondere gegenüber Herrn Dr. Dröge. Sie gefährden sonst laufende Ermittlungen."

Karin Herzog nickte und begleitete Korff zur Tür. Der Ehemann verabschiedete sich von Korff mit einem leichten Nicken, als der Kommissar den Raum verließ.

***

Als Korff wieder im Präsidium eintraf, wurde er bereits von Grohner ungeduldig erwartet. „Hermann Dreyer hat eben angerufen. Sie haben einen Volvo V70-Wagenheber ausprobiert. Die Abdrücke des Wagenhebers und die Spuren am Holm von Possmas Porsche passen zusammen", berichtete der Kollege euphorisch. „Das dürfte der Durchbruch sein."

Korff nickte. Auf dieses Ergebnis hatte er gehofft. Die Puzzleteile schienen ineinanderzugreifen. An Grohner gewandt sagte er: „Ich besuche Hermann Dreyer, ich habe noch etwas für ihn."

Dreyer war in seinem Labor. Er stand vor einem der Arbeitstische und untersuchte ein Brillenetui. Er hatte Korffs Eintreten nicht bemerkt.

„Hallo Hermann, der Volvo-Wagenheber passt also zu den Spuren am Porsche?"

Hermann Dreyer drehte sich überrascht um. Er blickte Korff freundlich an. Er war guter Laune. „Ja, wie der Deckel auf den Topf. Der Porsche ist unzweifelhaft mit einem Wagenheber aus einem V70 angehoben worden."

Korff wedelte mit der Plastiktüte, die die von Karin Herzog ausgeliehene CD-Hülle enthielt. „Ich habe hier eine CD-Hülle. Bitte sichere die auf der Hülle enthaltenen Fingerabdrücke und vergleiche sie mit den Abdrücken, die wir an Possmas Porsche gefunden haben."

Dreyers Gesicht bekam einen füchsischen Ausdruck. Seine Augen funkelten. „Aha, ihr seid also auf einer heißen Spur?"

Korff nickte. Er deutete auf die CD-Hülle. „Könnte sein, hängt stark von deinen Untersuchungsergebnissen ab."

„Gut, lass mir die Hülle hier, ich rufe dich in etwa einer Stunde an." Dreyer wandte sich erneut seinem Brillenetui zu. „Hiermit bin ich gleich fertig."

„Bis gleich." Korff verließ das Labor und ging raschen Schrittes in sein Büro, wo er Grohner über den Besuch bei Karin Herzog informierte.

Es dauerte nur etwa 40 Minuten, bis Dreyer anrief. „Klaus, du weißt, dass die beiden Abdrücke, die wir am Porsche gefunden haben, nicht vollständig sind", begann er, „ich konnte also keinen hieb- und stichfesten Vergleich anstellen."

„Ist mir bekannt. Hast du trotzdem etwas herausgefunden?" Korff versuchte seine Ungeduld zu verbergen. Dreyer konnte manchmal etwas umständlich sein.

„Ja, ich konnte die unvollständigen Abdrücke am Auto mit einem der Abdrücke auf der CD-Hülle vergleichen. Es spricht vieles dafür, dass sie von ein und derselben Person stammen. Hundertprozentige Sicherheit kann ich aber nicht garantieren."

Korff atmete tief durch. „Ich danke dir, Hermann."

Er legte auf. Danach berichtete er Grohner von dem Fingerabdruckvergleich. Abschließend sagte er: „Ich gehe jetzt zu Pott, der soll einen Haftbefehl gegen Dröge erwirken."

11. Kapitel

Donnerstag, den 17. Mai 2012

Die Verhaftung Dröges vollzog sich wenig spektakulär. Pott hatte sich anfangs etwas gewunden, letztendlich aber noch am Vorabend bei der Staatsanwaltschaft einen Haftbefehl für Dröge und einen Durchsuchungsbeschluss für dessen Wohnung beantragt und auch erhalten.

Am frühen Morgen fuhren zwei Polizeifahrzeuge und der Kleintransporter der Spurensicherung in Brake in der Grafenheider Straße vor, wo Dröge zusammen mit seiner Frau ein Einfamilienhaus bewohnte. Korff und Grohner klingelten an der Haustür. Als Dröge öffnete, erklärte Korff, nachdem er ihn nach allen Regeln der Kunst über seine Rechte als Beschuldigter aufgeklärt hatte, dem überraschten Schulleiter: „Herr Dr. Dröge, wir nehmen Sie hiermit wegen Mordes an Johann Possma und Frederik Schmidt fest."

Dröge, bereits ausgehfertig angezogen, erstarrte. „Diese Anschuldigung ist abstrus", stieß er hervor. „Ich muss gleich zu wichtigen Gesprächen nach Düsseldorf. Ich weiß nicht, ob Sie der Ministerpräsidentin gegenüber verantworten können, wenn ich dort nicht erscheine." Als er in Korffs abweisendes Gesicht blickte, setzte er nach: „Wissen Sie, woran mich diese Aktion erinnert? Ich will es Ihnen sagen. Das sind Gestapo-Methoden. Im Dritten Reich hat man Regimegegner auch auf diese Art und Weise inhaftiert."

Von Dröges ruhiger und überlegener Art war nichts mehr zu spüren. Hier kämpfte ein Mann um seine bürgerliche Existenz. Korff spürte, dass seine Abneigung gegen Dröge wuchs.

„Herr Dr. Dröge, ich muss darauf bestehen, dass Sie uns begleiten." Er fasste Dröge am Unterarm, legte ihm die Handschellen an und übergab ihn den beiden uniformierten Beamten, die ihn und Grohner zur Haustür begleitet hatten.

Hinter Korff und Grohner betraten die Männer der Spurensicherung das Haus. Die Ehefrau des Schulleiters, noch mit einem Morgenmantel bekleidet, war völlig perplex. Nachdem sie sich von der Rechtmäßigkeit des Durchsuchungsbeschlusses überzeugt hatte, ging sie ins Wohnzimmer, wo sie sich auf das Sofa setzte, den Fernseher einschaltete und mit steinerner Miene jegliches Gespräch mit den Polizeibeamten verweigerte.

***

Nach der Verhaftung Dröges zogen sich Korff und Grohner in ihr Büro zurück, um eine Strategie für die anstehende Vernehmung zu entwickeln, die auf 14:00 Uhr angesetzt worden war.

Da Dröge jegliches Gespräch ohne Rechtsbeistand verweigert hatte, war sein Rechtsanwalt benachrichtigt worden. Dr. Langemeier, ein in Bielefeld bekannter und geschätzter Anwalt, der sich bereits in mehreren Mordprozessen gut geschlagen hatte, war um 12:00 Uhr im Präsidium eingetroffen, um sich mit Dröge zu beraten.

Kurz vor 14:00 Uhr erhielt Korff einen Anruf von Hermann Dreyer. „Klaus, das dürfte dich interessieren“, begann Dreyer ohne große Umschweife. „Wir haben in Dröges Keller zwei Stichwaffen gefunden. Wir müssen allerdings noch genauer untersuchen, ob mit einer der Waffen der Mord an Schmidt begangen worden ist.“

„Gut. Wie weit seid Ihr mit den Faserresten, die ihr im Garten von Schmidt gefunden habt?“

„Die analysieren wir noch. Das kann aber noch etwas dauern. Dröge ist, was Kleidung anbelangt, bestens ausgestattet.“

„Habt ihr den Wagenheber aus Dröges Volvo sichergestellt?“

„Natürlich. Ist bereits hier im Labor. Der Wagenheber befand sich in einem Leinenbeutel lose im Kofferraum des Volvo.“

„Das scheint ja darauf hinzudeuten, dass der Wagenheber vor kurzem benutzt worden ist.“

„Ja, das sehe ich auch so."

Korff blickte auf seine Armbanduhr. „Wir beginnen gleich mit der Vernehmung von Dröge. Wann erhalten wir die genauen Untersuchungsergebnisse?"

Dreyer zögerte. „Heute sicher nicht mehr. Ich verspreche dir aber, dass du die Ergebnisse morgen hast. Wir arbeiten mit Hochdruck daran."

„In Ordnung. Erstmal vielen Dank."

Korff legte auf.

***

Als Dröge von zwei uniformierten Beamten und in Begleitung seines Rechtsanwaltes in den Vernehmungsraum gebracht wurde, hatten Korff und Grohner bereits ihre Plätze eingenommen. Die Kommissare kannten den korpulenten, kurzatmigen, etwa 50-jährigen Mann, der gemeinsam mit Dröge den Vernehmungsraum betrat.

Nachdem Korff das Aufnahmegerät eingeschaltet hatte, belehrte er Dröge ausführlich über seine Rechte. Danach folgten Dröges Aussagen zur Person.

Nachdem die Formalitäten erledigt waren, fragte Korff: „Herr Dr. Dröge, seit wann führen Sie Ihren Doktortitel?"

„Seit Oktober 2010."

„Wo haben Sie Ihren Titel erworben?“

„An der Universität Bielefeld, Fakultät für Soziologie.“ Dröges Antworten waren knapp und beschränkten sich auf das Notwendigste.

„Herr Dr. Dröge, seit wann kennen Sie Herrn Possma?“

Dröge blickte seinen Rechtsanwalt an und zögerte mit der Antwort. Bereits an der jetzt ausstehenden Antwort würde die zwischen Dröge und seinem Rechtsanwalt abgesprochene Verteidigungslinie zu erkennen sein. War Dröge zu einem Geständnis und zur Kooperation bereit oder würde er die Tat immer noch leugnen? Korff und Grohner wussten aus Erfahrung, dass die meisten Täter entweder beim ersten Verhör gestanden oder bis zuletzt darum kämpften, ihre Schuld nicht eingestehen zu müssen.

Dröge räusperte sich. „Herr Possma hat sich in der ersten Hälfte des Jahres 2010 auf eine Studienratsstelle an meiner Schule beworben.“ Dröges Antwort verriet, dass er nicht bereit war, kampflos zu kapitulieren.

„Und da haben Sie ihn zum ersten Mal gesehen?“

Dröge nickte.

„Und Sie haben sich für Herrn Possma entschieden, weil er der qualifizierteste Bewerber war?“

„Das war die Meinung der gesamten Auswahlkommission."

„Ihr Stellvertreter, Herr Lieber, hatte aber Bedenken, weil Herr Possma sehr lange studiert hatte. Er glaubte, dass ein solcher Langzeitstudent vielleicht nicht für den Schuldienst geeignet sei."

„Diese Bedenken hatte ich zuerst auch, aber das Auswahlgespräch mit Herrn Possma hat gezeigt, dass Herr Possma wirklich ein Gewinn für unsere Schule sein würde."

Korff griff in seine Aktentasche, die er neben seinem Stuhl abgestellt hatte. Er holte ein Buch mit blauem Einband hervor und legte es auf den Tisch. Das Buch trug den Titel „Reproduktion und Produktion sozialer Ungleichheit: Der Faktor Bildung". Auf der Titelseite wurde Theodor Dröge als Verfasser genannt.

„Kennen Sie dieses Buch?"

„Ja, natürlich, es ist ein Exemplar meiner Dissertation."

„Ich habe dieses Buch aus der Uni-Bibliothek." Korff schlug das Inhaltsverzeichnis der Dissertation auf, so dass Dröge und sein Rechtsanwalt Einblick nehmen konnten. Korff hatte jeweils den ersten Buchstaben der ersten elf Kapitel mit einem gelben Textmarker gekennzeichnet.

„Sie wissen, welche beiden Wörter diese Buchstaben ergeben?"

Dröge verneinte.

„Fecit Possma“, sagte Grohner und malte dabei die elf Anfangsbuchstaben auf einen Zettel. „Und Sie wollen uns hier weismachen, dass Sie Herrn Possma erst im April oder Mai des Jahres 2010 zum ersten Mal gesehen haben?“

Dröge schwieg. Rechtsanwalt Dr. Langemeier blickte Dröge vorwurfsvoll an. Dieser hatte ihn wahrscheinlich nicht darüber informiert, dass er Possma bereits wesentlich früher kennengelernt hatte. Das machte ihre Verteidigungslinie noch schwieriger.

Korff zog weitere Bücher aus der Tasche. „Diese Dissertationen stammen von früheren Klienten Herrn Possmas. Auch sie tragen die Markierung ‚Fecit Possma‘, genau wie Ihre Arbeit.“ Er wartete ab und ließ dabei seinen Blick zwischen Dröge und Langemeier wandern, die beide beunruhigt schienen. „Die Verfasser dieser Dissertationen haben zugegeben, dass sie von Herrn Possma erpresst worden sind. Sie haben jeden Monat brav gezahlt und damit verhindert, dass ihre Täuschungen aufgeflogen sind. Possma war nicht unverschämt, er hat moderate Forderungen gestellt, die den Erpressten nicht wirklich wehgetan haben.“

„Wir fragen uns“, übernahm Grohner den Gesprächsfaden, „weshalb Possma ausgerechnet Sie nicht erpresst haben sollte.“

Dröge schwieg. Dr. Langemeier schaltete sich ein. „Herr Dr. Dröge wird jetzt keine weiteren Aussagen mehr machen. Ich möchte mich zuvor mit meinem Mandanten beraten."

Korff schob seinen Stuhl zurück. „Gut, brechen wir an dieser Stelle unsere Befragung ab. Wir setzen sie heute um 16:00 Uhr fort. Ist das in Ihrem Sinne?"

Langemeier nickte.

***

Korff beugte sich vor und wollte gerade nach seinem Kaffeebecher greifen, als Pott hereinkam. Pott machte einen zufriedenen, ausgeglichenen Eindruck. Offenbar war er froh, dass der Fall aufgeklärt war und er nun mit diesem Erfolg seine neue Tätigkeit aufnehmen konnte, irgendwo weiter oben, im Dunstkreis des Polizeipräsidenten.

„Wie sieht's aus?"

Grohner zuckte mit den Schultern. „Schwer zu sagen. Wir haben auf Wunsch des Anwalts die Vernehmung unterbrochen, gleich um 16:00 Uhr geht's weiter."

„Hat Dröge gestanden?"

„Ich glaube, davon ist er noch weit entfernt." Korff berichtete kurz über den bisherigen Verlauf des Verhörs. „Ich bin gespannt, wie es gleich weitergeht", schloss er.

Pott rieb seinen Daumen gegen die Unterlippe. „Unsere Beweislage reicht doch aus, oder? Es wäre eine Katastrophe, wenn wir Dröge wieder freilassen müssten."

‚Vor allem für dich', dachte Korff. ‚Ein solcher Fehlschlag wäre keine gute Eintrittskarte für die obere Etage'. Laut sagte er: „Mach dir keine Sorgen, Paul-Heinrich. Wir warten nur noch auf den Laborbericht."

***

Dr. Langemeier ergriff als Erster das Wort. „Herr Dr. Dröge möchte seine Aussage von heute Morgen insoweit korrigieren, als dass er Herrn Possma bereits Ende des Jahres 2008 kennengelernt hat und sich von ihm bei der Abfassung seiner Dissertation hat beraten lassen."

Korff entgegnete: „Die Formulierung ‚beraten lassen' ist nicht ganz richtig. Wir haben von Herrn Haubrock das Manuskript einer Gliederung erhalten, die für einen wesentlichen Teil von Herrn Dröges Dissertation Pate gestanden hat."

Dröge schwieg.

Jetzt wandte sich Grohner an Dröge und setzte nach: „Räumen Sie ein, dass Sie von Herrn Possma erpresst worden sind?"

Dröge schüttelte den Kopf. Er schien seine Selbstsicherheit wiedererlangt zu haben. „Nein, jedenfalls nicht in dem Sinne, wie Sie es mir heute Morgen unterstellt haben." Er hielt kurz inne und fuhr dann fort: „Herr Possma hat mich lediglich genötigt, ihn einzustellen. Geld ist von meiner Seite an ihn nicht gezahlt worden."

„Erzählen Sie das etwas genauer."

„Nun ja, Possma wollte die Stelle unbedingt haben. Die Auswahlkommission war ein wenig skeptisch wegen seiner langen Studienzeit. Ich selber wollte ihn eigentlich nicht an der Schule, weil ich befürchtete, dass er mir im alltäglichen Schulleben Schwierigkeiten bereiten könnte." Dröge blickte Langemeier an. „Possma war aber nun einmal der beste Bewerber. Wir konnten ihn nicht ignorieren."

„Und Sie haben sich in der anschließenden Beratung für Possma ausgesprochen? Ich gehe davon aus, dass Ihre Stimme den Ausschlag gegeben hat."

„Ja, aber ich hatte keinen Spielraum, weil Possma wirklich einen glänzenden Eindruck bei uns hinterlassen hatte."

„Geld haben Sie ihm nicht geschickt?"

„Nein, das sagte ich ja bereits."

Langemeier meldete sich zu Wort. „Wenn sich Ihre Verhaftung nur auf den hier zur Sprache gekommenen Sachverhalt stützt, dann sollten Sie langsam einsehen, dass Sie damit vor Gericht nicht durchkommen werden. Ich werde, wenn ich dieses Zimmer verlassen habe, sofort die Aufhebung des Haftbefehls beantragen."

‚Starke Worte', dachte Korff, ‚letztlich aber nur bloßes Imponiergehabe vor seinem Mandanten.'

Grohner fühlte sich durch die Worte des Rechtsanwaltes provoziert. „Soweit sind wir noch nicht. Sie kennen doch auch die Beweislage, oder?"

„Eben." Langemeier verzog sein Gesicht zu einem selbstsicheren Lächeln.

Korff wandte sich wieder an Dröge. „Sie haben es ja gerade angedeutet: Herr Possma bedeutete für Sie und Ihre Position an der Schule eine gewisse Gefahr. Er war sicherlich ein guter Lehrer, war aber chronisch unpünktlich und stellte damit die Disziplin in Frage. Nach seiner Auseinandersetzung mit Ihrem Stellvertreter Lieber am Freitag hatten Sie Herrn Possma für den darauffolgenden Montag, das heißt einen Tag vor seinem tödlichen Unfall, zu einem Gespräch bestellt. Dabei soll es etwas lauter geworden sein, wie Ihre Sekretärin Frau Herzog ausgesagt hat. Herr Possma hat sich von Ihnen nichts sagen lassen, offenbar auch nicht, als Sie die Liebesbeziehung zwischen ihm und dem Schüler Gerold Falter zur Sprache gebracht haben. Denn er hatte Sie in der Hand. Sie konnten die ständigen Regelverletzungen durch Herrn Possma nicht mehr dulden und mussten das nun endlich beenden, auch um Ihre politischen Ambitionen nicht zu gefährden. Immerhin wollen Sie nach Düsseldorf ins Ministerium, nicht wahr?"

„Das ist doch lächerlich."

Langemeier sprang seinem Mandanten bei: „Das sind bloße Unterstellungen, unhaltbare Vermutungen, aber keine gerichtsverwertbaren Beweise. Das ist ein sehr dünnes Eis, auf dem Sie sich bewegen."

„Vielleicht ist dieses Eis ein wenig dicker." Korff griff in seine Aktentasche und legte ein Porsche-Handbuch auf den Tisch. „Daran befinden sich Herrn Dröges Fingerabdrücke. Wir haben das Buch in seiner Wohnung gefunden. So ein Handbuch enthält auch genaue Angaben zum Bremssystem des Autos."

„Nein, das Eis bleibt dünn." Langemeier schüttelte den Kopf, so als wolle er sich über die Arbeit der Polizei mokieren. „Herr Dröge trägt sich bereits seit längerer Zeit mit dem Gedanken, sich einen neuen Wagen, einen Porsche, zu kaufen. Er hat sich deshalb das Handbuch angeschafft, weil er sich für die technische Ausstattung des Autos interessiert."

„Zufälle gibt's. Also ein Porsche soll es sein? Und damit wollen Sie nach Düsseldorf fahren?" Grohners Ironie ließ Dröge unbeeindruckt. Er verzog keine Miene.

„Wie erklären Sie sich, dass wir an Herrn Possmas Porsche unterhalb der Fahrertür Fingerabdrücke von Herrn Dr. Dröge gefunden haben?"

Langemeier schaltete sich wieder ein. „Herr Dr. Dröge kann erklären, wie seine Fingerabdrücke an Herrn Possmas Auto gekommen sind."

Dröge nickte und erklärte: „Ich habe am letzten Montag gemeinsam mit Herrn Possma die Schule verlassen. Dabei haben wir uns über sein neues Auto unterhalten und da ich selber Interesse an einem Porsche habe, durfte ich mir Herrn Possmas Auto etwas genauer ansehen. Dabei werde ich den Wagen auch angefasst haben."

Grohner konnte sich nicht mehr beherrschen. „Erzählen Sie Ihre Räuberpistolen dem Richter. Diese einstudierte Farce langweilt mich."

Langemeier blickte Grohner tadelnd an. „Herr Grohner, Sie sollten vorsichtiger mit Ihren Worten sein. Herr Dr. Dröge ist ein völlig unbescholtener Bürger. Diese Art der Gesprächsführung ist der Situation keineswegs angemessen."

Korff versuchte die Wogen zu glätten. „Herr

Dr. Dröge, Herr Dr. Langemeier, ich denke, wir beenden an dieser Stelle die Vernehmung und setzen sie morgen Vormittag um 10:00 Uhr fort. Ist das für Sie in Ordnung?“

Langemeier schüttelte den Kopf. „Am Vormittag habe ich einen privaten Termin. 14:00 Uhr wäre für mich möglich. Ich bin mir aber nicht sicher, ob sich Herr Dr. Dröge zu der Zeit noch in Untersuchungshaft befinden wird.“

„Wir werden sehen. Morgen also um 14:00 Uhr.“

Nachdem Dröge, in Begleitung seines Rechtsanwaltes, von einem Polizisten aus dem Vernehmungszimmer geführt worden war, atmete Grohner laut aus. „Dieses Arschloch“, schimpfte er, wobei nicht klar zu erkennen war, ob er Dröge oder Langemeier meinte.

***

Pott stürmte in das Büro. Er wirkte angespannt. „Ich habe vorhin einen Anruf aus Düsseldorf erhalten. Ein Ministerialrat Hoffstädter, in ministeriellem Auftrag, wollte wissen, was mit Dr. Dröge los ist. Seine Verhaftung scheint in Düsseldorf bereits jetzt einigen Staub aufgewirbelt zu haben. Wenn Dr. Dröge unschuldig ist, kann ich meinen Hut nehmen, das steht fest.“

Grohner zuckte mit den Schultern. „Bleib ruhig. Wir sind uns sicher, dass wir mit Dröge den Täter haben."

„Wie sieht es aus, habt ihr ihn bereits festgenagelt?"

„Noch nicht, Langemeier ist sehr geschickt. Er hat Dröge auf das Verhör gut vorbereitet. Wir haben das Verhör bis morgen unterbrochen."

„Ja, und? Was hat Dröge zu seinen Fingerabdrücken an Possmas Auto gesagt?"

Grohner schilderte Pott den bisherigen Verlauf des Verhörs.

„Hm. Kann sein, dass er damit vor Gericht durchkommt, zumal die Fingerabdrücke am Auto nicht vollständig sind. Welche Beweismittel haben wir noch?"

Korff hatte bislang geschwiegen. Jetzt wandte er sich an Pott: „Wir warten vor allem noch auf die Ergebnisse von der Untersuchung der Stichwaffen, die wir bei Dröge im Keller gefunden haben. Dabei könnte es sich um die Waffe handeln, mit der Schmidt umgebracht worden ist. Es wäre gut, wenn du da Druck machen könntest."

In diesem Augenblick klingelte Potts Handy.

„Ja, Pott", meldete er sich.

„Staatsanwältin Kasper", formte Pott lautlos mit seinen Lippen in Richtung Korff und Grohner, während er seinem Gegenüber zuhörte.

„Ja", sagte er zu seiner Gesprächspartnerin und blickte dabei Korff an, „wir sind fest davon überzeugt, dass Dr. Dröge der Täter ist." Korff nickte heftig.

Pott hörte wieder längere Zeit zu. Dann sagte er: „Gut. Und vielen Dank."

Nachdem er das Handy in seiner Jacketttasche verstaut hatte, erklärte er: „Dr. Dröges Rechtsanwalt hat einen Antrag auf Haftentlassung gestellt. Frau Kasper wurde um eine Stellungnahme gebeten. Sie glaubt, dass wir Dröge allenfalls noch bis morgen festhalten können. Wenn wir bis dahin keine handfesten Beweise vorlegen, müssen wir Dröge zunächst wieder freilassen."

Korff verschränkte seine Arme vor der Brust und lehnte sich zurück. „Es hängt jetzt alles von der kriminaltechnischen Untersuchung ab. Wir müssen bis morgen früh die Ergebnisse haben."

12. Kapitel

Freitag, den 18. Mai 2012

Es war kurz nach 14:00 Uhr, als Dröge, mit Langemeier im Schlepptau, von zwei Polizeibeamten in das Vernehmungszimmer geführt wurde. Man setzte sich wieder an den großen Tisch, der in der Mitte des Raumes stand. Grohner schaltete das Aufnahmegerät ein.

„Herr Dr. Dröge", nahm Korff das Gespräch auf, „unsere Kollegen von der KTU haben sich den Wagenheber aus Ihrem Volvo genauer angesehen. Wie erklären Sie sich, dass an Ihrem Wagenheber Lackspuren von Herrn Possmas schwarzem Porsche gefunden worden sind?"

Dröge zuckte mit den Schultern. Er blieb äußerlich völlig gelassen. „Das kann ich mir nicht erklären. Ich kann mir allenfalls vorstellen, dass Sie mir Beweismittel unterschieben wollen, damit Sie Ihren Fall abschließen können."

Korff und Grohner sahen sich an. Auf Grohners Gesicht zeigte sich ein schwaches Lächeln. Er schien sich insgeheim zu amüsieren.

„Herr Dr. Dröge", Grohner blickte den Schulleiter freundlich lächelnd an, „auf diese Unterstellung möchte ich hier nicht weiter eingehen. Die Kollegen von der KTU werden Ihnen exakt nachweisen können, dass Ihr Wagenheber mit dem Porsche von Herrn Possma in Berührung gekommen ist."

Dröge schwieg.

Korff übernahm die Gesprächsführung. „Kennen Sie Rechtsanwalt Gessenberg?"

Dröge blickte seinen Rechtsbeistand an. Langemeier hob die Schultern, um seinem Mandanten zu signalisieren, dass er nicht wusste, was Korff mit dieser Frage bezweckte.

„Ja, ich kenne Herrn Gessenberg flüchtig."

„Wie haben Sie sich kennengelernt?"

„Im Sportverein", antwortete Dröge einsilbig. „Wir sind Mitglieder im selben Sportverein."

Korff ließ nicht locker. Er fragte weiter: „Um welche Art von Sport handelte es sich dabei?"

Dröge zögerte. Dann sagte er, jedes Wort sorgfältig abwägend: „Ich habe in meinen jungen Jahren verschiedene Kampfsportarten betrieben und gehe gelegentlich immer noch, wenn meine Zeit es zulässt, zum Training. Dabei habe ich Herrn Dr. Gessenberg vor ein paar Jahren kennengelernt."

Grohner fragte: „Handelt es sich bei dem Kampfsport, vom dem Sie sprechen, ums Fechten?"

Dröge nickte.

„Sie wissen, dass Frederik Schmidt durch einen Degenstich ins Herz getötet worden ist?"

Dröge blieb ruhig. „Ich habe in der Zeitung davon gelesen. Wenn Sie damit allerdings ausdrücken wollen, dass ich …“

Korff unterbrach ihn: „Wir haben in Ihrem Keller zwei Stichwaffen gefunden. Sie werden gerade kriminaltechnisch untersucht.“

„Tun Sie das. Sie werden sehen, dass Ihr Verdacht völlig unbegründet ist.“ Dröge lächelte überlegen. Er schien plötzlich Oberwasser zu bekommen.

Korff überlegte. Dröge war sich offenbar sicher, dass die beiden Stichwaffen aus seinem Keller mit dem Mord an Schmidt nicht in Verbindung gebracht werden konnten. Wenn sich die Mordwaffe nicht unter den beiden Degen aus Dröges Keller befand, würde die Beweislage deutlich dünner werden. Wo aber hatte Dröge die Mordwaffe versteckt oder entsorgt?

Grohner hatte, nach einem raschen Seitenblick auf Korff, wieder übernommen. „Sind Sie von Herrn Gessenberg auf Herrn Possma aufmerksam gemacht worden? Schließlich hat ja auch Herr Gessenberg Herrn Possmas Hilfe in Anspruch genommen?“

„Ja. Ich hatte mich gelegentlich mit Herrn Gessenberg über sein Promotionsvorhaben unterhalten und dabei hat mir Herr Gessenberg Herrn Possmas Namen genannt.“

„Und weiter?"

„Ich habe Herrn Possma aufgesucht und bin mit ihm übereingekommen, dass er mich bei der Abfassung meiner Doktorarbeit beraten sollte."

„‚Beraten sollte'? Seien Sie doch ehrlich! Herr Schmidt hat Ihnen die Arbeit geschrieben." Grohner hatte seinen Oberkörper nach vorn geschoben und war dadurch näher an Dröge herangerückt.

Dröge schüttelte den Kopf. „Das stimmt nicht. Das ist eine durch keinerlei Fakten abgesicherte Unterstellung." Langemeier nickte, um die Aussage seines Klienten zu bestätigen.

Korff gab Grohner ein Zeichen. Er erklärte Dröge und Langemeier gegenüber: „Wir unterbrechen die Vernehmung für fünf Minuten" und verließ das Vernehmungszimmer. Grohner folgte ihm.

Draußen auf dem Flur erklärte Korff: „Dröge scheint Oberwasser zu gewinnen. Mit der Mordwaffe stimmt irgendetwas nicht."

„Kann sein. Was sollen wir tun?"

„Ich muss in Ruhe nachdenken. Setze mit Zeinitz die Vernehmung fort. Ich werde noch einmal mit Dreyer sprechen."

Korff ging in sein Büro und rief Hermann Dreyer an, der sich nach dem ersten Klingeln meldete.

Korff kam sofort zur Sache. „Hallo Hermann, habt ihr die beiden Degen untersucht?“

„Ja, haben wir.“

„Und?“

„Sei nicht enttäuscht. Wir haben keine Anhaltspunkte dafür gefunden, dass Schmidt mit einem der beiden Degen erstochen worden ist. Keiner der beiden Degen ist je mit Blut in Berührung gekommen.“

Korff presste die Lippen aufeinander. Diese Information hatte er befürchtet. Er fragte: „Wo genau habt ihr die beiden Degen sichergestellt?“

„In Dröges Keller. Sie hingen neben einem Schrank, in dem sich Pokale und Urkunden befanden.“ Dreyer zögerte kurz. „So wie die Degen an der Wand befestigt waren, ist es sehr wahrscheinlich, dass da auch noch ein dritter Degen gehangen hat. Wir haben in dem gesamten Haus aber keine weiteren Hieb- oder Stichwaffen gefunden.“

„Was ist mit den Faserresten?“

„Da sieht es schon besser aus. Die Faserreste, die wir an dem Baum in Schmidts Garten gefunden haben, stimmen mit den Fasern einer Jacke überein, die Dröge gehört.“ Als sich Korff nicht sofort äußerte, schob Dreyer nach: „Von solchen Jacken sind aber einige Tausend verkauft worden, einige Dutzend sicherlich hier in Bielefeld. Ich weiß nicht, ob das für eine Verurteilung reichen wird."

Korff überlegte. Dreyer hatte Recht. Ob die Faserreste und der Lack am Wagenheber ausreichend würden, um Dröge zu überführen, war fraglich. Langemeier würde sicherlich dafür sorgen, dass diese Indizien bei der Gerichtsverhandlung keine allzu große Beachtung fanden. Wenn Dröge den Degen weggeworfen oder anderweitig entsorgt hatte, waren ihre Chancen schlecht.

Korff beendete das Gespräch. Er schlug mit der flachen Hand heftig auf seinen Bürotisch. Der Schmerz brachte ihn zur Besinnung. Er wusste genau, dass Dröge die Morde begangen hatte, die Beweislage war allerdings sehr dünn. Bei einer geschickten Verteidigung war eine Verurteilung Dröges keineswegs sicher. Dröge hatte bislang eine untadelige Biographie vorzuweisen. Auf die ermittelnden Beamten und die Staatsanwaltschaft würde eine äußerst schwierige Zeit zukommen.

Korff trat zu der großen Karte, auf der sie die Tatorte eingezeichnet hatten. Possma hatte in Theesen, Schmidt in der Humboldtstraße in Bielefeld gewohnt. Korff dachte kurz nach und zog eine Linie von Schmidts Wohnung bis zur Grafenheider Straße in Brake, wo sich Dröges Haus befand. Die Linie verlief durch den Obersee. Korff gab einen leisen Pfiff von sich. Wenn

Dröge den Degen sofort nach dem Mord entsorgt hatte, und das war für einen intelligenten Menschen wie Dröge sehr wahrscheinlich, dann würde der Degen vermutlich im Obersee liegen. Korff sah sich die Karte genauer an. Von der Talbrückenstraße gab es, soweit er das auf der Karte erkennen konnte, drei bequeme Zuwege zum Obersee. Wenn Dröge die Waffe tatsächlich im See versenkt hatte, so ließ sich der abzusuchende Bereich begrenzen.

„Habt ihr Dröge überführt?“ Pott war nahezu lautlos in das Büro getreten.

Korff schüttelte den Kopf. „Er streitet alles ab. Sieht nicht gerade rosig aus. Keiner der in Dröges Keller gefundenen Degen ist die Tatwaffe.“

Potts Gesicht war die Enttäuschung abzulesen. Vermutlich bereute er jetzt die Verhaftung Dröges angeordnet zu haben.

Korff zeigte auf die Karte. „Wir haben noch eine Chance. Dröge scheint einen dritten Degen besessen zu haben, mit dem er Schmidt ermordet hat. Diesen Degen hat er möglicherweise im Obersee entsorgt.“

„Wie kommst du darauf?“

Korff erklärte es ihm anhand der Karte. Abschließend sagte er: „Wir brauchen Taucher, die den Obersee an zwei oder drei von der Straße aus gut zugänglichen Stellen absuchen.“

„Gut, ich veranlasse das sofort. Ich bin aber, was den Erfolg dieses Unternehmens angeht, nicht gerade euphorisch.“

***

Korff fuhr auf den kleinen Parkplatz an der Talbrückenstraße und ging die wenigen Schritte bis zum Seeufer. Der Viadukt, der im Schein der Nachmittagssonne lag und nur wenige Schritte entfernt war, türmte sich am Zufluss des Obersees wie eine übermächtige Wand.

Korff überquerte den Wanderweg, der sich um den See zog, und betrat den schmalen Grünstreifen, der bis zum Wasser reichte. Wenn sie hier nicht fündig würden … Korff weigerte sich, den Gedanken zu beenden. Es war fraglich, ob die Staatsanwaltschaft Dröge weiterhin in Untersuchungshaft würde behalten können. Und wenn Dröge erst einmal in Freiheit war, würde er dafür sorgen, dass auch die letzten Spuren – wenn er überhaupt welche hinterlassen hatte – getilgt wurden. Am Seeufer konnte sich Korff davon überzeugen, dass Pott ganze Arbeit geleistet hatte. Zwei Männer in Taucheranzügen mit der Aufschrift DLRG standen im hüfthohen Wasser, das sich durch den leichten Ostwind kräuselte und suchten den Grund ab.

Hermann Dreyer lehnte an einer Birke, die nahe am Wasser stand. Er sah den Tauchern zu und sog an seiner Zigarette. Sein zerfurchtes Gesicht erhellte sich, als er Korff erblickte.

Korff grüßte den KTU-Leiter und deutete auf den See. „Na Hermann, schon etwas gefunden?"

„Nein, bislang noch nicht. Weiter unten am Steg waren wir schon. Die Männer suchen den See bis etwa 20 Meter vom Uferbereich ab. Weiter sind die Sachen bestimmt nicht ins Wasser geworfen worden."

„Ich glaube nicht, dass Dröge die Sachen unten am Steg im Wasser versenkt hat. Zu viel Verkehr dort, vielleicht auch nachts. Es gibt da noch eine dritte Stelle, die erfolgversprechend sein könnte."

Dreyer sog noch einmal an seiner Zigarette und schnippte sie ins Wasser. „Ich weiß, wir sind hier gleich fertig, dann gehen wir rüber."

In diesem Augenblick rief einer der beiden Taucher etwas, das Korff nicht verstand, und verschwand unter der Wasseroberfläche. Wenige Sekunden später tauchte er wieder auf und hielt einen kleinen metallenen Gegenstand in seinen Händen. Er kam auf das Ufer zu, legte den Gegenstand in das Gras der Uferböschung und entfernte sich wieder in Richtung Fundort.

Dreyer erkannte den beschädigten Gegenstand

sofort. „Das ist eine Festplatte", erklärte er kurz. „Vielleicht aus Possmas oder Schmidts Computer. Sie wird nachhaltig zerstört worden und nicht mehr zu gebrauchen sein."

Jetzt war auch der andere Taucher fündig geworden. Triumphierend hielt er einen länglichen Gegenstand hoch, der das Licht der Nachmittagssonne reflektierte, und bahnte sich seinen Weg durch das Wasser auf das Ufer zu.

Es war ein Degen, den der Taucher in seinen Händen hielt. Dreyer streifte sich Einmalhandschuhe über, nahm die Waffe entgegen und verstaute sie in einem großen Plastikbeutel. Anschließend griff er nach der Festplatte und schob sie ebenfalls in eine Plastiktüte.

Korff deutete auf den Degen. „Könnt ihr darauf noch Fingerabdrücke nachweisen?"

Dreyer hob die Schultern. „Hängt davon ab, wie lange die Waffe im Wasser gelegen hat. In diesem speziellen Fall dürfte das schwierig sein."

Korff wandte sich an den Taucher: „Wenn ihr die Umgebung der Fundorte gründlich abgesucht habt, könnt ihr die Aktion abbrechen."

Dreyer hatte sich eine neue Zigarette angezündet. Er deutete auf die beiden Plastikbeutel. „Ich mache mich gleich auf die Socken. Mal sehen, was uns diese beiden Sachen verraten."

Korff nickte. „Schick mir ein Foto von dem

Degen. Ich muss Dröge beweisen, dass der Degen ihm gehört."

Ein Zug überquerte den Viadukt und übertönte kurzzeitig das Gespräch. Korff blieb noch einige Minuten am Uferrand stehen und beobachtete die beiden DLRG-Taucher, die bei ihrem nächsten Tauchgang noch ein PC-Gehäuse an die Oberfläche beförderten und an Dreyer übergaben. Dann ging Korff zu seinem Auto.

***

Als Korff wenig später sein Büro betrat, saß Grohner bereits an seinem Schreibtisch. Auf dessen fragenden Blick hin erklärte Korff: „Wir haben Dröges dritten Degen gefunden. Er lag im Obersee … Wo ist Dröge?"

Grohners Gesicht verzog sich zu einem breiten Grinsen. „Ich habe die Vernehmung noch einmal unterbrochen. Sie soll um 18:00 Uhr fortgesetzt werden. So langsam gehen mir aber die Fragen aus."

Korff blickte auf die Uhr. Es war jetzt 17:40 Uhr. Er setzte sich an seinen Rechner und rief seine E-Mails auf. Dreyer hatte ihm bereits zwei Fotos von dem gefundenen Degen geschickt, die er mit seinem Handy gemacht hatte. Korff druckte die Fotos aus. In diesem Augenblick klingelte das Telefon. Dreyer war am anderen Ende. „Hast du die Fotos erhalten?“

„Ja, habe ich. Vielen Dank.“

„Schau dir einmal die Degenspitze genau an. Da fehlt ein kleines Stückchen. Das ist bei dem Mord an Schmidt abgebrochen. Der Stich hat laut medizinischem Bericht das Herz getroffen und ist weiter in die Wirbelsäule eingedrungen, wobei ein kleines Stück des Degens abbrach. Es wurde bei der Obduktion gefunden.“

Korff kannte den Obduktionsbericht. „Wir haben es also mit dem Mordwerkzeug zu tun?“

„Zweifelsfrei.“

„Wir müssen Dröge also nur noch nachweisen, dass es sich bei dem gefundenen Degen um seine Waffe handelt.“

„Ja, dann habt ihr ihn.“

Korff bedankte sich und legte auf. Er überlegte kurz und wählte eine Telefonnummer in Werther. Bereits nach dem zweiten Klingeln meldete sich Gessenbergs Frau und verband Korff ohne große Umschweife mit ihrem Mann.

„Herr Dr. Gessenberg, kennen Sie Theodor Dröges Waffen?“

Gessenbergs Stimme merkte man die Überraschung an, sie bekam aber schnell einen geschäftsmäßigen Klang. „Ja natürlich. Wir sind im selben Fechtklub. Das sagte ich Ihnen bereits.“

„Ich schicke Ihnen gleich per E-Mail zwei Fotos. Ich möchte Sie bitten einmal zu prüfen, ob Ihnen der auf den Fotos abgebildete Degen bekannt vorkommt. Bitte bleiben Sie am Telefon."

Gessenberg schien etwas irritiert, erklärte sich aber einverstanden und teilte Korff seine E-Mail-Adresse mit. Nachdem Korff die beiden Fotos verschickt hatte, dauerte es nur wenige Augenblicke, bis Gessenberg sich äußerte: „Das ist Theodors Degen, ohne Zweifel. Ich erkenne ihn an den beiden farbigen Streifen am Griff. Ich habe den Degen auch schon einmal in der Hand gehabt, als mein eigener beschädigt war. Theodor hat alle seine Waffen mit den Farben Grün und Weiß gekennzeichnet. Es sind die Farben der studentischen Verbindung, der Theodor angehört."

„Sind Sie bereit, diese Aussage auch vor Gericht zu machen?"

„Ja, natürlich. Aber weshalb denn?"

„Das kann ich Ihnen zum jetzigen Zeitpunkt noch nicht sagen. Sie werden alles Weitere sicherlich aus der Presse erfahren."

Korff legte auf und informierte Grohner über Gessenbergs Aussage.

„Damit ist Dröge geliefert." Grohner erhob sich. „Komm, jetzt machen wir den Sack zu."

***

Die Vernehmung Dröges wurde um kurz nach 18:00 Uhr fortgesetzt. Nachdem Dröge, Langemeier, Grohner und Korff Platz genommen hatten, legte Korff wie nebenbei die beiden ausgedruckten Fotos auf den Tisch und schob sie zu Dröge hinüber. Freundlich fragte er: „Herr Dröge, kennen Sie diese Waffe?"

Dröge nahm die Fotos bedächtig in Augenschein, offenbar um Zeit zu gewinnen. Korff merkte, dass Dröge unsicher wurde und mit seiner Antwort zögerte.

„Könnte sich um einen der beiden Degen aus meinem Keller handeln", sagte er.

„Nein, dort haben wir sie nicht gefunden. Sehen Sie sich den Degen genauer an", sagte Korff leise. „Diese Waffe hat heute Nachmittag ein Taucher aus dem Obersee geholt. In unmittelbarer Nähe des Degens lag noch eine Festplatte. Auch die hat der Mörder vor ein paar Tagen in den See geworfen."

Dröge schwieg.

„Sehen Sie hier", Korff zeigte auf die Degenspitze, „hier ist von der Degenspitze ein kleines Stück abgebrochen. Was glauben Sie, wo wir dieses kleine Metallstück gefunden haben?"

Dröge schwieg weiter und er blieb auch stumm, als Korff ihm noch einmal haarklein den Ablauf der beiden Morde beschrieb.

Langemeier blickte zu Dröge hinüber und erklärte: „Mein Mandant wird heute zu den gegen ihn erhobenen Vorwürfen keine Aussage mehr machen."

Auch Langemeier schien von Dröges Schuld überzeugt zu sein, da er darauf verzichtete einen erneuten Antrag auf Entlassung aus der Untersuchungshaft zu stellen.

Nachdem Dröge wieder in seine Zelle zurückgebracht worden war und Korff und Grohner in ihrem Büro saßen, stürzte Pott herein.

„Und?", fragte er, „hat er gestanden?"

Korff schüttelte den Kopf. „Dröge wird nicht gestehen. Dafür ist er nicht der Typ. Er ist aber überführt. Die Beweislage wird – wenn das Gericht alle Sinne beisammen hat – ausreichen, um Dröge wegen zweifachen Mordes zu verurteilen. Mit Dröges Karriere in Düsseldorf wird es vorerst nichts werden."

„Vielleicht aber in zehn oder zwölf Jahren, wenn er aus der Haft entlassen wird, sozusagen als Beitrag des Schulministeriums zur Resozialisierung." Grohner blickte seine beiden Gesprächspartner grinsend an.

Pendragon Verlag
gegründet 1981
www.pendragon.de

Gedruckt auf holz- und säurefreiem Naturpapier

1. Auflage

Originalausgabe
Veröffentlicht im Pendragon Verlag
Günther Butkus, Bielefeld 2014

Lektorat: Anja Schwarz, Günther Butkus
Herstellung und Umschlag: Uta Zeißler, Bielefeld
Foto: mauritius images/age
Satz: Pendragon Verlag auf Macintosh
Gesetzt aus der Adobe Garamond
ISBN 978-3-86532-445-0
Gedruckt in Deutschland